# 一顶草帽的忧伤

王茹华　著

天津出版传媒集团
百花文艺出版社

**图书在版编目（CIP）数据**

一顶草帽的忧伤 / 王茹华著 . -- 天津 : 百花文艺出版社 , 2023.1
ISBN 978-7-5306-8377-4

Ⅰ . ①一… Ⅱ . ①王… Ⅲ . ①散文集 – 中国 – 当代
Ⅳ . ① I267

中国版本图书馆 CIP 数据核字 (2022) 第 207812 号

**一顶草帽的忧伤**
YI DING CAOMAO DE YOUSHANG
王茹华　著

**选题策划：**王　欣
**责任编辑：**刘佩莲
**封面设计：**西　子
**出版发行：**百花文艺出版社
**地址：**天津市和平区西康路 35 号　**邮编：**300051
**电话传真：**+86-22-23332651（发行部）
+86-22-23332656（总编室）
+86-22-23332478（邮购部）
**网址：**http://www.baihuawenyi.com
**印刷：**北京兴湘印务有限公司
**开本：**787 毫米 ×1092 毫米　1/16
**字数：**210 千字
**印张：**13
**版次：**2023 年 1 月第 1 版
**印次：**2023 年 1 月第 1 次印刷
**定价：**52.00 元

如有印装质量问题，请与北京兴湘印务有限公司联系调换
地址：北京市大兴区黄村镇埝坛村村委会西 100 米
电话：（010）69263403
邮编：102629

# 自 序

我的第三本散文集《一顶草帽的忧伤》出版了。在此书出版之际，我给自己写序。我没有请大师写序，一来我乃无名小卒，资格不够；二来自己的文章写得很一般，够不上请大师写序的资格。毕竟现在的大师也不是那么好请的，我还是有点自知之明吧，加之我也不是一个喜欢追名逐利的人。全是因为喜欢文学，我才坚持练笔至今。

从 2008 年练笔到现在，转眼十四个年头过去了。十四年来的辛酸苦辣、喜怒悲欢，个中滋味只有自己清楚。自从喜欢上文学，我就像迷上了美食，一发不可收拾。在这个人心日益浮躁的今天，我庆幸自己能坚持下来。只是很惭愧，练笔至今，也没有写出个名堂来。

说起练笔的原因，我觉得可笑。2008 年，我从一名普通教师转行到做教育行政管理，我发现行政远不如教书那么单纯、充实，远不是我想象的那么回事。为了管住自己的嘴巴不乱说，管住自己的腿不乱跑，于是，我这样一个平时连写信都不怎么会写的人在业余时间开始练笔，并一直坚持下来。我只是为了能管住自己，并没有奢望自己能写多好，更没有想到与文学沾边，能成为什么大家，仅此而已。谁知这个坚持练笔的习惯却让我收获了许多意想不到的感动。

2008 年 12 月的一天，我在岳阳办事时接到一个陌生电话："你是王茹华老师吗？听说您的国学学得很好，平江办了一个《平江文艺》，您写篇文章来吧。"当时我根本不知道给我打电话的是平江县文联杨野主席。我这个练笔的好习惯居然让杨野主席知道了。

我激动的同时很是诚惶诚恐：如果写吧，担心自己写不好，不能完成杨主席交给的任务；如果不写吧，又觉得对不住杨主席。

我没有按杨主席的要求去写国学方面的文章，而是硬着头皮随手写了一篇《人生如品茶》的小散文寄了过去。没多久，杨主席又打电话过来，对我大加表扬与赞赏，说我的《人生如品茶》这篇散文写得好，有很多人点赞，勉励我继续努力。杨主席不仅肯定我有写作基础，更是鼓励我要继续练笔下去。

说到杨野主席，我不禁要多说几句话。他是一个特别有担当的人。2017年8月，我遭小人陷害，杨主席带领文联的一班人不辞劳苦，几次跑省作协、跑省宣传部，为我主持公道、恢复名誉。

杨主席与县文联的关心与鼓励是我坚持练笔的动力。

有人说，人生最幸福完美的四件事是：有一份自己喜爱且体面的工作；有一个知心爱人；有几位志同道合的真心朋友；有一个高雅的爱好与追求。

喜爱且体面的工作可以养活自己，不依附于任何人；一个知心爱人会爱你、懂你、关心你、包容你，无论风雨天晴，他都会对你不离不弃；一个高雅的爱好与追求，可以让你具有高雅不俗的气质，让你不流于世俗，不随波逐流，特别耐得住寂寞，守得住清贫，让自己的精神与灵魂有所依附与寄托。“女人不是因为美丽而可爱，而是因为可爱而美丽。”在我看来，知性优雅、具有书卷气的女人最可爱、最美丽的！

至于几个志同道合的真心朋友，我觉得自己是一个非常幸运的人。在最紧要的关头，我遇到了良师，遇到了益友！

著名儿童文学家吴牧玲老师态度和蔼、平易近人，没有一点大家的架子。吴老师看到我喜欢儿童文学，便耐心细致地为我点评、改稿，语重心长地教我怎么把握主题、怎么布局，甚至文章的语言、错别字，吴老师都不厌其烦地辅导我、为我改正。有时吴老师为我批改、点评的文字比我写的文章还要长。吴老师对我就像一位慈祥的父亲对女儿那般无私的教诲与帮助。2017年12月，我的《寓言两则》获小学生导刊·中国童话网、湖南教育报社举办的首届全国教师童话征文优秀作品奖，这对我是一个莫大的鼓励与鞭策。后来又陆续有多篇童话在国家级、省市报刊杂志上发表，当然这与吴老师的要求相差甚远。我辜负了吴老师的期望，愧对吴老师，没有在儿童文学方面有所建树。

毛云尔老师也是一个在全国享有盛名的儿童文学家。他与吴牧玲老师一样为人谦逊，做事低调，给我为人处事树立了榜样和典范。毛老师经常鼓励我，给我的写作提出修改指导意见。另外，毛老师还把他写的童话作品送给我学习、借鉴。

当然，我还要感谢我的丈夫这个知心爱人，是他一如既往地支持、鼓励我。为了让我能写出文章，他承包了家里的大部分家务。在我写不出文章而郁闷、烦躁时，他总是轻言细语地安慰、鼓励我，包容我的坏脾气，要我保持足够的耐心、毅力与恒心，不要心浮气躁，不要把写作当作一件刻意追求的事情来做。

2014年10月，岳阳市委宣传部把我与岳阳市三十多位作家与文学爱好者送到浙江大学玉泉学院文学高级研修班进行了为期半个月的学习与培训；2017年10月，我被岳阳市宣传部、湖南省委宣传部选送到毛泽东文学院学习。这两次学习大大提高了我的文学素养与写作水平。

朋友、爱人、组织都是我生命中永远的贵人，值得我一辈子用心去珍惜，我没有理由不坚持练笔。我感恩一切关心我、鼓励我、帮助我的领导、单位、同事与朋友！

平江是一块红色土地。“崇敬尚勇、厚德图强”是平江精神的内涵。1928年7月22日，在平江天岳书院爆发了中国历史上著名的“平江起义”。在平江，先后有25万名革命先烈为中华人民共和国的诞生献出了宝贵的生命。因此我把笔墨主要用来描写这块红色沃土上的山山水水、风土人情以及平江这座城市所展现出来的精神风貌，特别是小人物的生活及其思想状况。其中有很多是回忆类散文。

散文集《一顶草帽的忧伤》主要收录了2010年以来所写的散文与儿童作品。其中有很多发表在国家、省、市级报纸杂志上。

我喜欢美，喜欢去寻找生活中的真善美，因而我的笔下都是一些美的景、美的人物。哪怕是生活在底层的人物，我也努力去发掘他们身上的美。由于文学素养与文学功底不够，我的文章写得还很稚嫩，语言啰唆、平铺直叙，描写的力度与广度也不够。这都是我要终身努力去克服的毛病。

不管未来的道路怎样，我将永远保持对文学的敬畏、热爱与追求。同时，我追求真善美的脚步永远不会停止……

2022年10月1日

# 目 录
CONTENTS

## 一、原本记忆

## 二、山水有约



## 三、叶落有声



## 附录：成长相邀（校园作品）

# 一、原本记忆

# 一顶草帽的忧伤

在我家堂屋的门后挂着一顶陈旧的草帽。

草帽是用麦秆编织的，呈灰褐色。草帽四周的边沿像一片倒挂的荷叶向下低垂着，一副很孤单、落寞的样子。

草帽一定挂在那里很久了，上面落满了灰尘。有几次刮大风时，我看到草帽在门后被风吹得往左右两边晃来晃去，像田野里被风吹得不停摇摆的麦浪。我想，草帽是想引起人们的注意吧，或者它在想念它的主人，或许在等待另外的主人把它取下来戴在头上……

草帽是外公的。外公在世时就常常戴着这顶草帽到田地里做工。不做工时，外公喜欢把草帽挂在门后。后来外公过世了，草帽就一直这样挂在门后。

我常常望着这顶草帽发呆。看到草帽，我就会想起外公，想起那个麦子黄了的夏天与那个天高云淡的秋季。

在南方农村流行着“九豌十麦”的说法。意思是说九月是种豌豆的时候，十月是种麦子的时候。

每当十月，外公就到楼上拿出用塑料袋封存的麦子种子种在早已耕耘好的土地里，然后在上面轻轻地铺上一层薄薄的泥土。

尔后，麦子就在这温暖的泥土下冬眠。我很奇怪，这只盖了一层薄被的麦子为什么不会被严寒、霜雪冻坏，而在第二年春天来临时一齐长出新芽。

外公对我说：“你真是个傻瓜。难道书是从屁眼里读的吗？冬天下的雪不易融化，盖在土壤上的雪比较松软。土地的表层很冷，但土地的深层是很温暖的，这样就像给庄稼盖了一条棉被。这就是‘麦盖三层被’的由来。”

第二年，春天姗姗来迟，春风唤醒了沉睡一个冬季的麦子。麦子欣欣然睁开了眼睛、伸着懒腰，拼命地把它们的头钻出地面，好奇地打量着这个崭新的世界。

接着，外公就开始给这些嫩绿的、浅浅的麦苗松土、施肥。外公说：“多施些肥料能让麦子长得高大、壮实，结的麦粒多而饱满，将来还能用麦秸编织成几顶草帽呢。”

那个时候，麦苗长，草也疯长。外公常常蹲在麦地里扯草，高高的麦子把外公隐没在麦地里，外公的身上常常沾满了野草、泥土的腥味，当然还有一身麦花的清香。

春雨丝丝，下个不停，润泽着葱葱郁郁的麦田，麦子扬着银白色的花穗。看着蝴蝶在麦田地飞进飞出，外公站在麦田边笑了，笑得很甜，甚至外公于睡梦中也在笑。我知道外公和麦子花做着同一个梦。

外公笑着眯着眼睛对我说：“华妹子你想象一下，将来用这些麦秸编织的草帽该有多美、多香。”从外公眯着的眼睛，我知道外公在想象那顶麦帽有多美，戴着它的时候有多神气。

再后来，麦子成熟了，田野里便熏蒸着馥郁的麦香。外公笑得更甜了，笑时露出他不很整齐的牙齿。然后外公开始收割麦子、打麦子，然后把打了的麦秸担回家。

明晃晃的日光照在外公微驼的后背和黝黑的脸庞上，我看到外公的脸上一颗颗像珠子一样亮晶晶的汗水不断地往下滴。此刻，我终于明白一顶草帽对于外公、对于农民是多么重要。

外公从担回来的麦秸中挑选出一些秆大的、笔直的、颜色金黄的麦秸，然后把它们放在清水中浸上几天，这样麦秸在编织过程中就变得有韧性、不容易断裂。

然后外公会选择一个下雨不能出去做农活的天，把浸好的麦秸以及针线拿出来开始编织麦帽。

丝丝的细雨如诗一般飘逸。

外公静静地坐在堂屋里编织着草帽。一根根麦秸、小巧的针线灵巧地在外公手中舞动。堂屋里满是麦秸独有的清香。外公编得很专注、很认真。我知道，外公把一腔真情与希望都编在草帽中。

草帽编织好以后，外公将草帽拿在手里左右转动着，歪着头左看右看，又用鼻子闻闻，像在欣赏一件稀有珍宝一样。草帽是金黄色的，很新很新，上面还弥漫着麦子的清香。

外公将草帽试戴在头上，眯着眼睛一副很享受的样子。

从此，外公外出做工时就将草帽挂在肩膀扛着的锄头把上，草帽在锄头把上一晃一晃的。那个时候的外公是快乐的，草帽也是快乐的。

我常常看见外公戴着草帽走在田间小路上察看稻谷、麦子。我喜欢看外公戴着草帽在田地里劳作的背影，更喜欢看外公戴着草帽站在麦地里捋着胡须笑眯眯地看蝴蝶在麦地里飞进飞出的的样子。高高的麦子把戴着草帽的外公淹没在麦子中，外公仿佛变成了一棵麦穗。那是外公最自豪的时刻。

外公戴着这顶草帽播种与收割了一垅垅的稻谷、一丘丘的麦子、一担又一担的红薯，还捡拾了山坡上无数像珍珠玛瑙似的茶籽。草帽的帽顶常常是润湿的，上面结满了像霜一样的东西。

后来外公老去，草帽也在风吹日晒以及亮晶晶的汗水浸蚀中慢慢老去。风霜在外公的脸上刻了一道道深深的皱纹，草帽也渐渐变成了褐色。

再后来，外公过世了，草帽就一直挂在堂屋的门后无人问津了。外公的三个儿女和大多数年轻人一样都到外面闯世界去了。外公的屋子、外公的土地也一直空闲在那里，上面布满灰尘，长满杂草。有时外公的儿女也回家，可是他们连看都不看这顶草帽一眼，也许他们压根儿忘记了这门后还有一顶草帽的存在吧。

风吹动着门后的草帽发出“嚓嚓”的响声，我听出那是一顶草帽的忧伤……

# 老屋的木格子窗户

我们家老屋柴火房靠南的一面墙壁上有一个不大的方形窗户。窗户是用一块一块的长方形木条拼成的一个个方形格子。窗户的下面是火塘。窗户不算太高，母亲站着、坐着都可以向外观看。为了遮挡阳光和抵御寒风，窗户被母亲全贴上了报纸。报纸是挖长石的父亲从矿山上捎回来的。有时找不到报纸糊窗户，母亲就用白纸糊上。经过一年四季的烟熏火燎，窗户纸渐渐变成了黄色。

我们小孩淘气，常常用手指去捅，或用点着的香火或铁夹夹着火炭把糊在窗户上的报纸烧成一个个黄色的小孔，然后这些小孔慢慢地变成了一张张“大嘴”。时间久了，窗户纸竟然没有一块是完整的。接着，风、阳光就从这张张“大嘴”钻进来。我与小伙伴经常隔窗而立，相互对着窗户的破洞吹气，听风把破纸吹得“沙沙”作响。

母亲没有时间与精力去换下被我们弄得破烂不堪的窗纸。破洞就破洞吧，总比没有糊纸的窗户要好。

这些破洞把外面的阳光撕裂成一小缕一小缕地照射进来，不太光亮的柴火房里一下子亮堂了很多。从破洞里挤进来的阳光也落在母亲的头发上、脸上，映照着母亲一张好看的脸。此刻，我看到母亲长长的辫子在浸满阳光的柴火房里闪着乌黑的光亮。

这个木格子窗户的视野很好、很开阔，哪怕只是窗户上的一个小洞，母亲眯着眼睛也能看清窗户外面的景色和窗户外发生的一切事情。

当熹微的晨光把贴在木格子上的白纸映得一片亮堂时，母亲便摸索着起床，开始了一天的忙碌：做饭、洗衣、喂猪、刨茴丝、浆洗、缝补……

家里成分不好，我们这样的家庭境况可想而知，命运多舛。父母咬着牙忍住，坚持送我们读书。

三表舅是踩我们最多的一个人。他欺负我们势单力薄，经常故意放出鸡鸭吃我们家的稻子、蔬菜，还放老鼠药毒死我们家里的鸡鸭。我目睹过家里十多只鸡在一个下午全被毒死。

至今我都记得母亲气愤、难过时的样子：母亲抽泣时捂着嘴、肩膀一耸一耸……为了不让外人听到哭泣声，母亲只能拼命地压抑着自己的情绪，偷偷地躲藏在那个木格子窗户下伤心……

父亲脾气暴躁，常常为一点点小事情就与母亲大动干戈。每当父亲的声音大一点，母亲便用手指指着木格子窗户，示意父亲的声音小一些，别让木格子窗户外边的三叔外公和三表舅一家听到，让他们笑话。

每次遭受了委屈之后，母亲就会默默地站在木格子窗户下，透过木格子窗户静静地瞭望外面……窗户的逆光勾勒出母亲被微风吹拂的头发和显得有些单瘦、落寞的身影，以及坚毅的神色中略带点悲怆的脸庞。

木格子窗户的外面是一片广阔的天地。上有一望无际的蓝天，蓝蓝的天空上飘着丝丝慵懒的白云，还有苍鹰扇着翅膀飞过；下有广袤的大地。木格子窗户的不远处有一条蜿蜒的乡村小路，一直通向远方，连接着逶迤朦胧的群山。小路旁边是一口不大、有点深、四周开满紫云英的水塘，水塘对面的坎上是我家的菜园，菜园里开着很多像喇叭一样的很普通的黄花。

我实在弄不明白，木格子窗户外有什么好看，值得母亲如此喜欢？不就是再简单不过的小路、远山和开着花花草草的田土吗？是一些人们早就看腻了而不想再看的东西。可为什么母亲那么沉迷其中呢。

母亲是一个不太喜欢串门的人，也不喜欢抛头露面，是一个名副其实的“宅女”。除了出工，母亲的其余时间都待在家里。而待在家里的时间，母亲又将大半时间与木格子窗户为伴。母亲喜欢搬把椅子、桌子，坐在这扇木格子窗户下缝缝补补。我们脚上有永远穿不完的布鞋、鞋垫，这都是母亲在这木格子窗户下完成的。木格子窗户里常常很有节奏地传出“咚咚咚”母亲锤打鞋梆的声音。

我常常记得很多这样的场景：窗外细雨飘拂。在一个宁静的乡村，一扇木格子窗户下，一个年轻女子胸前垂着一条长长的、黑油油的辫子，正在聚精会神地做着针线。细雨不时调皮地钻进木格子窗户，飘飞在年轻女子的身上，轻风透过木格子窗户调皮地将年轻女子的头发轻轻拂起。那时的我常常被眼前的景象所迷惑，不知眼前到底是一幅画还是现实。这位被细雨打湿长辫子的年轻女子就是我的母亲。

母亲做出来的鞋子赛过方圆十多里的村子。母亲打出来的鞋底不仅细针密线、结实耐用，上面还绣了花，走起路来非常舒适。

只要有空闲，母亲便坐在这木格子窗户旁做鞋子、鞋垫，家里一年四季总有穿不完的鞋子。母亲经常把她做的鞋子、鞋垫送给那些有需要的乡邻。

母亲还是方圆几十里的绣花能手。母亲常常坐在这木格子窗户下绣花，我们的布鞋、鞋垫、枕头、衣服上面都有母亲绣的花。哪家嫁女娶媳，母亲便送去自己亲手绣的大红枕头祝贺。至今二叔的家里都珍藏着母亲绣的一个枕头，上面用红、绿、灰、黑丝线绣的鸳鸯在一汪长着荷叶的碧绿池水中嬉戏……

木格子窗户的对面是三叔外婆家。三叔外婆热情好客，也爱串门，家里客人也多。我很羡慕三叔外婆家的热闹。她家的窗户里常常飘出欢笑声和美味佳肴的气味。

但时间久了，三叔外婆与邻居之间的口角是非多起来，常有邻居上门去找麻烦，说三叔外婆讲了他们的零细（是非的意思）。我常常看到三叔外婆与邻居之间拍着胸脯、跺着足赌咒、发誓，争得面红耳赤。有时甚至吵得乌烟瘴气、鸡飞狗跳。后来，上三叔外婆家做客的人渐渐少了。

每当遇到这样的场景，母亲从不出门看热闹。她只是站在这扇木格子窗户下透过那些破纸洞偷偷地往外瞄，侧着耳朵倾听，了解事情发展的起因、经过和态势。母亲也绝不允许我们去看热闹。母亲说：“不要让人家误认为你是在幸灾乐祸。”

母亲告诫我们姊妹，尽量少串门，才能少惹是非。做人要长勤（经常的意思），要过得鼓（经得起考验的意思），不要像赖赖婆（传说中一个做人时冷时热的人），只有三分钟的热情：关系好起来，裤子也能够脱下给别人穿；关系差起来，就做出落井下石的事情。

但母亲决不是明哲保身的人。一个秋天的下午，三叔外婆与三叔外公吵架，母亲仍然贴着木格子窗户倾听。听着听着，母亲突然飞一般地从屋后的菜沟跑到三叔外婆的舂米房里去了，救下了正在上吊自杀的三叔外婆。我惊讶母亲的敏感，疑惑母亲不知如何从窗户里就判断出三叔外婆想不开呢。

堂舅的大女儿春妮玩水时不小心失足掉入水塘，正好被站在木格子窗户下瞭望的母亲看到了，不会游泳的母亲来不及脱下衣服就跳入水塘把春妮救了上来。我们被母亲鲁莽的举动吓着了。湿漉漉的母亲一边换衣服，一边轻描淡写地说：“好在我从窗户里看到了。不然，春妮只怕浸死了。”

父亲是个矿工。那时开矿条件极为不好，安全措施没有保障。矿山上经常有塌方死伤人的事件发生。只要到吃饭的时间，父亲没有准时回家，母亲便走到这木格子窗户下透过上面的破纸洞向外焦急地张望。直到门前那条小路上出现了父亲的身影，母亲才从木格子窗户旁转过身来，到厨柜里拿碗、拿筷子准备吃饭。木格子窗户下面竟被母亲踩得凹凸不平，甚至连把椅子也放不平稳。

下雨天，没有地方去，我们就围坐在木格子窗户下看母亲做鞋垫、鞋子，或者看母亲给我们做好吃的。母亲做得最多的是用沙子炒红薯片。母亲炒出来的红薯片金黄金黄，香脆可口。

冬天，母亲怕我们冷着，就让我们围坐在火炉旁边吃饭。有时一铁锅青菜，我们吃得津津有味。挂在铁钩上的铁锅在我们姊妹的夹菜中晃来晃去。火苗被我们的快乐所感染，在铁锅下面“呼呼”地欢笑。我们的欢笑声飞出木格子窗户，落在门前的池塘里，池塘也荡起涟漪；落在屋前的枣树上，枣树也快乐地跳起舞。在木格子窗户下，我们度过了童年中最美好的时光。

后来，我们姊妹长大了，先后飞出了木格子窗户。母亲又有了新的担心。那时，没有手机，狗就是通风报信的使者。在母亲心里，深夜的狗吠声总不是好事。每当狗的狂吠声在门前那口水塘边的小路上响起，母亲便会披衣起床，站在这扇木格子窗户下紧张地瞭望、倾听，担心我们在外面是否有事发生。

我们的房子四面环山、开门见山，屋后有一大片坟。农村的夜晚寂静得可怕，有人形容“鬼打得人死”。深夜猫头鹰凄厉的叫声更是令人毛骨悚然。而母亲又是一个胆小的人。平时，晚上母亲洗了澡，连一盆洗澡水都不敢端出去倒掉。但她深夜居然敢走到木格子窗户旁窥探黑漆漆的外面。母亲从未睡过一个安稳觉，才四十出头的年龄，头发却全白了。参加工作后的我带母亲到过省内各大医院治疗她的失眠。医生说：“你母亲焦虑、担心的心病不除，这病就无法好。”我劝过母亲要她少牵挂，少担心，可母亲总是摇摇头：“没事的，习惯了。”

现在的我也喜欢学母亲的样子站在窗户旁瞭望外面，只是窗外不再是木格子窗户，有时窗户的外面被水泥钢筋做的高楼隔断了视线。但站在窗户旁静静地瞭望也是一件赏心悦目的事情：推开门窗，扑面而来的是一股清新的空气，看着伫立的高楼、高远的天穹、消失在视野尽头的黛黑色远山，有一种异样的情愫拥立心头，白天所遭受的各种不快和郁闷在这瞭望中消失殆尽。我终于明白母亲为什么喜欢站立在木格子窗户旁瞭望外面。原来木格子窗户外面不仅有景色，还有诗和远方！

去年母亲老家的房子改建，土墙改成了红砖墙，原来黄泥筑的地面改成了瓷砖铺的地面。但母亲坚持不肯丢弃那扇老旧的木格子窗户。母亲仍然把它做了柴火房的窗户……

现在母亲已七十高龄，但她仍然喜欢站在木格子窗户下瞭望……

不过，现在的母亲变得有些爱唠叨且特别喜欢回忆，喜欢对我们反复讲木格子窗户外面发生的事情：田地里的草籽花又开了；屋对面地里的黄花可以开始采摘了；地坪前的枣树开始结果了；地里种的胡萝卜、白菜又大又壮实；门前池塘里的鱼被你父亲喂养得肥肥嫩嫩。母亲说："在城市住了十多年，可每天晚上做梦，梦见的都是木格子窗户里发生的事……"

也难怪，母亲是一个被木格子窗户绊住了一辈子的人，怎能忘得了木格子窗户呢？

# 年　味

年味已渐渐浓厚，灰色的天空中不时响起鞭炮的爆炸声，一个个冲天炮在半空中炸开，时而呈现出仙女散花的样子，时而呈现出满天星星齐耀的场景，时而绽放成百花齐放的形状。空气中烟花的味道将年味的色彩浸染得更加浓厚。那是放了寒假的小孩放的。多谢这些孩子，将年味的气氛渲染得一天比一天浓墨重彩。

办公室临县城的十字街，是县城里最热闹、最繁华的地段，商铺、集市大都集中在这里。此时，街道上早已摆满了各种各样的年货：甜甜的糖果、裂开嘴笑的开心果、五颜六色的水果、各种各样的气球、红红的灯笼，正张开着一张张鲜艳的笑脸将大人、小孩诱惑。小商贩们手提喇叭，拼命地鼓着腮帮子在叫喊："卖年货啦！卖年货啦！上等的年货！"商家们也采取各种促销手段，使尽浑身解数。他们明白：这个时候，乡亲的荷包里是最鼓实，也是最舍得买的。

有单个的，有三五个的，有全家人一同来的，有母亲背着孩子的，他们手里提着鼓鼓囊囊的大包小包，还意犹未尽地这家商店看看，那家商店逛逛，唯恐漏掉喜欢的或需要的东西没买。孩子的手里拿着各种各样的气球，嘴里含着东西，两个腮帮被撑得鼓鼓的。可两只手仍在指着商店里琳琅满目的衣裳、儿童玩具和包装得花里胡哨的食品，赖在地上不肯挪动脚步。父母无奈，只好再次走进商店。于是孩子们的手中又多了一个包裹、一包好吃的东西或一件新的衣裳。

开着车的则把大包小包往后备箱一扔，后备箱的门都关不上了，关不上了就让它翘起吧。手里提了三四个包的人们哪怕走起路来已是瘸脚摆手，也免不了还要挤到商店里去看看，只恨自己为什么不生个三头六臂，可以把商店的东西都搬回家。

小车、摩托占满了街道的各个角落，纵使交警喊破嗓子，但人们仍然不间断地在街道间、商铺中穿梭来往。你喊你的，我逛我的，交警的叫喊声早已被淹没在来来往往的人流和车流的喧嚣声里。

鸟儿们也出来赶集了。许多不畏寒冷的鸟儿也趁这个热闹时机出来购置点年货回去，让窝里嗷嗷待哺的儿女们过个好年。只见几十只麻雀“砰”的一声从街道的一棵高树上飞到了另一棵高树上。它们的羽毛是褐色，加上不停地飞动着，让人认为是纷纷掉下的褐色枯叶。麻雀们也知道这个时候的地上总有捡拾不完的吃的东西。

于是，人流、车流、商贩的叫卖声、鞭炮声、鸟儿叽叽喳喳的欢叫声、弥漫的食品香味和乳白色的天空组成了满满的年味。

主妇们开始了一年最忙碌的时候，杀肥猪、腌肉、灌肠、熏鱼，烧火房上面的铁钩挂得琳琅满目，不堪重负。

燕婶忙着打扫屋里的扬尘。屋子的里里外外、角角落落，燕婶一丝不苟地进行清扫，连门槛都用刷子刷了一遍。燕婶还在大门的两边贴上了鲜红的对联，几个大红灯笼早已挂在了屋檐下。我刚走到她家的屋门口，脸就被旁边的大红对联与大红灯笼映红了。

搞完卫生，燕婶开始请人杀猪、杀鸡、杀鸭、宰羊。虽然感觉很累，但燕婶很开心。今年燕婶光喂猪、种田就赚了五六万块钱。过几天，孩子们都要回来了。今年孩子们运气不错，也赚了瞢钱（指钱很多），燕婶心里那个开心，她走起路来感觉像踩了弹簧。

今年克叔生了病，但也挺开心。这两年，他那一向爱赌博的儿子宝伢子突然明事理戒了赌，与老婆一心一意到外面赚钱。今年，他们盖了一幢非常漂亮、豪华的新屋，准备到新屋里过年。

腊月初七回乡下，克叔正在杀年猪。见我回来，克叔热情地留我在他家里吃“打猪汤”。克叔准备了十二个丰盛的菜，把我的肚子吃得饱饱的。我与克叔开起了玩笑：“克叔，你真的戒赌了吗？”

克叔抓着头发，脸上刀刻一般的皱纹因为笑而被挤到了一块儿去：“现在政府这么好，我要是再赌，就不是个人。我对宝伢子讲，我不赌了，你也不允许赌！我们都努力赚钱去！村上就剩我们家一幢破屋，我们没跛手跛脚，哟子就盖不起新屋？实在太丢人了！”

“那克叔要拿出实际行动来哟。”我笑着打趣克叔。

“今年盖的新屋不就是？”克叔反问我，我倒不好意思起来。

说实在的，以前我对克叔与宝伢子能否戒赌还心存疑虑。他们父子赌咒发誓戒赌，二十年都没有戒掉。每次把辛辛苦苦杀猪赚来的钱都输在了牌场上，气得慷婶只差没有吐血。

想不到这次克叔和宝伢子还真的把赌戒了。克叔在村里杀猪，宝伢子和老婆就在外面打工。爷崽一条心，卯足了劲赚钱。克叔喜滋滋地说：“今年要在新房里贴上对联、挂上灯笼，喜庆喜庆！”

克叔的新房有上、下两层，房间宽敞、明亮，前后花了将近五十万。大大小小的房子有十多间，还做了车库。克叔说：“明年争取买辆车。”

今年最高兴的还有村子里的“想猫剂”。“想猫剂”的全名是什么不得而知。我只知道他姓朱，与我老公一个姓。只是“想猫剂”四十好几了，不知什么原因，仍然单身。不过，今年“想猫剂”也盖了新屋，是政府为他们精准扶贫户盖的。

“想猫剂”站在地坪里喊住我：“去看看我的新房？”

我带着好奇跟在“想猫剂”后面，想看看这房子究竟盖得怎样。

庙前山不远，几分钟就到了。呈现在我眼前的是一幢崭新的两层高的、外墙用浅绿色的漆粉刷的房子。

“想猫剂”兴奋地指着右边两间宽敞的房子对我说：“看，这就是我的房间。左边的房子是朱建和的。厨房、厕所一应俱全。房间内很亮，阳光可以晒到下午五六点。”

“恭喜你啊，想猫剂。你终于住上宽敞、明亮的房子啦，可以准备讨房媳妇了。”我真心为“想猫剂”高兴。

“那是肯定的。现在的政府好呢。”这时，平时情商不高的“想猫剂”说起话来滔滔不绝，“现在有了房便有了一种归属感，做事也特别来劲。今年我砍了一万多斤柴，三十年夜来我这里烤大火。今年我还准备炕几十斤腊肉，到时一边烤火，一边来吃腊肉。”我看到“想猫剂”火房的铁钩上挂满了还没有炕干的猪肉。

“想猫剂”又带着我观看他楼上的柴火。楼上的房间里堆满了一块块劈柴。按当地 200 元钱一百斤的话，“想猫剂”这堆柴就是两万多块。

接着“想猫剂”带着我参观他原来的旧房。刚一走到门槛前，屋里一阵冷风往我脸上吹来。门前的台阶上、屋子里都长满青苔和杂草。屋里布满灰尘，凹凸不平的地板上连张桌子也放不平。周围矗立的幢幢新屋把“想猫剂”的老屋局促在一角。屋里整天见不到一丝阳光，满是斑驳的墙壁在冷风中摇摇欲坠。这哪是人住的房子呀。

“今年准备过个好年啦。”“想猫剂”的话打断了我的思绪，“现在的日子过起来还有点意思。”

看着开心幸福的“想猫剂”，想象着过年时“想猫剂”的新房里喜庆的年味该是何等浓厚，我似乎闻到“想猫剂”新房里飘出的腊肉香味。到时候，我一定要去讨个彩头。

终于等到过年，年过七十的母亲早早地搞好了大扫除，甚至连灶房里的冲钩、一把与我同龄的铜吊壶都用洗衣粉洗了又洗，还用瓦片刮了一遍又一遍，直到清洁如新买的一样，母亲才罢手。八月份时，母亲就把菜园里那棵干枯的大枣树兜挖出来，放在地坪里晒，预备年三十的晚上燃烧。

“三十夜的火，月半夜的灯。”家乡南江桥的人都喜欢在年三十夜烧大树兜。谁家年三十晚上的火烧得最旺、烧得最久，来年谁家的猪就会喂养得最大、谁家的收成也最多。因此，一到下半年，家家户户争相到山上挖大树兜。

年三十的晚上，我们得“守岁”。这是平江县的一个风俗。“守岁”守得越久，父母就会越长寿。我们姊妹围坐在火塘边，依偎在父母身边，看着火塘里柴火发出的“毕剥毕剥”的声音，边看着中央台的春节联欢晚会，边谈论着一年的收获与来年的打算。当劳累了一天的父母去休息时，我们姊妹却仍在“守岁”，一直到新年的钟声敲响。

南江桥是十分重视彩头的。大年初一这天，母亲希望我们睡个懒觉。即使再忙，母亲也不希望我们帮她做事。她希望我们开开心心、舒舒服服地度过大年初一。初一过得轻松、开心，预示着我们新的一年都会轻松、开心、幸福。

“初一早，满街跑，老子欠账谁敢讨！”初一可以放心出门。

“初一崽，初二郎。”这也是平江的风俗。大年初一，已成亲的儿子要到父母家里拜年。初二，出嫁的女儿则携丈夫、儿女到娘家拜年。

如果年前女儿女婿没有送丈母娘、小舅子礼物的，初二回门，女儿女婿必须提着“猪胯子”到丈母娘家辞年。女方有几个小舅子、岳父有几个亲兄弟，女婿就得准备几个“猪胯子”。“猪胯子”也是很有讲究的，必须是带猪脚的猪腿肉。我们南江桥一带给人家的男孩子说媒，叫“赚胯子肉吃”。

当年出嫁的女儿女婿被叫作“新客”，过年回门是要受到娘家和娘家亲戚的隆重接待的。“新客”是要被娘家的亲戚们放鞭炮迎接的，是要被安排着轮流请吃“情席”的。要是碰到亲戚多的话，“新客”整个正月都在吃“情席”。

我这个结婚多年的外地媳妇也像个刚出嫁的闺女一样，被叔伯们看重，每年轮流请着吃“情席”。起初，我说什么也不肯去，可是拗不过叔伯们的热情好客。

叔伯们说：“不这样吃一下饭，走动一下，如何培养感情呀？否则后辈们你一个也不会认识。将来恐怕难言亲情啦。”

想想叔伯们说的话不无道理。于是，我一路敞开肚皮胡吃海喝，一个正月胖了十二斤，成了一只肥猫。

这里，我要说说平江的“情席”。将酒席、筵席说成“情席”的恐怕只有平江。“情席”者，顾名思义，就是有情义、感情的意思。平江是一个非常重视情谊、恩情的地方。多年的朋友见面或朋友相互赠送礼物，必互相回礼或请饭以表达思念或感激之情。

“崇礼尚勇、厚德图强”是平江精神的内涵。“崇礼”被平江人摆在平江精神的第一位。可见，历史上的平江就是个礼仪之邦。

“情席”的吃法在平江是有相当讲究的。“情席”一般有十大碗，现在也称“平江十大碗”。这十大碗不能同时上齐，必须一碗碗地端上桌。上完一碗菜，主人才端来第二碗菜，依此类推。然后在上第四碗菜时才能撤掉一只菜碗。可见平江的“情席”体现的是平江人待客的真心实意。

只是“情席”中这十大碗的菜名没有统一的规定，但都大同小异。传统“情席”的第一碗为“炸肉”，随着生活条件的改善，现在改成了什样锦。如今太平盛世，芝麻开花节节升，平江人民对美食有了更多的本土追求。

平江人是非常豪爽的。“来的都是客。”过去只有办喜事才能吃到的“情席”，现在在平江随时随地就可以吃到。

当然，“情席”只针对办喜事而言。如果是办丧事，则叫作吃“盘子”、吃“豆腐”。

写着写着就扯远了。因写的是年味，我们还是言归正传。

挺让我纳闷的是平时不太喜欢出门的老公今年带着我到处拜年。我笑问原因。老公说：“以往到亲戚家拜年，到处坑坑洼洼，不是一身泥，就是一身水。现在好了，路上铺的都是水泥或柏油，就算闭着眼睛走路也不会摔跤。”

家家户户的桌子上都摆满了五颜六色的果子。几十元钱一斤的樱桃也有人买。我吃惯了精细食品，很想吃到儿时的红薯片。缅婶笑着告诉我：“现在谁还吃那个呢。”我也笑着说：“现在城里人向往吃乡里绿色无污染的食品，农村则向往吃城里的食品。”

嘿嘿，今年的新年过得有点意思。

# 啊，草籽花

在人工种植的花中，我认为草籽花是最不让人操心的花，也是农民最不用花费时间与精力去管理的花。可以说人工养植的花中，再没有一种比草籽花更让人省心、生命力更顽强的花了，也没有比草籽花更朴实、更卑微的花了。

它生命力顽强。小时候，我曾几度担心它弱小、纤细、瘦长的身子容易被风吹倒，甚至担心过一只蜜蜂采蜜时会碰痛它、碰断它。开花时节，它默默承受孩童在草籽田里追赶、肆意的践踏；黄牛在田地里大口大口地把它当作填饱肚子的食物，连鸡也欺负它、啄食它；农民毫不心慈手软地用犁把它一片一片地犁起，把它连同泥土埋入田地里化成肥料。可来年，它不计前嫌，只要丢下一粒种子，它便给你一个多彩的春天！在我的心中，外公田地里的那片草籽花开了，春天也就来了！

它朴实。它从里到外都透着朴实。虽然穿着多彩的衣裳，却从不牵牵扯扯、骚首弄姿、顾盼流连。它们只是静静地开放，默默地点缀着山间田野。在我的心里，它犹如一个不加装饰打扮、不涂脂抹粉的农家村姑，处处显露出朴素、淡雅与清新的气质。无论你关注与否，它只管开着自己的花，默默地散发着自己的芳香。

它卑微。草籽花，这是一个多么亲切、多么接地气的名字，就像农村人叫自己的孩子为“狗娃”“二蛋”“石头娃”一样朴实、随便。从它的身旁经过，没有谁肯多看它一眼。因为卑微，草籽花入不了文人墨客的法眼。我曾经翻阅过很多描写花草树木的书籍，竟然没有诗句描写草籽花。

在我的记忆中，每当春季来临，我那瘦小、身体如草籽一样羸弱的外公的屋前，那些错落有致的梯田里便开满了一垅垅紫色与粉色的草籽花，甚至田埂上、小路上、菜地里都生长着密密的草籽花。它们层层叠叠，像外婆织出来的漂亮花布。从我懂事的时候起，这些草籽花似乎就长在了那一垅垅的田地里，从未凋谢过。如今外公已离开我们四十年，但每年春天，他曾经耕种的田地里都会盛开一片片草籽花。

我从未见过开得如此茂密、如此美丽的小花朵。一朵一朵紫红和粉红的小花密密地挨着、亲昵地立在田地里，织成一片片紫色和粉红色的云锦，如一道道流光溢彩的瀑布。有的草籽花半开着，显得有些羞涩，如没见过世面的邻家小女孩，而已绽放的则落落大方，亭亭玉立地立在田野里。

我曾惊讶这世界上竟然有如此美丽的花！外公笑眯眯地告诉我："这小小的、紫中透着微白的花叫草籽花。"我才知道这小小的花叫草籽花。

从此，我喜欢上了这草根出身的草籽花。在我的心里，草籽花是与外公紧紧联系在一起的。在农村，有外公的地方就一定有草籽花，有草籽花的地方就一定有外公！

有事没事的时候，我总喜欢站在长有草籽花开的田野边，静静地看着默默盛开的草籽花；看着蝴蝶在草籽花中嬉戏追逐，打情骂俏；看着蜜蜂忙碌地在草籽花中"嗡嗡"地采蜜；看着外公眯缝着眼睛、擤着鼻子，立在草籽花的清香中沉醉……

不忙的时候，外公常常摘来许多草籽花，用藤蔓编织成一个大花环，然后把它戴在我的脖子上。外公笑眯眯地、一脸幸福地看着我，亲昵地叫我"草籽花小公主"。那一刻，我感觉自己是世界上最幸福的女孩、最美丽的草籽花公主！

我常常与小伙伴们在这片草籽花中嬉戏、追赶、打闹，把草籽花踩得东倒西歪。外公从来没有骂过我们，总是笑眯眯地站在旁边看着我们在草籽花田地里嬉戏，我们的头上、衣服上常常沾满草籽花。

四、五月，草籽花开得正旺，外公用犁将田里的草籽犁掉，然后栽插禾苗。看到一片片翻起的泥土将一簇簇草籽花掩埋在田底，我就有一种深深的落寞与伤心。外公看着难过的我说："妹子，你不必难过，即使明年一粒草籽也不播种，田地里照样会开遍草籽花……草籽花的生命力可顽强着呢！"

外公说的话果然没错。第二年春天，我发现屋前的田野里真的又开满了一垅垅草籽花，甚至山沟沟里、小溪边、田野的旮旮旯旯、石缝里都有它们的身影。草籽花以最朴实的绽放妆扮着春天，妆饰着山川，肥沃着田野。

外公的身子很瘦弱，就像那盛开的瘦小、羸弱的草籽花一样。外公微驼的后背很像外公手里那张在草籽花里耕耘的犁耙。外公的脸上刻着一道道深深浅浅的皱纹，很像田地里一朵朵盛开而不屈的草籽花，布满了岁月的风霜与尘埃。外公种了一辈子的田地，是千万个普通农民中的一员，是站在人群中没有谁会多看一眼的、朴实的、卑微得如同田地里盛开的草籽花！

一辈子面朝黄土背朝天的外公种了一辈子的草籽花，从来没有给生产队增添过任何麻烦。出身卑微的他与人说上一两句话，也会害羞得涨红脸。我常常回忆起每个酷热如火的夏天，戴着麦帽、肩膀扛着锄头、锄头把上挂着一个装满水的竹筒的外公为生产队外出劳作的情景。

即使炎炎酷暑，外公也从来没有到别人家讨过一杯水喝，或到别人家歇歇脚，他怕给人家增添麻烦。实在疲劳了，外公就坐在生产队晒谷场前的一棵大槐树下打一会儿盹儿。

外公六十多岁时仍在耕作。有一天，外公被发狂的黄牛顶到田坎下边摔断了胳膊。外公把胳膊接好仍没有休息，而是忍着痛、吊着手，扛着犁耙又出去耕种了。外婆气得骂他贱，贱得如同田野里的草籽花，不值钱。只有我知道，外公是舍不下那片草籽花。

只可惜，外公到死都不知道草籽花还有另外一个好听的、富有诗情画意的名字，叫"紫云英"。颇感欣慰的是，死后的外公就埋在那一片盛开的草籽花旁边，永远陪伴着他心爱的草籽花。

我也是后来才知道"紫云英"这个好听的名字的。百度词典中是这样解释的：紫云英属豆科，分布于中国长江流域各省区。生长于海拔400—3000米间的山坡、田野、溪边及潮湿处。用途广泛，可以作农田的有机肥料和牲畜饲料，是农民耕作必不可少的肥料，也可以入药或酿蜜。原来草籽花还有如此多的用途。这令我对草籽花的敬意又多了一层。

在城里工作多年，见过许许多多高贵的花，却越来越难见到草籽花。这一直是我心头的遗憾与失望。

上个星期，我到长寿镇观赏油菜花开。在开着大片大片、金灿灿的油菜花田埂上、水沟的旮旯旁，我居然看到了一小簇一小簇落寞开着的草籽花。人们一脚一脚贱踏在草籽花上，忙碌于用手机对油菜花各种拍照，却忽略了他们脚下那绽放的、可怜的小生命——草籽花的呻吟。

我弯下腰，轻轻地抚摸着这弱小、被人遗忘践踏的小生命，心里不由得生出丝丝柔柔的疼痛。在现代文明高度发达、耕作高度机械化的今天，还能见到这个可怜弱小的生命，该是何等的激动与惊喜！我在猜想，草籽花是怎样来到这个地方的？它到底要多顽强，才能在这个喧嚣、到处充斥着破坏与建设的土壤里生存下来？

虽然生长在杂草丛间，但草籽花却仍然绽放得异常淡定、美丽与从容。与旁边开得金灿灿的油菜花相比，它实在太渺小、太不引人注目，甚至有点不合时宜。

至今，外公挽着裤管深一脚、浅一脚踩在冰冷的田里，粗糙、青筋暴突的手在田间地头播撒草籽的情景仍然在我的脑海中浮现。外公的手扬得高高的，草籽在外公的手里形成一条漂亮的弧线，然后轻轻地落在田地里。一阵轻风吹来，有的草籽调皮地从外公的手缝里漏到田埂上、路边、小溪旁……外公的脸专注而凝重，灰色的草籽很快被黑色的田土、杂草掩埋甚至践踏。

尔后，草籽在厚厚的泥土里冬眠，酝酿一个春天色彩斑斓的梦。在我看来，播撒草籽、看草籽花盛开是外公一生最喜欢做的事情。

春天，当许多名贵的花还在大地温暖、宽阔的怀里做着一个香甜的梦时，草籽花却顶着寒冷绽放，给枯黄、单调、落寞的田野带来生机与惊喜……

现代社会，在化肥、农药广泛使用的今天，草籽花也没有自甘腐朽与堕落，只要有春风吹过，它仍然探头探脑地悄然怒放……

# 细说“平江十大碗”

“有朋自远方来，不亦乐乎？”地处“蓝墨水”上游的平江人民历来以热情好客著称。在“崇礼尚勇、厚德图强”的平江精神内涵中，把“崇礼”排在第一位。平江美食鲜辣、精致、地道的特点充分体现了平江人待客的热情、真心与实在。

“平江十大碗”是平江最为有名的美食，也是平江人招待亲朋好友的最高美食待遇。2018 年 11 月，中央电视台 9 台的纪录片《舌尖上的美食》对“平江十大碗”做了专题报道。“平江十大碗”从平江本土开始被全国人民熟识并接受，从而喜爱。

随着社会的进步、人们物质生活条件的日益改善与提高，现在的“平江十大碗”比起传统意义上的“平江十大碗”，菜谱要丰盛、味道要鲜美得多。常见的菜系有什样锦、炸肉、肉丸子、竹笋、猪肚、羊肉、鱼、鸡肉、扣肉、百叶丝、莲子银耳汤、蔬菜、豆腐、红烧肉，等等。

“平江十大碗”是有历史来头的，传统意义上的“平江十大碗”是很有讲究的。

我们先来说说“平江十大碗”的历史吧。早在很多年前（年份已无从考证），尚礼、好客、有钱的平江上流社会的达官贵人无论忧喜两事，都喜欢做十个菜来招待他们的亲朋好友。在他们看来，“十”是一个非常吉利的数字，寓意十全十美。久而久之，平江的普通百姓也纷纷仿效。于是就逐渐演变成今天的“平江十大碗”。

也许你有些好奇与疑惑，为什么不用“平江九大碗”？“九”可是阿拉伯数字中最大的个位数字。“九”不也寓意长长久久吗？可“九”是个单数，老百姓不都喜欢好事成双、圆圆满满。而数字“十”就能够满足老百姓的美好愿望与要求。

由于当时物质条件不允许，最初的“平江十大碗”只招待最尊贵的亲朋好友。因而“平江十大碗”也叫“平江情席”。为了客气、平等起见，后来演变成只要是做红白事，也请吃“平江十大碗”。办喜事叫“红席”、办忧事叫“白席”，两者统称为“席口”。

在平江农村，如果有老人过世，亲朋好友去吊唁吃的“十大碗”叫“吃盘子”或“吃豆腐”。

在那个物质十分匮乏的时代，吃“平江十大碗”可不是件容易的事。买不起大鱼大肉等贵重的食材怎么办？总不能让那些远道来吊唁的客人饿着肚子回去吧？条件再差，也不能失掉对客人应有的礼数。

于是善良、聪明的平江老百姓就想尽各种办法做出“平江十大碗”。为了凑成十大碗，厨师们变换着花样、绞尽脑汁想方设法做菜。农村家家户户不是都喜欢打豆腐嘛。于是，一块块豆腐在厨师们的手下仿佛变成一个魔块，被厨师们做成了煮豆腐、煎豆腐、油炸豆腐、闷豆腐、麻婆豆腐、腐乳等五花八门的豆腐菜。由于菜的数量不够，巧妇们就用平而坦的盘子盛菜，这样看上去菜的分量多一些。这就是平江“吃盘子”和“吃豆腐”的由来。当然喜事是不能够这样操办的，它的要求与规格也是不同的。

现在平江农村的很多地方无论做白事还是做喜事，招待亲朋好友还是沿袭了传统意义上的“平江十大碗”。如今条件好了，物资也十分丰富，搞个“平江十大碗”不过是小菜一碟。

看似简简单单的“平江十大碗”却蕴含了平江人民十分丰富的传统礼数与礼仪。可以说，“平江十大碗”将平江精神中蕴含的“崇礼”诠释得淋漓尽致。

平江是一个非常讲究年尊辈长的地方，做红白大事请来吃饭的客人是要严格地按年尊辈长来排座位的。在平江人眼里，没有官与民、年龄大小之分，只有辈分、男女之分。

当然这个男女之分不是说男人与女人接待的礼数有轻重之分。平江从来不重男轻女。相反，在很多场合，女人的地位要高于男人。

比如，女儿出嫁，原则上父亲是不送亲的，只有新娘的母亲可以送女儿出嫁。新娘的母亲和她的亲戚们是所有宴请客人中最为尊贵的。

新娘的母亲和亲戚们到达女婿家时，女婿家的屋子前面一定要并排摆着盛满水的脸盆。那是主家预备让新娘的母亲和亲戚们洗脸洗手用的，叫“洗尘”。

洗完脸、擦完手后，新娘的母亲和她的亲戚们随即被陪客热情地、打拱作揖地邀请到一间事先准备好的房中休息，且陪客得自始至终陪着说话。休息一会儿后，新娘的母亲和她的亲戚们开始“吃落成”。“落成”吃的是“平江十大碗”，意味着为他们接风洗尘的意思。

注意，这不是吃正餐，只是中途打点一下。虽然是打点，但这“落成”的“平江十大碗”也不是随随便便做的“平江十大碗”，与正餐的“平江十大碗”的规格是一样的，甚至比正餐的规格更高。陪客和男方家的父母及男方家辈分最高或亲戚中德高望重的要自始至终陪着新娘的父母和亲戚说话、“吃落成”。

吃完“落成”，稍事休息，接着就要开始吃中饭——正餐啦！正餐也是“平江十大碗”。吃完中饭，新娘和她的亲戚们被陪客接到新娘的房间里走走、看看，与女婿的父母聊聊天、拉拉家常。当然说的无非都是一些客气之辞。所有的礼节和流程走完后，新娘的母亲和亲戚们在新郎父母家的祝福声和鞭炮声中告辞回家。至此，嫁女的仪式才结束。

嫁完女，就是喜迎外甥。外甥满“三朝”那天，外婆必须坐在厅堂中最主要、最显赫的位置，主家还得请陪客陪着说话。整个过程中，陪客都要打拱作揖相陪，不敢有丝毫懈怠。从这些礼数足可以看出，平江是没有性别、年龄歧视的。

下面我们来说说平江人做忧喜两事吃“平江十大碗”座位的排法。

被主家请来的客人不能像现在到饭店里吃饭一样哪里方便就坐哪里。一般主家会在厅堂最东边的位置上留出三五桌给女方来的亲戚。在平江，一般把嫁女来的女方娘家亲戚叫“上亲”或“亲家”，把办忧事来的女方亲戚叫“后家”或“龙山”。

客人来之前，主家一般会安排三五班人马老早站在门口打拱作揖等候，小班辈分的人和年龄小的孩子一般跪着接待。主家安排几班辈分人马接待，得视女方来的亲戚辈分而定。女方家来几班辈分人马，男方家就得几班辈分人马接待，完全是一对一的关系，体现了平江对人的平等与尊重。

比如嫁女。如果女方出动了太公、太叔公、叔公、母亲送亲（在平江，父亲一般不送亲），那么男方家也必须得安排太公、叔公、父亲等辈分的人接待。

没有太公怎么办？在同姓氏同辈分的人中请也要请一个来的。一个几岁的小孩，如果辈分大，也是要被迎接、被安排在大位子上的，否则女方家人会不高兴。

客人迎进了门，就得安排座位啦。主家会请一个礼生（即陪客）来安排客人的位子。如果安排不周或不敬，主家不高兴，客人也会生气或被笑话。头天晚上，礼生会与主家商量、盘底，女方来的都有哪些亲戚和客人、坐在哪里比较妥当。

比如请满月酒的那天，外婆是最尊贵的客人，必须得坐厅堂靠东边的第一个位子，然后依次按辈分从上往下安排第二个位子。而桌子的缝隙处只能安排最小的辈分去坐。

这就存在一个问题。请满月酒那天，外公也是最为尊贵的客人之一。一张桌子只有一个最大的位子，那么外公坐哪里？那就得摆第二桌。

第二桌怎么个摆法？（仍然面向外面）摆在与外婆同一直线的最左边。外公就安排在最左边最上方的位子。

如果一张桌子坐八个人，厅堂最右边的位子最为尊贵（面对大厅）。主家会安排最主要或最重要的客人去坐。摆放桌子时一定要注意，不要将桌子的缝隙处对着最尊贵的客人。那么有缝隙处的位子谁来坐？主家一般会安排辈分不重要、年龄不大的亲戚来坐。

筷子的摆放也是有讲究的。一般要两双两双筷子整整齐齐地横着摆放。筷子横着摆放，让筷子的两头不能对着客人，否则会被视为不恭。当然，碗筷、酒壶、勺子、香烟之类的要在客人还没有落座时摆放好，以示对客人应有的尊重。从这些细节也可以看出平江人礼数的周到、细致与客气，这在全国都是为数不多的。

客人的位子次序安排好了，是不是就可以开吃了呢？不，还有一道程序没有完成，那就是还得先敬祖先。

一般农村每户人家堂屋的北面都会贴有一张红纸做的家神。主人会点三根香，拿三个素菜或荤菜祭拜祖先，以告诫后人，无论走到哪里、不管做什么，都不要忘本，不要忘记祖先。

现在，虽然文明高度发达，但无论身在何处、身居何种要职，平江人认祖归宗的意识仍然非常强烈。

礼节的事情我们弄清楚啦。那么“平江十大碗”的菜谱有没有什么讲究？答案是也是有讲究的。

首先，“平江十大碗”中的第一碗菜很重要。它决定着以后的九大碗菜规格的高低。如第一碗菜的价格越贵，那么后面九碗菜所花费的成本也相应地越高；如第一碗菜价格、成本低，那么后面九碗菜的规格成本相应地也低。过去，由于受物质条件与生活水平的限制，“平江十大碗”一般以“炸肉”做第一碗菜。

随着生活水平的提高，现在的“平江十大碗”中基本没有以“炸肉”做第一碗菜的，一般改成了什样锦做第一碗菜。

过去物资十分匮乏，即使有钱也买不到好食材。一般的老百姓家庭就可想而知。拿什么做第一碗菜？聪明的平江人就用“炸肉”做第一碗菜。“炸肉”是不是将肉放到锅里炸熟的肉？

那个时候，家家户户小麦面粉还是有的。“炸肉”就是把小麦面粉用水豆腐调成糊状，打几个鸡蛋进去，放点糖或盐，再放入滚烫的油中去炸，待到炸成金黄色捞起来，冷却一阵，再切成像肉一样的块状放到蒸笼里蒸，待到“炸肉”稍微软和一些再端出来。端上桌时淋上一勺鸡汤，再撒上一些葱花、胡萝卜丝就成了一道看相美观、闻着香喷喷、吃起来美味非常的菜啦。因外观看起来很像煮熟的肥肉，故而叫“炸肉”。

那么现在“平江十大碗”中的第一碗菜什样锦又是什么样子的呢？别小看一碗什样锦，它集中了平江人的心血与智慧，彰显了平江人待客的最高礼仪与真情实意。

什样锦是用胡萝卜、青红辣椒、海参、鹌鹑蛋、黑木耳、百叶丝、猪肉、炸肉、蛋卷、墨鱼、鸡肉等组成。由红、黄、白、蓝、青、黑等多种颜色构成，可谓五彩斑斓。从这些菜的组成可以看出流程烦琐，工序复杂。这众多的菜做熟后盛在碗里也是十分有讲究的，必须一层层地摆放，必须讲究看相。

这样用心做成的什样锦不仅外观看起来赏心悦目，而且营养丰富且十分美味，象征了平江人民生活的多姿多彩、幸福美满。平江人可谓是用心良苦。

当然也有条件特别好的人家做第一碗菜时用燕窝、鱼翅或海参的。如果第一碗菜规格比较高，那么第七碗菜中必须来碗羊肉或猪肚。因为“七”是“席”的意思。所以第七碗菜叫“应席”，是“平江十大碗”中首尾呼应的意思。

不仅如此，传菜的人也要略懂一些传菜的礼仪。传菜员在把菜端上桌子时，菜是不能随意乱放的。一般来讲，肉摆放在东边，鱼摆放在西边。十大碗呈圆形摆放，象征和和美美、团团圆圆。

除此，“平江十大碗”的上法也蕴含着丰富的礼仪。主家不会将十大碗一气端上桌。“十大碗”必须是一碗一碗地依次端上桌，吃掉一碗，再端上一碗。

另外，传菜员还必须懂得一些“平江十大碗”的撤碗知识。端上桌的菜不能吃一碗撤掉一碗，也不能一气将十个菜碗同时撤掉。

注意啦，第一碗菜和最后一碗菜吃完，传菜员不能随随便便就将菜碗端走。

这两个“第一”的菜碗必须得同时放在桌子上。而且第一碗菜的碗必须留在请来的最尊贵的客人面前，一直到宴席结束，象征凡事有头有尾。

除此之外，桌子上还必须最少保留四个或六个菜碗。一般以六个菜碗居多。“六”象征六六大顺。“四”在平江人看来是个不吉利的数字，只有在吃“白席”时才可以保留四个碗。这就是今天平江人仍在说的“四、六碗”的由来。就是一般的客人来了，最少也要做上个四碗菜或六碗菜。

特别值得一提的是，平江人办满月酒吃“平江十大碗”时，必须得有一碗笋。吃完这碗笋，陪客会把这只笋碗拿到孩子外公的面前，再由外公递到女婿的面前。外公要一边递碗，一边说：“祝你家像这笋一样连根发、发得多、发得快！”如果外公不懂这些礼数，把递碗当作对他的一种不尊重而推辞，是要被当地人笑话的。

在我看来，“平江十大碗”吃的不仅是美味，更是平江人民一颗浸透人间烟火的真心与实心，是平江人民对传统饮食文化与传统礼仪的回味与弘扬。

# 老 井

在我的老家有一口井，它很老很老，老得不知道出生年代。外婆说，太外婆在时，那口老井就存在了。

可惜的是，现在这口抚育了我们村子几代人的老井却被人们抛弃了。人们纷纷搬离老井，用上了自来水。虽然与老井相隔很近，人们却不愿意再用眼睛瞟一下老井。老井就像一个无人照看的老人，孤单、落寞地躺在四周长满野草的青石板里自生自灭。

现在的老井青苔遍布，连石头都变成了青绿色。一块块青石溜光圆滑，上面沾满了岁月的尘土。老井的井底也长满青苔，井水呈现出一种墨绿色，像一块沉郁的、被人遗忘了的碧玉。老井周围满是疯长的野草，臭虫自由出没，老井显得衰败不堪。

老井的构造非常简单，简单得有点寒酸。井的四壁分别由一块块天然的大青石组成，高度刚好与我家的屋基平行。

老井不大，却方方正正。挑水时一次只能放下去一只桶。老井的水也不深，大概一米左右的样子，却养育着我们八户人家三十多口人。

我家与老井挨得很近，近到什么程度呢？打开后门，走两三步，越过一条小排水沟就到了老井。家里烧开水、炒菜时，可以临时到老井里取水。我家是从来不需要使用水桶、水缸的，老井就是我家天然的水缸。

老井的水很清很洁净，清澈得像一面镜子，可以照出人影来；老井的水很甘冽，喝上一口，香甜久久地萦绕在唇齿间；老井的水也很凉，会让你从嘴里凉到心里。如果用瓶子盛一瓶水，你会看到瓶子的外面结满了一层白霜似的东西。

每天一大早，老井在乡亲们铁桶清脆的碰撞声、桶与扁担的撞击声中开始了一天的忙碌。乡亲们开始挑水做早饭了。老井的早晨是最热闹、最有生气的时候。无论人们怎么挑水，老井的水总也挑不完。

春天，老井的坎上和周围开满了紫色的婆婆纳，像满天的星星镶嵌在老井的周围。老井就这样静静地被这紫色的玛瑙包围着，散发着芳香；夏天，我们坐在老井的周围纳凉，烧一壶老井的水泡的烟茶，听母亲讲着老井源远悠长的故事；冬天，无论天气有多寒冷，即使是滴水成冰的日子，老井也从来不会结冰，甚至还会冒出丝丝热气。如果将手放到水里一试，老井里的水还有些温热。

老井的右边长着一棵芭蕉树，每到春末夏初，芭蕉树就会长出一个椭圆形的、黄色的芭蕉心来。母亲说，这是老井的心脏。原来母亲一直心脏不好，吃了老井边生长的芭蕉心以后，母亲的心脏病一直没有再复发过。母亲告诉我们，老井也是有生命、有灵性的，让我们一定要好好地保护老井。

母亲决不允许我们把老井周围的环境弄脏。母亲警告我们说，如果把老井玷污了，是要遭泉神菩萨惩罚的。

老井井壁底部的右下方有一个不大的泉眼，一股清澈的泉水从这泉眼里喷涌而出。母亲说，老井里住着泉神菩萨。这泉水就是从泉神菩萨的嘴里喷出来的。对于母亲的这句话，我是深信不疑的。因为无论春夏秋冬、天晴下雨，老井的水永远不会溢满，但也从不干涸。哪怕是大旱的季节，大地干渴得开裂，庄稼枯死，别的池塘、水井都干涸了，老井的水也永远是满的。运气好的话，会看到泉眼里有一两尾红鲤鱼游出来。母亲绝不允许我们抓捕红鲤鱼，说红鲤鱼是不能炖着吃的，它们是泉神菩萨变的。

逢年过节，母亲总要在老井旁边点上几根香，摆上几荤几素，然后双手合十，虔诚、庄重地对着老井拜上几拜，嘴里喃喃地说着什么。

每隔十几天或个把月，母亲就要吩咐我们“灌井”，即铲除老井坎壁上的杂草，清除老井井底、沟边的青苔与污泥，再用清水彻彻底底清洗干净一遍井底。清洗过的老井就像一个刚刚洗过澡、剃过头的少年，洁净、清新、漂亮，浑身散发着清香与魅力。

老井从来不使用井盖，母亲从来不担心我们这些像野马一样的孩子会掉进老井里淹死。的确，在我的记忆里，我们和村子里的其他孩子真的没有谁掉进过老井。母亲说，是泉神菩萨保佑了我们。

因此，我十分理解母亲为什么对这口老井如此顶礼膜拜。母亲在矿山上捡拾长石。矿山经常塌方，死伤人的现象时有发生。但奇怪的是，在矿山上捡拾了二十多年长石的母亲从来没伤过一块粗皮。母亲说，那是老井和老井里的泉神菩萨保佑了她。她说常常梦见一个穿着白衣白裤、蓄着白胡子的老头子跟着他，那一定是老井里的泉神菩萨。

十三岁暑假的一天，天空突然狂风暴雨、电闪雷鸣，老井里的水被山坡流下来的黄泥水污染。我拿着锄头去排水。突然一个炸雷打下来，我被击倒在地上。

家人都以为我死了，父母非常悲痛与伤心。母亲一边哭泣，一边默念着“泉神菩萨”……五个多小时后，躺在门板上的我竟奇迹般地苏醒过来……

后来我才知道，下午的那个炸雷一共击倒六个人。其中有三个被雷电劈死，只有我的伤是最轻的。母亲说：“当时由于你是站在老井的旁边，一定是老井的泉神菩萨保佑你才没被劈死，否则你的坟头与那三个人的坟头一样，早已是青草萋萋。”

现在想想，我仍心有余悸。从此，老井在我的心里越来越神秘，越来越神圣。

在那个物质极其贫乏的年代，无论境遇多不好，母亲都没有轻易地喊过一声苦、叫过一句累。母亲总是笑着说：“一女不吃两井水，好女不事二夫，今生我就吃定这老井的水了。”

母亲就是凭着对老井的痴迷、执着和崇拜，硬是将苦日子熬出了头。

如今，多少年过去了，我们早已搬离了老屋，也搬离了老井。空闲的日子里，母亲总会对着老井的方向望上一望，并经常问我：“妹子，你说奇不奇怪，近来我总是梦见那口老井，梦见在那口老井里舀水、洗衣，还梦见了井里的那条红鲤鱼呢。”

我知道，老井在母亲的心里已刻下了一个深深的、挥之不去的烙印。

# 父亲的改革：分菜吃

20世纪七八十年代物资匮乏，生活条件极其不好，吃什么、怎么吃才能让一大家子人填饱肚子是父亲一直思考的问题。

也许是因为男孩子吧，弟弟虽然最小，但吃饭吃菜却吃得最多。一大碗饭，还没吃到一半，弟弟就已经把整个菜吃了个差不多。特别是好吃的菜，更是完得快，让我们几个斯文一些的女孩子没有菜送饭，也让父亲没有了菜送饭，这让父亲十分头疼与恼火。

也难怪，因为买不起油，餐餐吃又苦又涩的棉籽油炒的菜，对于正长身体的我们怎么能饭量、胃口不大呢。我常常觉得饥肠辘辘，似乎每天有只手在拼命地翻搅我的肠胃，搅得我坐立不安，有时甚至没有心思读书。

不光我是这样，贫穷也让其他姊妹好像在牢里关了很久才放出来似的，一个个像小猪一样能吃。父亲知道我们正是长身体的时候，即使再苦，也要每个月买上一回肉给我们改善伙食。少得可怜的肉怎么能让我们吃饱？

有一次晚饭，黑灯瞎火的，父亲起身去点灯。等父亲点亮灯来吃饭时，碗里只剩下一点汤，一块肉也没剩下，甚至连辣椒也没有剩下。父亲惊讶地对我们说："你们姊妹的筷子上都长着眼睛啦，一夹一个准。"饥饿让我们都变成了"老虎"。

穷则思变，父亲终于想出一个好主意。

一天中午，刚从学校回到家的我就被父亲吩咐着："到碗柜里拿六个小钵来，今天分菜吃。"

"什么，分菜吃？"长到十来岁、从来没有见过一家人吃饭竟然要分菜吃的我很是好奇。

"为什么要分菜吃？"我一边问父亲，一边朝碗柜走去。我不敢违抗父亲的旨令，我知道父亲从来都是说一不二的。

"不分菜吃不行。多的多吃，少的少吃。一餐饭还只吃到一半就没菜吃了。

尤其你娘总是让着你们，什么也吃不到。以后凡是好吃的菜，一律分！”父亲严肃地说。

听说要分菜吃，姐姐、弟弟和妹妹全都好奇地围在了火炉边，叽叽喳喳地闹个不停，想知道父亲怎么个分法。

火炉的正中被柴火熏得乌黑的铁钩上挂着一口铁锅。铁锅里正咕噜咕噜地煮着小半锅的辣椒炒肉，一缕缕的肉香味不时飘向我们的鼻子。

“真香！”弟妹们拼命地擤着鼻子，喉咙里仿佛有一只手伸出来。我们拼命地吞着口水，生怕一不小心，口水就掉到了锅里。香味搅得我们的肠胃翻江倒海，我听到自己的肚子在咕咕直叫，好久没有闻到肉的香味啦。

我在碗柜找了很久也没找着钵。父亲不断地大声催促着：“怎么搞的，几只钵也找不到吗？”父亲干脆自己来拿。父亲一下子就从碗柜的一个角落里找到了六个小钵。

“这不是吗？”父亲指着小钵给我看。天哪，这也叫钵？其实我早就看到了，但我不相信那是盛菜的钵，它们只有手掌心那么大！我想，用它来盛菜，还不够我一口吃的。

“亏你想得出来啊，这样小的钵。”我不满地嘟哝一句。我想，父亲为买这几只如此小的钵，一定跑了不少的路。同时我也在心里咒骂那个造钵的人，亏你制得出这样小的钵！一定是专门为我家量身打造出来的。

父亲将六只手掌心一样大的小钵一字排开放在地上。看上去小半锅的辣椒炒肉分到六只钵里只有一点点。我惊诧于父亲眼光的毒辣，每只小钵，他就盛半锅铲，重量仿佛是称重过的，六只小钵被他盛得一样多。

首先由最小的弟弟选。可怜的弟弟选了一遍又一遍，不知选哪钵好，实在难以取舍，最后只得随便端了一钵。父亲得了最后那钵没人要的。

“随便你们一口吃完还是慢慢地吃完，反正没菜了不要找我。各人吃各人的。”饭桌上，父亲重申了一遍纪律。

菜实在是太少，不够吃上一碗饭，更别说一餐饭了。但肉很香很香，把我们的食欲全勾了起来。我和弟妹们闻了又闻，口水忍不住掉到饭碗里。菜的分量虽然不多，但我们很节省地一点点地吃，有时筷子上沾上的一点点菜汤都足够让我们吃上几口饭。

起初弟弟也懂得慢慢地享用。可是，肉香实在太诱人了，弟弟肚子里的馋虫似乎在扯动他的五脏六腑。弟弟吃了两碗饭后，菜也吃完了，弟弟便把他的小眼睛朝我们几个姊妹的菜钵里瞟来，筷子随之也朝我们的碗里伸来，但被父亲严厉地呵斥、阻挡了："别打人家的主意！谁让你那么快吃完的。"可怜巴巴的弟弟只好把筷子缩回去。母亲想把自己的菜倒点给弟弟，父亲也决不允许。弟弟硬是吃了几碗没菜送的白米饭。经过这件事，弟弟学乖了，以后吃饭时知道如何节省吃菜了。

父亲这种分菜吃的做法因故仅仅坚持一个月就"流产"了。多年后，我们回忆这段时光时，父亲显得很不好意思。父亲说："当时也是迫不得已，不然谁愿意做出那样格局小的事情呢。你们都是我的孩子，难道我不心疼吗？"

在我的眼里，父亲是个很不错的人，他的骨子里是具有改革意识的。

# 外公与犁

看到犁，我就会想起外公；说起外公，我就会情不自禁地想起犁。

外公个儿不高，背很驼。看到外公驼着的背影，我常常想起那张锃亮的、弓起的犁。

犁只有在晚上不耕作时才静静地靠在墙壁的一隅稍作休息，而且是悄无声息的。那锃亮的犁沾上了些许的泥土，有时甚至感觉犁的上面有几滴清泪。犁在月光的映衬下通体迸射出幽幽的冷光。这张犁即便是在漆黑的夜里，周身也遍布着泥土的芳香。

这张犁是外公亲自煅造的。外公不仅田耕种得好，打铁也是一把好手。

为了打好这张犁，外公在山上烧了一个冬季的木炭，再一担一担地运到山下，在宽阔的地坪里砌了一个很坚固的炉灶。外婆手拉风箱，外公高举铁锤，随着外公一声声气贯长虹的“嘿嘿”声和铁的“哧哧”淬水的声音，一块被燃烧得通红的顽铁在外公的手中不断变弯、变锋利、变坚硬，汗水与热气写满外公一张黝黑的脸庞。像变戏法似的，不久，一个三角形的、带着温度的犁头就在外公的手中出现了。

犁被煅打好以后，外公拿出多年存放在角落里的一棵上等楮树，精心制作了一个犁头。然后外公把灰黑色的犁高高举起，用手摸了又摸，轻轻用布拭去上面的铁屑，放近眼前仔细地端详着、微笑着，还得意地用手指敲敲，用耳朵听听，用鼻子闻闻。在外公眼里，这仿佛不是一张犁，而是一望无际，翻滚着绿色波涛的稻田与麦田。

从此，犁成了外公惺惺相惜的伙伴与朋友，外公的大半时间居然是与这张犁在一起度过的。

犁作为外公肝胆相照的伙伴，犹如战士手中离不开枪、鱼儿离不开水一样，我甚至想过，如果没有了这张犁，外公会怎么样？

当夕阳西下，外公和肩上扛着的犁沐浴着晚霞，沾满一身的泥水与汗水，踏着夕阳归家时，我就会久久地凝视着外公古铜色的脸和外公肩上锃亮的犁。

我的记忆中总是浮现出这样一幅画面：早上，一轮金色的太阳刚刚升起，在群山逶迤的山间，一垅垅的田地里，外公手扶犁把，吆喝着黄牛在犁田。牛在前面踏实地走着，犁在后面欢快地犁着，外公则稳稳地扶着犁把，身后是一条条被犁犁过的深深的泥水沟。

一片一片带着污水的黑土被外公娴熟地翻起，又连片连片地倒向一边，那被犁过的一垅垅田美得像一首首节奏整齐、优美的散文诗。有时，外公高兴了，也会哼上一曲走调的当地山歌。

晨曦和晚霞把外公满是皱纹的脸映照得通红，我看到的是一张在太阳下写满沧桑、坚毅、朴实和执着的脸。

尔后收工时，外公就会扛着犁来到一条清澈的小溪边，用手轻轻拭去犁铧上的污泥。那动作轻得啊，就像是给一位刚出生的婴儿洗澡一样。每擦拭一下，外公就要把毛巾放到池塘里用清澈的水清洗干净。那眼神呢，凝神、专注；那表情呢，虔诚、庄严，就像是在敬奉一位威严而神圣的土地菩萨。

洗完犁以后，外公还要用一条洁白的毛巾把犁周身的水珠抹得干干净净再予以收捡。

你不要以为随后外公就把犁随便往哪个旮旯里一放了事，那你就大错特错了。外公会郑重其事地把犁放在一张高桌下面，高桌上面的墙壁上贴着家神菩萨。高桌上有三炷香火，一个小碗里放着一小块煮熟了的肉。在我的记忆里，高桌上的那三炷香火永远没有熄灭过。

一次，我接过外公的犁随便往地坪里的臭水沟一放，犁的身上沾满了污水。外公看到以后，非常生气。他呵斥着我："犁是能随便放的吗？你不知道它有多重要吗？"我只能任凭外公责罚。我知道我犯了一个不可饶恕的低级错误。犁是外公的心肝宝贝，犁就是外公的希望啊。我藐视了犁，就是藐视了外公，更是藐视了外公日益耕作的那片黄土地。

每当进入冬季农闲时，犁也该休息一个季节了，外公就开始了在幼小的我看来是郑重其事的封犁仪式。

首先，外公把犁洗净、抹干，哪怕是一丁点的灰也不放过。然后外公就拿来桐油、一把刷子，把犁的周身轻轻地抹上一层桐油。我看到外公对着满是桐油的犁微笑、点头。

我看到抹了桐油的犁在浓浓的月色中泛着幽幽的冷光，桐油的清香不时随着轻风飘向我们的鼻子，那是一种特有的香味。桐油干了以后，外祖父把犁铧用一块大大的、洁白的布严严实实地包裹起来，然后小心地往那阁楼上一放。而阁楼的方向正是那供奉着土地菩萨的方向。

每次经过那阁楼，外公都会情不自禁地往那儿站上一会儿，往上瞄上一眼才转身离开，嘴里似乎在默念着什么。那虔诚，那庄严，只有外公在敬菩萨时才有过的。

后来，外公病倒了，犁也终于有时间静静地立在空旷、寂寥的房间的一隅了。久而久之，犁的上面竟生满了一些黄黄的铁锈，上面还有许多湿漉漉的水珠，我想那一定是犁的泪珠！我猜想此时犁的心里不知有多么孤寂、痛苦与渴望。试想，一张犁如果离开了它日益耕作的田地，那还叫一张犁吗？

即便在病倒的日子里，外公念念不忘的还是那张犁。

外公常说："做人要过得鼓，就像那张犁。你看，犁无论在多深的浊泥里、污淖地里耕耘时总是很少沾淤泥，反而越来越亮。"（"过鼓"在我们那里是指做人要经得起推敲的意思。）

今天，当我再一次肃立在这张犁前，我的心里充满了由衷的敬意与折服。

# 山的那一边

我喜欢看山，对山怀有一种特别的情愫，也许是因为老家就住在高高的幕阜山脚下，“开门见山”的缘故吧。

初中上学与放学时要经过一条长长的、宽宽的山埂。这条山埂严格意义上说不能算是山埂。因为两旁的山已经被人开发成了茶园（种的是那种矮小的茶树）。山埂是过去人们的叫法。我姑且叫它茶园埂吧。茶园埂地势比较高，有二里多长的样子。

山村的学校放学比较早，抓得也没有现在紧。有时半下午就回家了。为了打发时间，我常常站在茶园埂上玩耍或瞭望。茶园埂的周围非常空旷，视野非常开阔。远方是连绵起伏的群山，群峰高耸，一座高过一座。群山峻岭之间，很多时候都是云遮雾罩，像天上的仙台楼阁一般，时隐时现；有时也像一个犹抱琵琶半遮面的少女，遮遮掩掩，别有一番滋味。年少的我对山很是痴迷。我很想知道远山的那边是什么。

秋高气爽的天气，远山显得清晰而明亮。远山在我的视野范围内一览无遗，我可以清清楚楚地望到远山的模样。远山穿着墨绿色的长衣，宛如一位身材凹凸有致的少女，安详、宁静、优美地侧卧在天边，她的裙裾飘逸着，飞扬在远方，仿佛给湛蓝的天空镶了一道暗绿色的边；有时又如一条条逶迤起伏的长龙静静地横卧在那里，养精蓄锐，静待腾飞。有的远山调皮地“欲与天公试比高”；有的探头探脑；有的交头接耳；有的如龙盘虎踞；有的静如书案……让人一眼看不够、望不穿。

夕阳下的远山也是别有一番情趣的。太阳很是多情，即使要回家，也不忘用胭脂水粉的脸撩拨一下远山。于是，远山羞红了半个脸，以致把远山下的田野、村庄、房屋也映红了脸，跟着婀娜多姿起来。

远山是美。可是那些看不够、望不穿的远山的尽头却更让人着迷。我很想知道远山的尽头究竟有什么。

是巍峨、雄壮、连绵起伏的群山，还是碧绿、一望无际的大海，抑或广袤无边的草原，远山下有和我家一样幽静、安详的农家小院吗？是不是也有一个像我一样傻傻的小女孩喜欢站在山埂上瞭望、遐想呢？

那里一定有个漂亮可爱的小人儿！不然我站在茶园埂上对着前方呼喊时："哟嗬！你好！""你在哪儿？""你在那边好吗？"他不会同样以雄浑的悠悠长声回应我："哟嗬！你好！""你在哪儿？""你在那边好吗？"

这个可人儿是谁？他为什么站在那里，为什么要附和我？他个儿高吗？长得好看吗？笑起来有深深的小酒窝吗？他在山的那边做些什么呢？某一天，我一定要走到山的那边去拜访拜访他，看他在那边生活得是否安好。

有时我也望得见远方的炊烟，一缕缕地笔直飘向半空中。这是白发的慈母在为调皮放学的儿女或远方归来的游子准备美味佳肴吗？

我曾经问母亲："妈妈，山的那边是什么？为什么山的那边老有人和我吆喝？"

朴实的、读书不多的母亲回答我："我哪里知道呢。你想要弄清楚，就必须得到达山的那边才能知道。"

"我要怎样才能到达？"我傻傻地问母亲。

"走呗。"

"要走多久呀？"

"多久？"显然，母亲被我的这句话问住了。她思索良久才喃喃地说，"要一天或许几天，几个月、几年也说不定。"

"哦。那您到过山的那边吗？"我又问母亲。

"我没有到过。如果将来你有机会到山的那边，也把我带到那边看看吧。我也想知道山的那边是什么。"

母亲说着说着，眼睛渐渐变得迷离起来，眼睛的水晶球像被罩了一层雾玻璃。

落日的余光映照着母亲一张好看的脸，我发现沉思中的母亲很美、很美，娴静得如天边静静伫立的远山。

很多时候，我发现母亲总喜欢站在厨房，透过那个纸糊的木格子窗户的一个破洞眺望外面。而外面就是远山……

母亲的样子让我心疼不已。我居然刁难一个一辈子只到过村大队部的母亲。"山的那边是什么呢？"母亲也一定很想知道。

那时家境十分贫困，家里年年超支数百元。每到年终，家里坐满了村里讨要债务的邻居。我至今仍记得邻居与亲戚讨要不到钱时愤怒的声音："有钱送子女读书，却没钱还债务。几个女儿送什么送，长大了还不是送给了别人！"每当这时，母亲眼睛里含着泪水，拿着父亲的"香零山"牌香烟和砂锅炒制的红薯片给乡邻吃，并轻声细语地、卑微地赔着不是，求着让他们宽限还超支的期限。

我多次劝父母，不要送我们读书，还清债务要紧。可父母坚决不肯。母亲说："不读书，你们怎么能走到山外面去，怎么知道山的那边是什么呢？你们如果有一天走到山外面去了，也把我带出去看看吧。"我这才知道，母亲比我更想知道山那边有什么。

为了满足母亲的心愿，我不再说不想读书的话，于是异常发奋地读起书来。我发誓，我一定要走出山，到山的那边去！

十三岁那年，正在挖排水沟的我突然被雷电击倒，在昏迷五个小时后终于苏醒过来。医生遗憾地告诉母亲，这个妹子只怕有后遗症，读不得书了。

出乎医生和父母意料的是，我不仅没留后遗症，而且很快地站立起来，并且以最快的速度恢复了行走。医生连呼是个奇迹。只有我知道，我还有一个愿望没有完成。

为了那个愿望、那个梦想，卑微的母亲带着我到矿山上捡拾长石赚取书本费。冰天雪地里，我和母亲的双指被冻得失去知觉，被锤子打起血泡，我们仍拿着锤子在雪地里、在冰冷的废方里刨找长石。

我和母亲到距离有三四十里、每天只能来回一趟的幕阜山上砍柴、捡拾茶籽、掰竹笋。凡是能赚到钱的活，我们都去做。每赚到几块钱，我都欣喜若狂，我知道距离到达山的那边又近了一步。

疲惫、苦闷时，我就来到茶园埂上，凝望着远山，与远山吆喝几声，倾诉一下心声……

我仿佛看到了山的那边是一片广袤的大海。鲜红的太阳吻着大海，呈现出一片十分壮丽、辉煌的景色。苍茫的大海与太阳火辣辣的对视中，羞涩地睁开了睡眼。橘红色的海面闪着七色霞的波光。美丽的彩虹连接着天与地。原来天与地与海是如此广阔无垠，如此壮美！它们仿佛在对我招手："走过来吧，这边很美丽很广阔呢。我们在这儿欢迎你！"

"天苍苍、野茫茫，风吹草低见牛羊！"山的那边还是一望无际的广阔草原。烈烈风声中，飘来牧草的清香，传来了游牧民族雄浑、高亢的歌声和骏马的嘶鸣声。我骑着马在飞奔，飞奔……

更加惊奇的是，山的那边开满了鲜花！有鲜红的映山红、粉红的杜鹃、妖艳的山茶花、洁白的栀子花……许多蝴蝶和蜜蜂在花丛中“嗡嗡”地飞来飞去……山的那边果然是诱惑无穷、魅力无穷。

某一年，我考取大学，走出了幕阜山，来到了山的那边。原来山的那一边真的很美！不仅有宽阔的大海、一望无际的草原，山上更是开满了五彩斑斓的鲜花！当然也有平坦、畅通无阻的马路，有来去匆匆的人们的脚步，当然也有坎坷不平的崎岖山道。

从此我知道了山的那边仍然还有山，也有更为美丽的风景。当然也有许多很高很高的山横亘在我的面前，仍然在不断地吸引着好奇的我向前走去。远山永远是没有尽头的。我仍然喜欢站在山埂上眺望远方。

现在人到中年，心境略有不同。现在凝望远山，心里除了一份对山的仰视，更多了一份像山一样的宁静、平和与豁达。

我对自己说：“不要停止，不要害怕，你要永远不断地向前跋涉，山那边的风景永远最美！”

# 小巷里卖菜的女人

农业局通往县融媒体中心有一条小巷是我上班必经的地方。小巷不是很长，三百来米的样子，四米左右宽。小巷非常不显眼，隐藏在两幢高大的建筑物中间。但小巷位置很特殊，周围有多家单位、商家、店铺以及有大量的住户。

沿着小巷径直往前走，就到了平江县融媒体中心与天岳广场。小巷的人流量相当多，吸引了附近大众、仙岗村等城郊的菜农聚集在这里卖菜。但由于小巷的局限性，这条小巷每天容纳不了很多菜农聚集。

因为顺路，下班时，我常常从这条小巷里带把菜回家。

一天，我又到小巷里买菜。其中一个中年女人对我说："你到她那里买菜吧。"中年女人笑着指着她对面一个皮肤黝黑的五十多岁的女人对我说。

"为什么要到她那里买菜？你的菜难道不卖吗？"我疑惑地问中年女人。

"不是。她比我们作孽。我们希望她的菜先卖完。"

"是这样。"我心头涌起一阵感动：都是被生活所迫而出来卖菜，但心里想的却是别人。于是我从中年女人手里买了两把菜，又转到对面五十多岁的女人那里买菜。

中年女人见我过来买菜，非常高兴，赶紧帮我选菜。后来买过多次，我才知道她叫"满女子"。因为别人都这样叫她。

"满女子"五十出头，个子不高，圆脸，稍胖，颧骨较高，皮肤粗糙，脑后扎着一个长辫子，穿着一件蓝花衬衫。虽然才五十出头，但看起来却像六十多岁的老妇，看来是一个经历了生活沧桑的人。只要看到有人经过，她就会咧开嘴、笑着说："买点菜吧？你看我的菜是刚刚从地里扯来的，蛮鲜嫩的呢。"

"满女子"是个幽默的人。她常常说一些趣事、笑话逗旁边几个卖菜的人发笑，只是往往别人还没有开始笑，她自己就哈哈大笑起来。"满女子"也是一个快言快语的人，如果给她时间，她一定是个三天三夜不说重复话的人。

一次，我到"满女子"那里买包谷。"满女子"很热情，一边为我剥去包谷的外衣，帮我选米粒饱满、没有虫子的、嫩一点的包谷，一边打开话匣子："唉，不是我那脾气暴躁的丈夫天天打我，把家里的东西全打烂，我五十多岁的人才不想吃这么大的亏来卖菜。不过你放心，我绝不会短斤少两。那样做买卖要不得的。"果然，她在称称时，称尾巴翘得很高。

剥包谷的当儿，"满女子"把她的姓名告诉了我，还把她与丈夫的很多事毫无保留告诉我，并掀开衣服指着身上的很多伤口给我看："看，这就是那个暴躁鬼打的！"并告诉我她全名叫李满意，梅仙人，住在县城儿子家里。为了减轻儿女们的负担，天天上点菜在这条小巷里卖。

我一看，"满女子"的后背、肚子上、腿上都布满了伤痕，一处处触目惊心的伤痕就像一条条面目狰狞的蜈蚣伏在她身上，很是恐怖。

"你为什么不报警、不离婚？"我很是疑惑，惊讶地问"满女子"。

"你以为那么容易离婚吗？""满女子"不满地瞥了我一眼，告诉我，她不是不想离婚，但是她不能离。丈夫得了食道癌。自从得了癌症后，他的脾气变得更加暴躁。丈夫不仅砸坏东西，还时常打她。只要一点不如他的意，丈夫就对她拳打脚踢。"满女子"说这些话时，我看了看她的脸部表情，她仿佛在诉说一件与己无关的事情。

末了，"满女子"说："不能与他计较。他反正是要快死的人，能忍让的就忍让一点吧。"说完，她又吆喝着卖起菜来。

每天晨光初微，"满女子"与其他菜农一样很早就来到了这条小巷里。她们蹲在小巷边，靠在人家的屋檐下，一张废弃的报纸、一口断砖或一个蛇皮袋就能让她们坐上半天，一碗简单的面条或几个馒头、包子就打发了一个早餐与中餐。"满女子"常常穿着一件洗得发白的花衬衣、一双拖鞋。一把稀疏的头发随便拢在脑后，前额几根没有被扎住的长发时不时被风吹起，遮住"满女子"的眼睛。小巷因为有了"满女子"她们而变得热闹、生气许多。

有时她们为躲避城管，东躲西藏，像打游击一样。"满女子"练就了一身很敏捷的功夫。只要看到手上带红袖的人，立马担着菜担躲到人家的店铺里。待城管一离开，马上又出来。

一次，我去买菜，发现街道边不见了"满女子"她们的踪影，一条偌大的小巷显得很是冷清。一问才知道是最近县城搞城市文明创建，城管把她们赶走了。

"满女子"她们不在时，小巷的确宽阔、整洁许多。可我的心里难免有些落寞。虽然萍水相逢，我却希望看到她们。

六月上旬的一天，“满女子”她们终于又出现在了小巷里。炽热的太阳毒辣辣地晒着大地，这条小巷也不例外。“满女子”和其他几个卖菜的女子半蹲着身子，背靠墙坐着。“满女子”靠着墙发着呆。看来今天生意不是很好。汗从她们的脸上像水珠一样滴下来，她们来不及擦去。每看到一个过路人，就微笑着招呼一下：“老板，需不需要一点菜？自家种的，吃得放心。”不需要买菜的，就撑着伞、昂着头、目不斜视地大摇大摆地走过去，全当她们是空气。

这时，天空突然响起了几个惊雷，树枝也开始疯狂摇动，地上飞沙走石，眼看一场大雨就要来临。有菜农赶紧收捡摊子，想赶在下大雨前回家。“满女子”舍不得离开，依旧坐在小巷的屋檐下，身子紧贴墙壁，似乎怕被风吹走，前面是她的菜担。她就像躲在屋檐下避雨的一只可怜巴巴的小猫，眼巴巴地望着前面拼命奔跑的行人。只要有人的眼睛往她的菜担子瞟了一下，她的眼睛就亮堂一下，嘴巴就张了张，然后眼神由亮堂转为黯淡。

一会儿，天空下起了瓢泼大雨，这是我有生以来见过的下得最大的雨。老天像发了狂，一刹那间，天地就成了雨的世界，水的世界。街道上除了雨以外，什么也没有。一道道水柱从天而降，疯狂地冲洗、肆虐着地上的一切。顷刻间，街道成了河。

“满女子”没有料想雨会下这么大。她还蹲在屋檐下，尽管蜷缩着身子，但大风挟带着暴雨像条鞭子一样抽打在她的身上、脸上。暴雨把“满女子”与几个妇女来不及收拾的豆角、辣椒、茄子等菜全冲走了。她们眼睁睁看着却无能为力。屋檐上的水流全淋在她们身上。她们靠墙壁的上方有一根很大的排水管，一股巨大的水流正汩汩地、汹涌地从排水管里泼向她们躲避的屋檐下面。

她们仿佛前生做了坏事，老天要狠狠地惩罚她们，要把她们赶尽杀绝一样。她们就像几只可怜的小猫，缩在小巷的屋檐下面。往前跑吧，根本不可能，密集的、豆大的雨点准会把她们砸坏，瓢泼的雨也会让她们喘不过气来；往后吧，也无处可退，也全是齐脚背深的水。她们就这样可怜兮兮地挤在一起，尽量把自己的身子缩成最小，躲在那个小小的屋檐下面，瑟瑟发抖地、无奈地望着被水汽和雨雾包围的天空……

我不知道最后她们是如何回去的。那天的暴雨一直下到了第二天。雨过天晴之后，我看到她们像没发生过什么似的，又坐到了小巷的屋檐下，依然微笑着吆喝卖菜。

后来工作的地点发生了变动，我没有再经过那条小巷。但小巷里“满女子”们卖菜的长长的吆喝声总在我耳边响起……

# 让文学创作也能诗意地“栖居”

2013年10月中旬，我和岳阳市的三十多位作家、文学爱好者有幸到浙江大学玉泉校区进行文学创作的学习与培训。我们一行人栖息在浙江大学玉泉宾馆。

玉泉宾馆刚好位于杭州市西湖区附近，步行到西湖只要二十多分钟。“上有天堂，下有苏杭。”杭州真的是一个好地方。

在杭州西湖玉泉学院学习、生活期间，我脑海中出现频率最高的一个词是“诗意地栖居”。

“诗意地栖居”最早出自德国十九世纪浪漫诗人海德格尔的一首诗《人，诗意地栖居》中的开头一句“人生在世，成绩斐然，却还诗意地栖居在大地上……”后来经海德格尔的哲学阐发，“诗意地栖居在大地上”成为几乎所有人的共同向往，后来逐渐成为文人骚客向往与讴歌的理想居住地。对于古时的人们而言，这是一个遥不可及的目标。

东晋陶渊明心中的“诗意地栖居”是这样的一种境界：“采菊东篱下，悠然见南山。山气日夕佳，飞鸟相与还”，诗人向往的是一种诗意的悠闲与淡泊；“三五之夜，明月半墙，桂影斑驳，风影移动，珊珊可爱……” 这是明朝归有光心中的“诗意地栖居”，他追求的是一种诗意般的宁静与祥和；忙时劈柴、喂猪、养马，闲时面朝大海，看潮起潮落、花开花谢，这是海子心中一直憧憬的“面朝大海，春暖花开”的诗一般随意、自由与惬意的生活……

应该说，“诗意地栖居”是人类理想生活的一种最高境界！

平时总以为“诗意地栖居”只不过是文人笔下杜撰出来的、桃花源式的空灵虚幻，是人们乌托邦式的遐想，在现实生活中是不可能实现的。

通过杭州西湖的学习生活，我终于体验了什么是“诗意地栖居”，那就是杭州西湖诗意、优雅的生活环境与诗意、儒雅地生活在杭州西湖的人们。

每天，我们很早起床，到西湖边散散步，杭州每天带给我不同的愉悦与欣喜。

杭州的地理环境和人文环境是“诗意的”。在这里，柳如烟、桥如画，青墙黛瓦，好一个水墨江南。“欲把西湖比西子，淡妆浓抹总相宜。”在这里，自然与人的创造融为一体，相得益彰。我们每天享受着秀气颀长的各类竹子带给我们的清凉与清新；徜徉于西湖迂回曲折的廊子与楼台亭谢之间，欣赏它们的古朴与典雅；沉醉于断桥残雪、柳浪闻莺、雷峰夕照等带给我们的联翩浮想；流连于苏堤春晓、曲苑风荷、平湖秋月等带给我们的愉悦……

更让我陶醉的是西湖人表现出来的那种儒雅的诗意美。漫步杭州西湖街头，我听不到汽车的喇叭声、人们的喧哗声与吵闹声。这里的人们待人接物温文尔雅，彬彬有礼。西湖周围的街道，坪地整齐、洁静，它们没有别处的喧嚣与浮躁；随处可见的古今、东西结合的古建筑无不散发出厚重的历史、文化气息；西湖人说话轻言细语；西湖人博学睿智，他们谈吐的见识与智慧会让你深深地折服。

西湖人包容，包容古今中外文化，但这座城市拒绝平庸与低俗。在这里你很难看到杂七杂八的茶馆与洗脚城，看不到游戏城，看不到有提着篮子、担着担子杂七杂八吆喝的小贩，看不到街上有大声喧哗的人们……凡是上不了台面的东西，杭州西湖人一律不要。

清晨，人们习惯早起，在那西湖边的竹林掩映中、在西湖边的堤坝上翩翩起舞、武剑、跑步、练太极。他们神清气定，幸福、优雅、淡定。

徜徉在玉泉校区，校园里根本看不到一个闲聊、闲逛的学生，他们都静静地坐在教室里学习、阅读、研究。杭州丰富的文化历史底蕴培养了这座城市一贯的积极向上的进取品质。生活在这个有品味的城市，让人心中油然生起的是一种蓬勃向上的力量，无形中有一种想把自己做得更好的动力。

在西湖人的身上，我看到的是热情而不张扬、优雅而不矜持、激情而不轻浮、淡定而不保守、自信而不狂妄的品德。他们身上处处流露出的是一种诗意的自信、一种大气的沉稳与诗意般淡淡的美。

“诗意地栖居”“诗意地生活”“诗意地学习”，这是我在杭州西湖学习、生活的日子里感受最深刻、说得最多的几个词语。我个人觉得，能成为一个西湖人是一件多么值得庆幸与骄傲的事情！

我羡慕西湖有长远目光、能运筹帷幄的构建者，羡慕西湖有开拓创新、匠心独具的设计者，是他们给杭州西湖创造了如此“诗意栖居”的美好环境，让杭州西湖出现了如此多曾栖息过或正在“诗意”地栖居的杰出人物，如白居易、苏东坡、岳飞、鲁迅、竺可桢、叶圣陶、林徽因、屠呦呦等等，让杭州、让西湖显得底气十足，文化品位十足，令世界刮目相看，让世人对它驻足景仰。

我在思索，文学创作者的心灵是不是也要有一片诗意的栖居地？因为文学创作相比居住的环境，它所带来的影响更加深远与巨大。

“随风潜入夜，润物细无声。”文学创作带来的影响是润物细无声的，它通过独特、渗透式的方式抵达我们内在的心灵。任何文学创作都是带有一种目的与动机的。

“文学”即“人学”。文学是人类灵魂的家园。阅读好的文学作品，能够给读者带来心灵的震撼、思想的洗涤和精神的愉悦，给人积极进取的精神，并且将社会的这种美和正能量加以弘扬。

习近平总书记在全国文艺座谈会议上的讲话中指出：文艺家应是时代风气的“先觉者、先行者、先倡者”。在中国文联十大、中国作协九大开幕式上，习近平总书记又指出，坚持为人民服务，为社会主义服务，坚持百花齐放、百家争鸣，坚持创造性转化、创新性发展，高擎民族精神火炬，吹响时代前进号角，把艺术理想融入党和人民的事业之中，做到心中有大义、心里有人民、肩头有责任、笔下有乾坤，推出更多反映时代呼声、展现人民奋斗、振奋民族精神、陶冶高尚情操的优秀作品，为我们的人们昭示更加美好的前景，为我们的民族描绘更加光明的未来。

我对习近平总书记这段讲话的理解用一句最简单的话概括就是：广大的作家和文学爱好者的心中时时要有一块“诗意的栖息地”。这是一个文学创作者义不容辞的责任、使命与担当。

民无魂不立，国无魂不强。

现代社会诱惑很多，国际风云变幻莫测。广大文学创作者如何不迷失方向，自始至终坚持为人民服务这一宗旨是一个严峻的挑战与考验。文学创作者只有明确了自己肩上创作的责任与使命，才能心无杂念地进行创作，才能写出不带功利、不带势利、不带商业化，少一些炒作、少一些急功近利的文字，才能用自己手中的笔描绘出绢绢、秀美的文字，让读者读懂自然的真、自然的美，也读懂人情的真和人情的美。文学创作才能不偏离它应有的轨道，才能让文学发挥它应有的社会意义，成为真正推动社会向前发展的动力。这样文学的天空才会呈现出一片清新、湛蓝、澄静的诗意。

原“诗意地栖居”常驻文学创作者们的心田！

# 一个努力奔跑的追梦人

## ——记电影制片人文祥

我一直坚信：能一直行走在路上不停歇追梦的人都值得被记录，都值得被人尊敬与称赞。

文祥从来没有像今年这样自信、自豪、激动与幸福。他拍摄的有关留守儿童的公益电影《正正的世界》已经被岳阳市委宣传部、平江县委宣传部向全市、全县下发通知，要求组织全市全县广大家长和学生观看。文祥也因为《正正的世界》而上了热搜。热搜上都是对他和他拍摄的《正正的世界》的高度评价。他的《正正的世界》由此获得了2018年中宣部国家电影局精品电影，2019年中国国际儿童电影展映影片，湖南省第十四界精神文明奖“五个一”工程奖等诸多荣誉。

《南方周末》报称《正正的世界》为一部超越电影本身的电影，引发了多名

专家对电影进行研讨。新湖南客户端党报头条以《蓬头稚子盼母归，一寸相思一寸灰》对《正正的世界》进行了高度评价。湖南卫视以《学习周润发，传递正能量》对文祥进行了专访与报道，他也因此成了湖南省特别是平江县百姓心中的名人、明星。他被平江县的老百姓亲切地称为“平江的周润发”。文祥由此当上了县政协委员、县政协常委。2018 年，文祥当选湖南慈善总会慈善基金爱心大使。

2018 年 6 月 5 日，中国人民政治协商全国委员会官方网站在委员风采的头版头条栏目以《做小天地间的“大英雄”——记岳阳市平江县政协委员文祥和他的“公益梦”》对文祥怎样走上公益道路做了详细的报道。

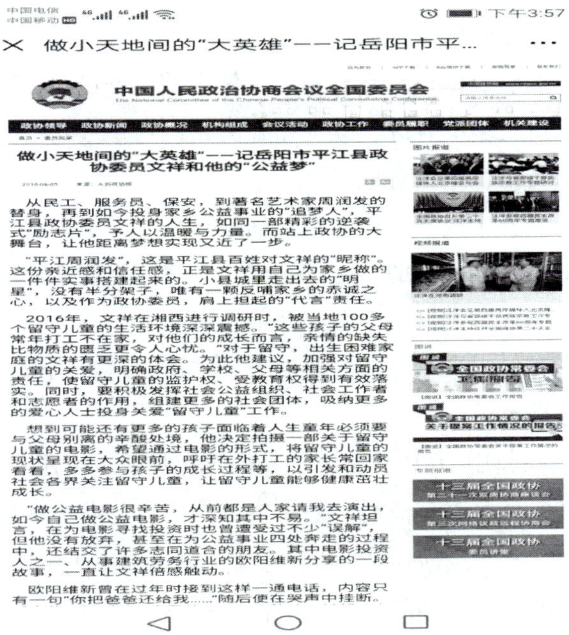

中国电信
中国移动 4G 4G 下午3:57

做小天地间的“大英雄”——记岳阳市平...

中国人民政治协商会议全国委员会

政协领导 政协新闻 政协概况 机构组成 会议活动 政协工作 委员履职 党派团体 机关建设

做小天地间的“大英雄”——记岳阳市平江县政协委员文祥和他的“公益梦”

从民工、服务员、保安，到著名艺术家周润发的替身，再到如今投身家乡公益事业的“追梦人”，平江县政协委员文祥的人生，如同一部精彩的逆袭式“励志片”，予人以温暖与力量。而站上政协的大舞台，让他距离梦想实现又近了一步。

“平江周润发”，这是平江县百姓对文祥的“昵称”。这份亲近感和信任感，正是文祥用自己为家乡做的一件件实事搭建起来的。小县城里走出去的“明星”，没有半分架子，唯有一颗反哺家乡的赤诚之心，以及作为政协委员，肩上担起的“代言”责任。

2016年，文祥在湘西进行调研时，被当地100多个留守儿童的生活环境深深震撼。“这些孩子的父母常年打工不在家，对他们的成长而言，亲情的缺失比物质的匮乏更令人心忧。”对于留守，出生困难家庭的文祥有更深的体会。为此他建议，加强对留守儿童的关爱，明确政府、学校、父母等相关方面的责任，使留守儿童的监护权、受教育权得到有效落实。同时，要积极发挥社会公益组织、社会工作者和志愿者的作用，组建更多的社会团体，吸纳更多的爱心人士投身关爱“留守儿童”工作。

想到可能还有更多的孩子面临着人生童年必须要与父母别离的辛酸处境，他决定拍摄一部关于留守儿童的电影，希望通过电影的形式，将留守儿童的现状呈现在大众眼前，呼吁在外打工的家长常回家看看，多多参与孩子的成长过程等，以引发和动员社会各界关注留守儿童，让留守儿童能够健康茁壮成长。

“做公益电影很辛苦，从前都是人家请我去演出，如今自己做公益电影，才深知其中不易。”文祥坦言，在为电影寻找投资时也曾遭受过不少“误解”，但他没有放弃，甚至在为公益事业四处奔走的过程中，还结交了许多志同道合的朋友。其中电影投资人之一、从事建筑劳务行业的欧阳维新分享的一段故事，一直让文祥倍感触动。

欧阳维新曾在过年时接到这样一通电话，内容只有一句“你把爸爸还给我……”随后便在哭声中挂断。



无疑，文祥由周润发的替身、影视明星开始向制片人、家乡公益事业的“追梦”人转变，到取得不斐的成绩，并逐渐被全国人民认可和接受，证明当初他的“做一个努力奔跑的追梦人”的理想是对的。

谁能想到，十年前，文祥还是一个不被人熟知的、只能被当作电影明星周润发替身的默默无名的群众演员。

也许很多人想知道，是什么让文祥在短短十年间从一个周润发的替身迅速成长为一个电影制片人，再到 2014 年一个热心于家乡公益事业的“追梦人”？

我试图从这个穿着西服、有着一双大眼睛、微笑起来有两个小酒窝的年轻人身上寻找答案。

文祥真名叫王强新。1981年出生在平江县板江乡小水村的一个普通农户家庭。由于家境贫困，1998年，初中毕业尚不满17岁的王强新和很多农家子弟一样被迫辍学南下广东打工。那个时候的他对外面世界充满着好奇，也充满着迷茫、疑虑与焦灼。

父亲希望他好好打工，赚点钱回去娶个好老婆，结婚、生子、孝敬父母。

一无所有、漂泊异乡、身无背景、稚嫩的王强新没有别的选择，他只能听从父母的话：好好打工，争取赚点钱回去找一房好媳妇。为此，他先后做过民工、保安，后来在一家宾馆做服务员。

实现他人生命运拐点的机会终于来了。做宾馆服务员时，因有人说他很像周润发，老板为了赢得更多的客源，让他站在宾馆门口做迎宾。谁知这一站，他还真站出了点名堂：宾馆生意出奇地好。

年轻的心总是不安于现状。做迎宾虽然钱赚得多，但天天重复做一个简单、机械的动作不是王强新所喜欢的。王强新想："我能不能从周润发的替身上做点文章呢？"于是，他开始做起一个别人都不知道的梦。

实现梦想得先有付出。王强新为此辞去了宾馆的迎宾工作，他开始在追梦的路上一个人孤独地行走……

2002年底，王强新用10块钱买来了一件黑色披风，又用10块钱买来围巾，还从同事那里借来一身西服。他要在公司召开的年会上模仿周润发。

为了模仿成功，他买来周润发出演的《上海滩》碟片，仔细研究，揣摩了几天几夜周润发扮演的许文强的每一个动作，不放过周润发的任何一个神情、细节，甚至吃饭、做梦也在模仿。

功夫不负有心人。这次模仿秀非常成功，在公司引起巨大的轰动，公司几乎把他当成真正的周润发。王强新模仿的许文强出名了！

为了让导演真正认同自己，也为了引起真正的周润发注意，2004年，王强新把周润发的模仿秀做到了香港。他模仿的周润发几乎到了出神入化的地步。他由此获得"周润发组"模仿秀的冠军。香港电视台奖励他5000元。王强新终于朝着梦想迈出了第一步！

5000元，对于有钱人不算什么。可对于2004年全国不算太高的物价，对于还是一个打工仔的王强新来说，是一笔很大的收入。他马上把这笔钱寄给了父亲。他想以实际行动告诉父亲，他追梦的这条路是正确的。

想当初，王强新把好好的迎宾工作辞掉，父亲十分不理解，且非常生气。当父亲得知儿子天天要去扮演一个香港的什么明星时，大骂他不务正业，不知天高地厚。

虽然尝到了一点甜头，但王强新的父亲还是劝他收手。父亲劝他还是随遇而安，否则将与他断绝父子关系。加之模仿秀的成功并没有像王强新预想的那样立即给他带来好运。他寄给各大影视公司的模仿秀视频都石沉大海，杳无音信。父亲真的有两年没有理他。周围的人也讥笑王强新不自量力："模仿几下周润发，还真把自己当周润发了。"

2004—2009 年是王强新最为困难的时期。辞掉工作的王强新生活异常艰难。在广东生活的他，每天生活费仅 1 块钱！每天只够吃泡喝点开水、放点盐的二两白面。有时连一块钱也没有。他就到路边捡拾矿泉水瓶卖，只为能卖 1 块钱吃泡面。晚上没有地方住，他就住人家的阁楼。

阁楼里闷热难受，蚊虫叮咬得他全身奇痒。周围人对他的行为非常不理解，讥笑他"癞蛤蟆想吃天鹅肉"，完全是自作自受。妻子在他身上看不到任何希望，坚决、无情地离开了他。现在的文祥回忆那个时候的苦，总是潸然泪下："不知道那个时候我是怎么熬出来的。"

我问起他后不后悔当初的选择。王强新只是憨厚地一笑："不后悔。无论过去、现在还是将来，我追梦的步履永远也不会停止！"

秋天，是一个收获的季节，也是一个酝酿希望的季节。天气仍然炎热。蝉鸣声声，栀子飘香，幸运女神终于向王强新抛来了橄榄枝。

2010 年 9 月的某一天，王强新突然接到一个电话。姜文在广东拍摄的新片《让子弹飞》让他去扮演"江湖大哥许文强"周润发的御用替身。王强新欣喜若狂，他挥舞着双手激动地说："这一天终于来了！我等待这一天足足等待了十年！"

为了珍惜这次来之不易的机会，王强新非常认真、虚心、卖力地向周润发学习、请教。周润发、姜文非常喜爱这个谦虚、努力、低调、踏实的年轻人。他们给了王强新很多的帮助。他们合作得非常愉快。

黑眼镜、黑礼帽、黑风衣、一支雪茄烟往嘴上一叼，气质、风度，再配上招牌般的阳光笑容，眼前一个活脱脱的"许文强"！"太像发哥了！"《让子弹飞》中，王强新成功地扮演了周润发的替身。

有趣的是，在拍摄中，王强新曾因笑容太过神似周润发，在片场中，连“发嫂”和跟了周润发多年的助理都一度认错人。后来，人们干脆叫他“文祥”，他“王强新”的真名反而被人们遗忘了。这是王强新第一次走上银幕。

成功打开了一扇门，机会如同阳光般是很容易照进来的。王强新从此得到了许多导演的青睐。2012 年拍摄的 3D 电影《童子护宝》中，王强新扮演片中的麻秆；在 2013 年拍摄的电视剧《璀璨人生》中，他成功饰演了祥哥；同年在拍摄的首部儿童音乐电影《情笛之爱》中，王强新扮演了东东爸；2014 年，王强新在电影《年少轻狂》中扮演周游的爸爸；另外在电影《蜜月酒店》中饰演保安队长。

饰演过很多角色的王强新并没有沾沾自喜。尤其别人一声声“你是周润发”的称呼让他感觉十分刺耳、很不自在。“难道我就只能做一辈子周润发的替身吗？那与机器人有什么区别？”

“不，我不是周润发！但我要做周润发！”众人的肯定愈加坚定了王强新在追梦路上奔跑的执着。

2016 年，王强新在湘西进行调研时，被当地 100 多个留守儿童的生活状况与生活环境深深震撼。“这些孩子亲情的缺失比物质的匮乏更令人心忧。”出身贫困家庭的王强新还怀有一颗悲怜、慈善的心。

想到可能还有更多的孩子面临着童年必须要与父母别离的辛酸与痛苦，王强新决定拍摄一部关于留守儿童的公益电影。希望通过电影的形式，将留守儿童的现状呈现在大众眼前，呼吁在外打工的家长多多参与孩子的成长过程，以引发和动员社会各界，尤其是父母对留守儿童的重视与关注，决不能“为了孩子的现状而丢了孩子的未来”。

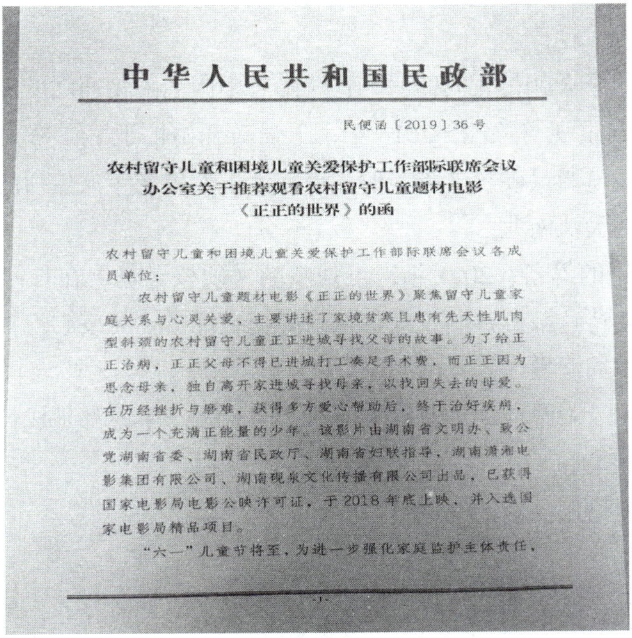
中华人民共和国民政部

民便函〔2019〕36号

农村留守儿童和困境儿童关爱保护工作部际联席会议办公室关于推荐观看农村留守儿童题材电影《正正的世界》的函

农村留守儿童和困境儿童关爱保护工作部际联席会议各成员单位：

农村留守儿童题材电影《正正的世界》聚焦留守儿童家庭关系与心灵关爱，主要讲述了家境贫寒且患有先天性肌肉型斜颈的农村留守儿童正正进城寻找父母的故事。为了给正正治病，正正父母不得已进城打工凑足手术费，而正正因为思念母亲，独自离开家进城寻找母亲，以找回失去的母爱。在历经挫折与磨难，获得多方爱心帮助后，终于治好疾病，成为一个充满正能量的少年。该影片由湖南省文明办、致公党湖南省委、湖南省民政厅、湖南省妇联指导，湖南潇湘电影集团有限公司、湖南砚泉文化传播有限公司出品，已获得国家电影局电影公映许可证，于2018年底上映，并入选国家电影局精品项目。

“六一”儿童节将至，为进一步强化家庭监护主体责任，

-1-

选择了公益，意味着选择了艰辛、清贫与付出。

为拍摄这部公益电影，王强新为筹集资金、为取得第一手资料，足迹遍及大半个中国。

《正正的世界》终于在2018年10月在长沙进行了首场公演，并产生了巨大的反响。影片放映后，让许多留守儿童和留守儿童的家长落泪，并由此引起了国家、省、市、县政府的高度重视与关注。中华人民共和国民政部为此专门召开农村留守儿童和困境儿童关爱保护工作部际联席会议，要求该办公室专门发函推荐，组织全国省市、县的学生和家长观看。

王强新，不，应该是文祥，这个名字第一次开始被全国各地的观众所知晓、熟悉，平江的百姓第一次知道了平江有个电影明星叫“文祥”。文祥开始拥有了众多的粉丝。

我问成名后的王强新："你以后有什么打算？"爱笑的他露出两个深深的酒窝，没有半点沾沾自喜的感觉，仍目光坚定地看着前方回答我："还是那句老话：我会一直奔跑在追梦的路上！"

自从拍摄电影《正正的世界》之后，王强新变得越来越忙碌了。但无论多忙，只要拍戏赚了钱，王强新总要寄给父亲一些，让父亲吃好一点、穿好一点、用好一点，而不拍戏时，他就回家陪陪老父亲。

"老年人的今天就是我们的明天！"随着中国老龄化速度的加速，老年人的生活越来越受到重视与关注。2018 年，王强新开始忙于第二部关注空巢老人生活与状况的公益电影《硬核老爸》的拍摄。为了搜集老年人生活的素材，他又开始奔波在祖国的大江南北。

经过近三年的筹备，2021 年，王强新的《硬核老爸》在长沙举行了开拍启动仪式。我们期待这部影片给观众带来新的视觉冲击。我衷心祝福他在不远的将来成为真正的"周润发"。

其实，贫困、艰辛、不理解等等挫折，对王强新来说都是成长对他的邀请与馈赠。

最后，让我借用一段话结尾吧：

从民工、服务员、保安，到著名艺术家周润发的替身，再到如今投身家乡公益事业的"追梦人"，平江县政协委员王强新的人生，如同一部精彩的逆袭式"励志片"，予人以温暖与力量。（摘自《中国人民政治协商会议全国委员会官网委员风采〈做天地间的"大英雄"〉》）

# 只因和你相遇

## ——我和人民政协十年的难舍情缘

只因和你相遇，我与你便结下了不解的情缘。

2008年，是我人生中最不能忘怀的一年。

这年10月份的一天上午，在岳阳办事的我接到一个来自县城关镇政府的电话："你是王茹华吗？你下午过来填写一个表吧。恭喜你被推荐为县政协委员啦。"

政协委员？政协委员是干什么的？大学中文系毕业，自认为中文学得一般般的我对政协委员是个什么概念却是一头雾水。感谢、激动之余，我更多的是惶恐——政协委员都是要做些什么的？

容不得思索与犹豫，我就这样稀里糊涂地被推荐成为了一名政协委员，一名政协常委委员。

"政协委员"就是"正歇委员"呢。当时社会上很多人是这样定义政协委员的："就是开开会、举举手、说说话、投投票罢了。"

"政协委员真有如此轻松么？"我半信半疑。

记得第一次坐上主席台的我，面对周围坐着的县"四大家"的主要领导，以及国家、省、市挂职的领导，我的心情格外激动、紧张，以致手脚都觉得多余，无处安放。

我一个普普通通的人民教师，第一次与领导、社会贤达，参与聆听、商讨《县政府工作报告》，除了激动、自豪，我更多的是不安。

初入政协的我，在很多资深委员面前，在各行各业颇有建树的专家学者面前，我是个"菜鸟"，对如何撰写提案，如何建言，我往往摸不着头脑。

县政协的领导及时洞察了我们这些"菜鸟"的心思与迷惑，先后对我们这些新当选的政协委员分批次地进行了培训。我终于明白政协和政协委员光荣而艰巨的职责：政治协商、民主监督、参政议政。写提案、参与民主监督、政治协商是履行政协委员职能的主要方式。

我深知要成为一名合格的政协委员，唯有加强学习。政协激发了我对知识的渴求。在想当好政协委员压力、动力的驱使下，以前认为枯燥的政治理论，我都认真学习；对委员培训、委员集中活动，我都认真参加、用心思考，让自身的理论水平与参政议政能力不断提高；对如何撰写提案、反映社情民意有了了解。责任意识与履职能力有了很大的提升，对政协工作的热情越来越高涨，对政协组织的感情与日俱增。

我感觉政协委员并不是如人们所说的“正在歇的委员”，而是永远有做不完的事！

2010 年，我开始撰写作为政协委员的第一个提案——《关于加强社会救治扶持力度》的提案。想不到这个提案被列为县政协重点提案，王洪斌县长在上面还做了批示，我本人还被邀请聆听、参与该提案的讨论与实施。我觉得能为贫困家庭或贫困人员出谋划策感到非常光荣。

我的理论水平、参政议政的能力与热情在县政协各位领导的关心与关怀下不断得到提升。2012 年，政协委派我与其他三名政协委员参与了科技工信局的民主监督工作。我被评为县政协优秀民主监督员，同年被评为县政协优秀政协委员。后来又参与了县农业局的民主监督工作，同样被评为县政协优秀民主监督员。

四年的县政协委员，让我深深地爱上了政协。当我慢慢品尝出滋味来时，四年县政协委员的履职期限到期。可我还意犹未尽。

令我感动的是，2012 年、2016 年，我连续被县委统战部推荐为县政协第九届、第十届政协委员。

我非常珍惜这一来之不易的荣誉，更加深感肩上责任的重大。连续的推荐是县政协、县统战部对我的信任与鼓励。在感到光荣和自豪的同时，我更多感受到的是一份政协委员沉甸甸的责任与义务。

为了更好地履好职，促成提案成果转化，平时不怎么喜欢串门、不怎么爱热闹的我喜欢上了深入基层调查，走访，了解，变得更加关注民生、倾听民生、收集民情民意，更加关注社会的热点、难点问题。

为提升提案质量，一有机会，我就参与各种调研视察活动，尽量详细地掌握第一手材料，努力使自己撰写的提案言之有理、言之有据，提出的对策符合客观实际，符合群众意愿，既与县政府的中心工作相统一，又有很强的操作性。内容从最初的生活小事逐渐到民生、社会经济发展之大事。

在第九届第十次县政协委员履职期间，我撰写的《整合县域旅游资源，打造平江旅游经济圈，以旅游带动平江扶贫攻坚》《整合县域茶叶资源品牌，以茶叶产业助推平江脱贫攻坚、乡村振兴战略》的提案被县政协评为重点提案，县政府高度重视，县广播电视台跟踪报道，我本人也先后三次被评为县优秀政协委员、县优秀民监员。

特别是扶贫攻坚期间，我积极响应县委、县政府的号召，尽自己的微薄之力参与县政府的扶贫攻坚任务。与余坪乡茶莼园村第八组精准扶贫户朱丛生结对子，从各种途径帮助他的孩子争取学杂费，争取医药费共计 12 万多元。现在，他的大女儿朱单已顺利考上中南大学的研究生。前年，我与另一名政协委员罗伟每个月共资助他 800 元用于另两个孩子的学习；连续四年帮助石浆乡偏远小学——上坪小学四、五、六年级学生每人一份《小学生作文评点报》。2014 年，我从多方面争取资金 20 多万元为石浆乡长檀村上长组硬化一条长 1.5 公里的山路，解决了他们出门“晴天一身灰，雨天一身泥”的尴尬局面，至今，当地老百姓仍对我念念不忘。

履职的十年期间，我目睹、参与和见证了平江县城乡经济发展的巨大变化，数次聆听与参与协调县政府有关经济、旅游、招商引资、农业产业振兴等重大课题的调研，见证了平江从一个国家级贫困县脱帽摘帽，努力建设美丽平江、美丽乡村的过程。

十年的政协委员生涯，让我从一个两耳不闻窗外事的普普通通的中学教师迅速成长为一名视野开阔、有主见、能履职、有作为的资深政协委员。

付出的同时，县政协也没有忘记我这个普通委员。履职的十年期间，我四次被评为县优秀政协委员、两次优秀民主监督员；三个提案被评为县优秀提案；四个提案被县政协评为重点提案，并被县政协作为重点课题调研，得到了县政府、县委的高度重视，并被县电视电跟踪采访报道。2018 年，本人被县政协评为《政协云》创新先进个人，在 2018 年网络科技创新安全知识比赛中荣获全市第四名的好成绩。

十年履职，我以自己的行动证明政协委员是干事的，不仅干小事，也干大事，更干实事，不是“正在歇”。当一名政协委员实在有位、有味、有为！

当若干年后回首往事，我仍然可以骄傲、自豪地说：“我曾经是一名光荣的政协委员！无论走到哪里，我永远都是一名政协人，与政协的情缘是永远也割不断的。”

# 记南江桥的独特美食

## ——黄鳝面

如果到南江桥做客，一碗香喷喷的黄鳝面是必不可少的。南江桥人说得最多的口头禅是，“来南江桥没有吃黄鳝面，你不算真正到过南江桥”。

黄鳝面是南江桥的一道有名小食，几乎家家都会做。香气氤氲的面条上面铺满了细碎的黄鳝，白白的、滑滑的、爽爽的、脆脆的，用筷子一夹，像纤纤细细的流苏上面缀满了星星点点的褐色珍珠，别有一种玲珑妩媚的骨感美。铺陈在上面的茴香、芫荽、姜、葱、辣椒粉，五颜六色，香味扑鼻，更是让人口水直流。一碗碗黄鳝面就是一幅幅淡雅隽永的画作。

南江桥的黄鳝面有着美好的传说。“清朝咸丰年间，南江有一孤儿，以种菜为生，一日在菜地捉得一白鳝，便和面食之，次日自觉力大无穷，身手敏捷，可举千斤。乡人劝其参军，屡立战功，在平息太平之乱中，功勋卓著，官至统标，人称‘白鳝神勇将军’。”从此南江的鳝鱼面便名扬省外。

南江桥的黄鳝面之所以有名，是因为南江桥的黄鳝面绝不是简简单单、随随便便就可以做出来的。首先得用土生土长的本地黄鳝，绝不是市面上买得到的那种人工养殖的黄鳝，一般是村民在田地的淤泥中深挖出来，或用茶枯饼的水倒出来的，或者在小溪小河里的石头底下捣鼓出来，要不就是想办法在有黄鳝的洞穴里钓出来。

细叔外公是抓捕黄鳝的好手。尽管如此，为了能吃上一碗鲜嫩的黄鳝面，细叔外公事先得准备很久。

首先得观察稻田里是否有黄鳝。并不是每块稻田里都有黄鳝的。长年的田间劳动和观察，细叔外公练就了一双捕捉黄鳝的火眼金睛。

细叔外公告诉我，田地的淤泥里如果有数个排列整齐的小孔或冒起的水泡，那下面一定藏有黄鳝。越肥沃的田，黄鳝越多。

细叔外公常常晚上去抓黄鳝。那时农村没有手电，全副武装的细叔外公手里擎着松树皮做成的火把，穿着高筒套鞋（防蛇、虫、蚊子叮咬），背着背篓，拿着自制的捕捉黄鳝的工具信心满怀地出发。所谓的捕捉工具无非就是一根木棍的上方钉上一颗长长的铁钉。

我佩服细叔外公的身手敏捷。他用这颗长长的铁钉对着田里泥里出现的小孔或突起的水泡迅速地、猛地一下扎下去，保准一扎一个准，很少有扑空的时候。

山村的夜晚是非常寂静的。燃烧的松把在空旷的田野中像闪烁的星星，给宁静、寂寞的黑夜增添了光明与活力。蟋蟀也来凑热闹，拖着长声在有气无力地哼着歌，青蛙鼓着腮帮子声嘶力竭地在嘶鸣，一个劲地叫着“热”。

山村夏夜的气候相比于白天要凉爽许多，是捕捉黄鳝的好时机。松树皮火把在细叔外公的手里熊熊燃烧着，发出“毕剥毕剥”欢快的声响。脚下田埂的草丛里不时有小动物爬过的声音，让胆小的我不时吓一跳。田埂的草很深，我担心里面藏有蛇。细叔外公总是安慰我不要害怕，他敢打包票草里没蛇，况且他走在前面。我才明白，要吃上一碗香喷喷的黄鳝面不是一件容易的事情。

孩子们没有细叔外公那样高超的抓黄鳝的技术。我们就用用过的茶枯饼打烂泡水倒在田里冒泡的地方。淤泥里的黄鳝受不了茶饼中的碱性就会浮出水面，四下逃窜，我们就趁机抓捕。这个方法最省时省事，抓捕的黄鳝数量也最多。如果运气好，还可以抓到很多泥鳅。当然，蚯蚓、鸡、鸭的肠子也是钓黄鳝的最佳饵料。

有了黄鳝，先别着急烹煮，要把黄鳝放在一个桶子里养上四五天乃至七八天，要使黄鳝肚子里的淤泥全都吐出来才行。这样煮出的黄鳝面就干净，没有泥腥味。

然后我们就可以开始做黄鳝面啦！

首先将黄鳝打晕，然后用利刀划成两半，再剁碎，要剁得越碎越好。注意，剁黄鳝的时候，不要将黄鳝血放掉。要知道黄鳝的血是很有营养成分的。据《本草纲目》记载，黄鳝血有补血、补气、消炎、消毒、除风湿等功效，特别适宜身体虚弱、气血不足、营养不良的人食用；另外风湿痹痛、四肢酸疼无力、糖尿病、高血脂、冠心病、动脉硬化者都可多食。这就是南江桥人民的朴实、聪明智慧之处。

现在很多地方也做黄鳝面。可是为了单纯地追求口味，追求商业化利益，人们大都将黄鳝的血去掉不要。

其次，我们得准备调料。一般喜欢放的调料有薄荷、茴香、紫苏、生姜、葱、香菜、胡椒、辣椒，等等。这些调料除了增加口感外，我认为主要用来去除黄鳝的腥味。特别是茴香，是做黄鳝面必不可少的。茴香味香浓郁，如果少了这一调料，黄鳝面的味道就会大打折扣。我吃过不少地方的黄鳝面，不是少放了调料，就是火候把握不到位，不是炒得太老，就是太稠，要不就是黄鳝的来源不纯正，吃起来少了许多韵味。

一切准备就绪后，我们就可以着手做黄鳝面啦。锅中倒入油，用大火把锅烧红，把剁碎的黄鳝倒入、爆炒，炒到黄鳝慢慢变色，放入适量的鳝鱼血水，加大火煮沸。最后，将面条放入滚烫的汤锅中， 加入姜丝和切成丝的朝天椒。这样一道香喷喷的、美味异常的、让人垂涎欲滴的黄鳝面就做好了。那可真是舌尖上的美味啊，让人唇齿之间几天几夜还弥留着黄鳝面的芳香。

第一次吃黄鳝面，是在细叔外公家里。

细叔外公得了重病，家里十分困难，是乡里乡亲你一块、我一块凑钱把细叔外公送到医院。病好以后，买不起大鱼大肉的细叔外公为了感谢乡里乡亲的帮助，拿着松树皮火把照了几个晚上的黄鳝，说是一定要为乡亲们做一大盆黄鳝面以示答谢。

细叔外公与外婆忙活了一整天，把一直养在桶里的黄鳝洗了又洗，搓了又搓，做了一大盆黄鳝面。

那是一个秋光明媚的中午，我们沉浸在明亮而欢愉的阳光里，心情大好，坐在细叔外婆擦拭得干干净净的饭桌旁。黄鳝面的香味不时扑鼻而来，我的胃早已按捺不住了。

我第一次知道世界上竟有这样好吃的美食。我与乡亲们呼噜呼噜、大口大口地吃着，连说“好吃、好吃”。一大盆的黄鳝面一下子就被我们消灭光了。我看到细叔外公古铜色的脸上露出了满意的微笑。

在南江桥，凡是家有喜事，比如邻居、亲朋好友嫁女娶媳，都少不了一海碗香喷喷的黄鳝面。一碗碗黄鳝面，将七里八乡的邻居、多年不见的老友团聚在一起。一盅地道的家乡谷酒、一柱长长的黄鳝面、一串串话匣就在这黄鳝面的香气氤氲中打开了。侃大山、聊收成、拉家常……人间的酸甜苦辣、喜怒悲欢就在这一碗碗黄鳝面中尽情地发挥、发酵、沉淀……

南江桥人是非常朴实、热情好客的。一般有亲戚、朋友拜访，都会做上一碗香喷喷、美味的黄鳝面热情招待。他们说得最多的是：“来南江桥走走咯，来试试南江桥的黄鳝面，真正好吃！”

如果某一天，你到南江桥吃到黄鳝面了，那是南江桥人为迎接你的到来，准备的最高规格的款待礼数。

一个邻居曾经误会父亲，一度中断了来往，是妈妈亲手做了一碗香喷喷的黄鳝面送过去。为了这碗黄鳝面，很少下田捉黄鳝的父亲和母亲一身泥、一身水，挖了半个多月的黄鳝，又准备了一个多星期，才有了母亲做的这碗黄鳝面。父亲与邻居终于冰释前嫌，握手言和。

后来参加工作走出了家乡，很难吃到家乡的黄鳝面。在外也吃过很多种面，可都没有家乡南江桥的黄鳝面好吃。

外面的黄鳝面的味道终归没有家乡南江桥黄鳝面的味道纯正，味儿不是太腥，就是炒得太老，要不就是黄鳝吃起来不脆，或者面条煮得太粘、太烂，总是觉得少了点什么。

无数次散步，也无数次走过城市的大街小巷。只要在哪条小街小巷的门口看到挂有“南江桥黄鳝面”的牌子，我心里就一阵惊喜。每当这时，我就会站在一旁，听老板“斫斫”的有节奏的剁黄鳝的声音，看锅里煮得正欢、冒着一缕一缕热气的黄鳝面，闻那沁人心脾的浓浓茴香与薄荷味，我知道在他乡遇上真正的南江人了。这味道只有南江人才做得出来啊。这时，一种亲切感、温馨感就会油然而生。我会轻轻地踱进去，挑选一张靠窗的桌子坐下，来一碗南江桥的黄鳝面，慢慢地品尝……

在我的心里，只有家乡南江桥人才煮得出正宗、好吃、百吃不厌的南江桥黄鳝面来。南江桥的黄鳝面是用心烹煮出来的，绝不掺杂任何假的成分。这是我最引以为自豪与骄傲的地方。

那年的冬天，我十岁。母亲去十多公里的外婆家走亲戚。我哭着赶脚。母亲哄着我说：“乖孩子，不要赶脚。回来我做一碗黄鳝面给你吃。”我马上停止了哭泣，眼巴巴地等母亲回家做黄鳝面。

但不是说想什么时候做黄鳝面就能做黄鳝面的，做黄鳝面的前提是得有黄鳝，母亲只是哄哄我、稳住我而已。比如冬、春两季是很难抓到黄鳝的。秋季才是捉黄鳝的最佳季节。这个时候，田里大部分庄稼都收割了，水位最浅，正是抓捕黄鳝的好时机。

希望落空，我哭了好久。我的脑海中总是浮现出那一碗碗热气腾腾的、香喷喷的黄鳝面的情形。忙碌的母亲总是今天许诺明天，明天许诺后天，我就在这无限的遐想与企盼中度过了美好的每一天。

也许现在幸福、不愁吃穿的你有些疑惑，不就是一碗黄鳝面，用得着你如此哭泣讨要吗？要知道，在那个饥肠辘辘，很久见不到肉星、鱼腥的年代，能吃上一碗黄鳝面真的很是奢侈！

参加工作多年，人到中年的我吃过无数美味佳肴，美味仅仅留在舌头一瞬间，从不曾在心头留过很深的印记，唯有香气氤氲的南江桥黄鳝面永远是我唇齿间萦绕的一道最美的鲜香。人间的酸甜苦辣、至真至善都在这一碗碗的黄鳝面中化作了舌尖上的美味与感动。

值得欣喜与庆幸的是，近年来，平江县石牛寨旅游的开发与平江红色旅游及乡村休闲旅游的蓬勃兴起，带动了南江桥饮食文化的兴起与旺盛。南江桥每年都要举行以“南江桥黄鳝面节”为契机的休闲文化美食活动，吸引了大量的省内外美食家、消费者前去品尝，对当地的旅游经济有着极大的促进与发展。

有个作家说得真好：人生在世，无非“吃喝”二字。将生活嚼得有滋有味，把日子过得活色生香，往往靠的不只是嘴巴，还要有一颗浸透人间烟火的心。南江桥一碗碗香喷喷的黄鳝面做到了！

有机会到南江，不要忘了去吃南江桥的黄鳝面哟。

# 怀念一场雪

雨下得太多也会成为一种灾难。看着天空绵绵不断下了几天的大雨，街道遍布的水渍和污泥，我竟然怀念起冬天的雪来。要是下一场雪该好多，这样城市就不会污渍遍地了。老天，你欠我们一场雪太久了。

记忆中冬天的故乡是经常下雪的。

很多次下雪的时候，我还赖在暖暖的被窝中不肯起来，母亲便在窗外大声地呼喊："起床呀！起床呀！外面下大雪啦！"

听说是下雪了，我们姊妹立即一个"鲤鱼打挺"翻身起床，迅速穿好衣服。来不及洗漱，来不及吃早饭，我们迫不及待地就打开房门：一股寒气扑面而来。哇，漫山遍野好多好白的雪！耀眼的白雪刺着我们的眼睛，让我们好一会儿睁不开眼睛。

抬眼望去，地坪里、瓦片上、田野间、山坡上全被厚厚的白雪覆盖，一片银妆素裹。家家户户的屋檐下挂着一串串长长的冰凌，晶莹剔透，似乎家家户户的大门前挂了水晶门帘一样。大自然真是慷慨，给我们的屋子以最自然、最美丽却又是免费的外部装饰。

大地出奇的静，动植物都躲藏在这雪白的、厚厚的大绒被下酣睡。田间山野显得格外空旷、静谧，听到有雪从树枝上簌簌往下掉落的声音。远处的幕阜山更是一片白雪皑皑，显得异常庄严、肃穆，像一个圣洁的雕塑。白主宰着这个世界。大自然从来没有显得如此温驯、宁静与祥和。大自然用他的大手笔给大地描绘了一幅最美丽、意境最为悠远的皑皑白雪图。

雪是一位浪漫的诗人。他喜欢给孩子们制造惊喜。当孩子们赖在温暖的被窝中做着甜美的梦时，他静悄悄地在晚上制造一场准备第二天与孩子们邂逅的美好。他担心孩子们太淘气，白天往往来不及把一件"白棉被"织好，孩子们就会好奇地在没有织好的"白棉被"中追赶、打闹、嬉戏，影响他织"棉被"的速度与进程。他是要第二天给早起的孩子以惊喜的呀。

雪也是一位具有小资情调的女人。她喜欢在年终时给人们制造一种温馨、和谐、浪漫的气氛，给孩子们创造一个与大自然亲近的机会，让孩子们在她宽阔的怀抱里肆意地表达情感；她喜欢在圣诞节的晚上，悄悄地躲藏在圣诞树下，在缀满卡通画的袜子里给孩子们以梦想和惊喜……雪比人们更懂得孩子们的心理！

雪是一位娴静、善解人意的仙女。她悄悄地从遥远的天国飘来，无须风雨雷电做伴，无须树摇草倾，她静穆安祥，静悄悄地飘落，从不惊扰任何人；她总是喜欢在农民的收成全收进仓库，农闲时节才飘然而至……

雪更是一位天使。她总是把自己最圣洁、最迷人的一面呈现在人们面前。她把所有的肮脏与丑恶掩埋，她冻死一切害虫，让农民来年有个好收成。“瑞雪兆丰年”！雪让人们的灵魂在一瞬间得到宁静与净化。雪最容易让文人骚客获得创作灵感，诗兴大发！

下雪的时候是母亲难得清闲的时候，母亲可以趁着这个时候为我们姊妹做布鞋、鞋垫、缝袜子底。现在的年轻人根本不知道袜子底是什么。袜子底就是给袜子做的底。走路多，袜子的底部最容易磨损。由于没有钱买新袜子，母亲就把烂袜子底剪掉，缝上密密麻麻、层层布缝制的袜子底。做了袜底的袜子既厚且结实，又耐磨保暖，可以穿上好几年不烂。

下雪天，婶婶、阿姨串门，手头不是拿着袜底在缝制，就是拿着鞋底在打。

母亲总是喜欢静静地坐在柴火房那扇木格子窗户下做鞋垫、纳鞋底、缝袜子底。我印象最深的是，母亲歪着头，将针轻轻地在头上磨一磨，然后用眼睛瞟一瞟窗外的雪景。脚下火炉里的柴火发出“噼里啪啦”燃烧的声音，火炉的铁钩上挂着一把烟熏火烤过的铜壶，铜壶嘴里正“丝丝”冒着热气。那静谧、祥和的场面非常温馨，如同一幅搭配和谐的工笔画！这是我最喜欢看到的一幅图画！

外公则利用这难得的清闲坐在大门口，拿出他的旱烟筒，装上几根烟丝，用火柴点燃，眼睛眯逢着、望着门外面的雪景，“咕噜咕噜”地抽上一杆烟，一副很享受的样子。

“妹子，明年准是好收成！”外公看着我，喜滋滋地对我说。看着外公若有所思的样子，我知道外公正准备制造一个来年收获的惊喜呢。

雪天是细叔外公外出打猎的好时候。山上很多动物外出觅食，会在雪地里留下大大小小、深浅不一的脚印。只要沿着这些脚印仔细寻找，保准有收获。细叔外公不仅会捉黄鳝、泥鳅，打猎也是好手。我很少看到细叔外公有落空的时候。

细叔外公将一杆长长的、乌黑的鸟铳背在身后。即使走在雪地里，细叔外公的脚下也是虎虎生风。在细叔外公的身后“吭哧吭哧”跟着一只哈着热气、不停摇着尾巴的黄毛大狗。雪地里留下了细叔外公和黄毛大狗一串串大大小小、高高低低、弯弯曲曲的脚印。

细叔外公打得最多的是野猪和野鸡。那个时候，幕阜山上有的是野猪、野鸡，甚至还有麂。

运气好的时候，细叔外公也能捕捉到麂。好客、热情的细叔外婆把细叔外公打回来的野猪做成一锅美味的干辣椒炒野猪肉，把我们几家邻居都叫去，温上一盅谷酒，炒一碟子红薯片，围着火炉，美滋滋地吃着热气腾腾、香飘扑鼻的野猪肉，侃几句大山，说上几句调皮话，放肆地笑上一阵，那场面多么温馨，至今令我记忆犹新。

我最喜欢吃埋在雪地里的萝卜和白菜。从雪地里挖出来的萝卜和白菜上面积满雪，结满冰。炒上一棵来吃，格外甜。在那个缺衣少食的年代，一碗白菜、萝卜也能让我吃上几大碗饭。

我最喜欢下雪天我们一家人团团围坐在火炉旁边吃饭的情景：熊熊燃烧的火炉上面的铁钩上挂着一口大铁锅，里面盛着白菜或萝卜，锅铲里偶尔也放有一小碗猪肉或鱼。你夹一筷子，我夹一筷子，以致铁钩上的铁锅不停地晃来晃去。即使是一锅白菜、萝卜，我们也吃得十分香甜。这是我们一家最幸福快乐的时光！

雪天也是孩子最快乐的时候。父母不会管我们，放任我们天马行空，让我们尽情地在雪地里打滚儿、嬉戏。我们最喜欢玩扑雪人的游戏：人笔直站立，突然往雪里一扑，白白的雪地里清晰地印着自己的人像：有鼻子、有眼睛，有手脚，有胳膊，非常有趣。

当然玩得最多的是打雪仗。相识的、不相识的，大人、小孩，只要遇到了，都会加入进来一起打雪仗。你一坨雪防不胜防地扔过来，他瞅准时机拿一坨雪狠狠地丢过去……冰天雪地里，满是开心玩雪的人们。雪地里留下了人们无数深深浅浅的脚印与欢笑。一场雪，让不同地域、不同年龄的男女都有了相同的话题与共同的游戏。雪拉近了人们之间的距离。

去学校读书要经过一条长 3 里左右的山路。山路全是上坡路与下坡路，路上结满了冰。这可难不倒我们。我们折下几根松枝，放在屁股下面坐着，像幼儿园的孩子坐滑梯一样，一个滑溜就下来了。折松枝时，松树枝上面的雪全落在衣领里、头发上与衣服上。我们被这突然落下的雪冷得不停地大声尖叫……落满雪的、寂静的山林里满是我们欢笑的声音。

在学校，“挤油”是我们对抗严寒最好的方式。一到下课，我们沿着教室墙壁迅速站成一排。个儿最高、力气最大的男同学站在中间，两旁的男女同学一齐用劲往中间挤……一个个挤得浑身发热、满头大汗。当然如果中间那个同学不堪忍受挤压，临阵脱逃的话，那么摔成灰头土脸、鬼哭狼嚎的就是一大片。于是，起哄的、拍掌的、尖叫的，此起彼伏。现在想想，那个时候的同学情谊是多么朴实与纯真！

我们每个同学的手里大都有一个小火炉取暖。我的小火炉是外公做的，炭也是外公烧来的。有时，半天下来，小火炉里的火就变得非常微弱。我们不怕寒冷，折断路旁的枯枝放在小火炉里燃烧取暖。母亲常常拿这个责怪我们，怕我们操作不当引起火灾。想想那个时候什么都是好奇、什么都是好玩。我们多么无拘无束！

我们唱得最多的就是“洁白的雪花飞满天，白雪覆盖着我们的校园，迈步走在这小路上，留下脚印一串串……”

可惜这首曾经带给我们欢乐、自豪与激情的歌已经很久没有唱了。平江已许久没有下雪了！

我们期待冬天的那场雪还会下吗？《脚印》这首歌会失传吗？

但愿那场雪不仅仅留在记忆里……

## 看电影，那永远留在心底的记忆

我的家乡在幕阜山下一个很偏僻的小山村。山村稀稀拉拉住着七八户人家。人们习惯了日出而作、日落而休的简朴生活。小山村没有什么娱乐的东西。那个时候，小山村的风气非常淳朴，生活也非常枯燥、单调。看电影、看演出是那时的我们最开心的事情。

在乡下，无论看电影，还是看演出，我们都叫看戏。那时，公社不定期会派一个放映员到各个大队（现在叫村）去放映电影。

轮到某个大队放电影时，大队就派一个年富力强的劳力到二十多里山路以外的石浆公社挑电影担子。那个时候即使通信、网络不发达，但晚上有电影的消息却能在一个下午的时间全部传开。

于是，大人们高兴，小孩们更是按捺不住内心的激动。

“听说今晚放电影？真的假的？”有好事者按捺不住内心的激动到处打听，然后把听到的消息一传十，十传百，一会儿就传遍了整个大队乃至周边的大队。

“今晚放电影！晚上看戏去！”邻居的一声吆喝，把团转的几幢老屋都激动起来，每一个男女的心都因此变得躁动、不安分起来。

“听说片子蛮好看呢。”

“片子名称是什么呀？”有人迫不及待地想了解电影名。

“《渡江侦察记》！”三舅是个消息通，他眉飞色舞地介绍着，“打仗的。蛮好看！我是一定要去看的。”我们都羡慕地看着三舅，三舅的人脉真广：这样重要的消息他居然也能打听得到。

听说晚上有戏看，我和小伙伴甭提有多高兴。但我的喜悦只能藏在心里，不能流露在脸上。父亲管束我们姊妹很严格，不允许我们姊妹晚上乱跑，更不允许我们浪费一个晚上的时间看那些对学习没用的东西。

这也是我至今一直感谢父亲的地方：虽然我们都是女孩子，但父亲从来不重男轻女，不相信读书无用论。哪怕苦得砸锅卖铁，父亲也从未放弃过让我们姊妹读书，并且对我们的学习还抓得相当紧。那个时候，大多数的女孩子是没有书读的。父亲欠着债，顶着别人的嘲讽，一直坚持送我们读书。不然，我们姊妹也会像邻家女孩一样，早就为人妻，为人母，围着灶台锅盖在转。

当看到邻居家的孩子晚上都不用读书，可以开开心心地去看电影，我十分反感父亲禁锢我们的自由。好在母亲十分理解我们，常常暗中帮助我们。听说晚上放电影，母亲便早早地煮好了晚饭等我们回来吃，还叮嘱、催促我们早早地完成家庭作业。

为了不让父亲看出破绽，我和姐姐早早地吃完晚饭，当着父亲的面认认真真地完成作业。表面我们在写作业，心却早已飞到了电影场里。我们仿佛听到了电影场里机枪扫射的声音。

我们以最快的速度完成作业，然后借口说要去屋后面的外婆家坐一坐，随后便蹑手蹑脚地从后门溜出来到后山的一条小路上，与早已等候在那里的、只比我们大几岁的三舅汇合。小孩子的脑海里一旦有了某个念头，就像种子，无论地表多么坚硬，都会不惜一切代价实现发芽的愿望。

脱离了父亲的管束，我们如放飞的小鸟，一路叽叽喳喳的，脚下面如踩了弹簧，一蹦一跳的，心里像喝了蜜一样甜。我和姐姐每人扛把椅子在乡村漆黑的路上疾走也不觉得累。

乡村的夜四处漆黑。夜色像块帷幕把大地罩得严严实实。要是碰到没有月亮的晚上，真个是伸手不见五指。两旁黑黝黝的山似乎向小路中间挤压，小路坑坑洼洼，高低不平。

有时，蛇也出来凑热闹，横在路上，不让我们经过。不过，蛇终究是怕人的，听到人的喧哗声，赶紧往山下逃窜。我清清楚楚听到山下的树林里有很轻细的声音在“窸窸窣窣”地响起。虽然被吓得心在“咚咚”直跳，但为了看电影，我与姐姐还是硬着头皮往前赶。

调皮的三舅一边打着手电，一边对着高山吆喝，寂静的山林便也跟着三舅打起了吆喝。这长长的吆喝声把山里的鸟也惊飞了。它们“扑”的一声张开翅膀向漆黑的天空飞去，消失在无边无际的黑夜中。我们这些夜行者惊扰了鸟儿们的好梦。不远处的山村不时传来几声狗叫声，似乎在追赶什么。我大气也不敢出，紧紧地跟在三舅的后面。

山村的夜晚有些寒凉。拂面而过的凉风穿透单薄的衣服，透过皮肤上细小的毛孔钻入身体的每一个细胞，我们感到了透骨的凉意。

三舅一边赶路，一边吆喝：“看电影去哟！看电影去哟！”

于是，小路两边、山脚下面，劳累了一天准备早早歇息的乡邻们终究受不住吆喝的诱惑，纷纷加入我们这支看电影的队伍。人们互相招呼、互相关照，一路嘻嘻笑笑，往电影场奔去。

电影场设在大队部的一个露天场里。所谓的露天放映场，只不过是大队部中间的一个操场。

好不容易赶到大队部的露天放映场。小小的露天放映场里早已是人山人海，站着的、坐着的、蹲着的、靠着墙壁或走廊的；有小孩坐在父亲肩头的，有趴在人家风车上的。原来别人比我们更积极。看电影的人中有本地的，也有邻近大队的，甚至更远村庄的人都来赶场了。

我和姐姐手中的椅子成了多余，根本没有地方放。想往前挤，却被黑压压的人群挡住。个子矮小的我们即使踮起脚尖也看不到电影。我们看到的只有前面黑压压的人头，只听到电影里演员的说话声和机枪的扫射声。三舅个儿高，踮起脚尖好歹还能看到一点。而我们只能寸步不离地跟着三舅，生怕走失。

我在心里不由得怨恨起父亲来。要不是父亲那么不近人情，非要我们完成作业，我们怎么会迟到，弄得连放椅子的地方也没有？心里的那种失落和忧愤像野草一样疯长。

终于挨到电影放完。三舅清点人数，多少人一同出来的必须不落一个地带回去。

三舅比我们大不了几岁，也是一个调皮、淘气、贪玩的少年。三舅带着我们一边回家，一边指挥着我们偷摘小路两旁的豆角，偷挖小路两旁的红薯。电影没看成，偷吃几颗豆子与只把红薯也是好的，总不能空手而归吧。我们分工默契。这回蛇、虫也不怕了。我们小一点的负责偷豆、挖红薯，三舅负责生火……

很快，红彤彤的火就燃烧起来，喷香的豆子、美味的红薯让我们垂涎欲滴。呼呼燃烧的火苗映照着我们兴奋的脸庞，驱赶着我们身上的寒冷。我们欢呼着、喊叫着。我们把嘴巴吃得乌漆抹黑。烤过的豆子特别香甜，吃起来粉嫩得很，红薯香甜软糯，比平时母亲做的好吃多了。

吃完红薯，我们悄悄回到家，依然悄悄地从后门进屋。父亲早已酣睡，母亲仍悄悄为我们留着后门没闩。若不是第二天，我们脏脏的小手、乌黑的嘴巴将被子弄得一团乌黑，挨了母亲的责罚，这将是我们心头一个永远的秘密。

记得当时放映过的影片有《地雷战》《地道战》《上甘岭》《铁道游击队》

《渡江侦察记》《闪闪的红星》，等等，大多是与战争题材有关的。小孩子的我们很喜欢看这类电影。当看到影片开头“八一电影制片厂”那个大大的、立体的红五角星被光芒四射的金黄色光芒包围着出现时，我心里就涌起一阵激动和自豪。

为了看电影《闪闪的红星》，六岁的我与父亲硬是走了二十多里的山路赶到南江镇去看的，我的脚被磨起好几个血泡，我也没叫过一声痛。

我被潘冬子的勇敢和机智深深地吸引。看完电影，我立即模仿起潘冬子来。我把红领巾系在书包带上，找来父亲戴过的一顶安全帽，与一伙小朋友雄赳赳、气昂昂地走在生产队的田地里，把最老实、年龄最小的、长得胖墩墩的二娃当成胡汉山。可怜的二娃耷拉着脑袋被我们“批斗”得灰头土脸。自然，回家后，我们也挨了父母的责罚。我们不仅踩坏了生产队的茴藤苗，还被二娃告了状。

为了看一场电影，让母亲失去了父亲。有一天，母亲听说放映《地雷战》。从来没有时间看电影的母亲被三舅描述的《地雷战》中的精彩情节打动，决定丢下夜夜陪伴的重病的父亲，也去看上一回。可事情就是那么凑巧，外公就在那个晚上永远地离开了我们，丢下母亲走了。这让母亲懊恼、后悔了一辈子。

一晃几十年过去。现在，手机、电视为人们提供了越来越多的娱乐，人们再也不用翻山越岭去看电影，可人们心的距离变得越来越远……

看电影，那将是留在我心头永远美好的回忆！

# 陈老师

我的初中数学老师叫陈友清，是一个教了几十年书的乡下民办老师。我与陈老师的缘分很深。读小学时，陈老师教我的数学。小学毕业后，陈老师也调入到当地一所初中教书，又继续执教我的数学。我对陈老师开玩笑说："我们前世一定有特别的缘分，不然，小学、初中怎么都遇见了呢？"

陈老师长年穿着一件银灰色的中山装。不知是洗的次数多了，还是中山装本身就太旧，中山装穿在陈老师身上，显得非常褶皱。特别是两个表口袋，皱巴巴的，就像两片耷拉的黄瓜叶伏在黄瓜藤上。陈老师一年四季穿着黄跑鞋，上面沾满泥土与灰尘，似乎刚从田间劳作回来。陈老师的头发乱糟糟的，前面的刘海儿向上竖着，使得本来就宽阔的前额显得更加突兀与高耸。

陈老师很随和，课余时间常常像个小孩一样与我们一起打闹玩耍。陈老师从来不会打骂我们，因此我们都不怕陈老师。陈老师上课时，教室里总是吵吵闹闹的。这个时候，陈老师的喉咙就会"嗨"的一声，以提示我们听课。但总有些同学在课堂上不喜欢听课的。陈老师没有办法了，把声音提高八度，用手指的关节"咚咚"地敲击着黑板说："别吵啦，下面讲的这个题目中考会考的。"果然引起了一部分同学的注意，教室里相对安静了很多。

陈老师也很少发脾气。碰到讲小话、开小差的同学，他不直接批评。在你调皮捣蛋、兴头正浓的时候，他用力地在喉咙里"嗨"几声，然后板着脸盯着你，并且一直盯着你，盯得你不好意思起来。有时某个同学睡意正浓，或低头开小差，他的"嗨"声也不管用，陈老师就用一小节粉笔头冷不丁地向睡觉的同学和开小差的同学掷去。

我惊讶于陈老师眼法的准确。我至今都记得陈老师用粉笔头向学生丢去的情景：粉笔飞起，空中一条漂亮、弯曲的抛物线划过，不偏不倚，粉笔头刚好落在瞌睡同学和低头开小差同学的头上……其他同学见状大笑。那些睡意正浓、开小差的学生在同学们的大笑声中惊醒过来，一脸茫然地看着陈老师，不知发生了什么。见此情景，全班同学更是哄堂大笑，让打瞌睡与开小差的同学羞愧得红了脸。

陈老师擦黑板时，有时一下子找不到黑板擦，为了节省时间，不耽误学生们上课，陈老师便用自己长长的衣袖在黑板上用力地“横扫”过去。黑板很快就被陈老师的衣袖抹得干干净净，学生们再一次哄然大笑，陈老师也跟着我们大笑。陈老师那件旧的银灰色中山装常常沾满了粉笔灰尘。

陈老师讲课时，讲得忘我，讲到起劲处时，唾液常常涌到嘴角，我常常看到陈老师的嘴唇挂着一层白白的像霜一样的东西。一件衣服穿了几天也不换洗，有时衣服的手肘处发开了线缝，陈老师也不知道。尽管如此，陈老师对学生的关心却特别细致、耐心。

九岁时，我成了留守儿童。一个冬天的下午，我煮饭过滤米汤时不小心烫伤了右脚趾，疼得不能穿袜子，但我还是忍着疼痛、瘸着腿去上学。陈老师下课时看到我歪在课桌上，关切地问我：“你怎么不去和同学们玩，平时你最喜欢热闹的呀？”

“王茹华的右脚被烫伤了！”一个同学说。

“哦，让我看看。”陈老师轻轻地把我的套鞋脱下来。当看到我的脚趾露出一大块鲜红鲜红的肉并正在溃烂时，陈老师非常心痛。他握着我被冻得冰冷的脚，心疼得掉了眼泪。

陈老师赶紧为我找来消炎药、碘酒，轻轻地涂抹伤口并包扎好，又为我找来袜子穿好。当时学校距离我家有十里左右的路程。陈老师每天用单车接送我上下学，每天为我换药，直到我的脚痊愈。

年少的我特别叛逆，家里人不要我做的事情我偏偏要去做。比如外婆的一把红色油纸伞，外婆一直珍藏在她的箱子里，没有谁拿出来过。我偏偏不信这个邪，就要拿出来用。

一个下雨天，我把外婆的红色油纸伞偷拿出来，兴冲冲地打着去上学。红色油纸伞很漂亮，上面缀了几朵淡白色的梅花，几只漂亮的蝴蝶在上面飞翔。油纸伞散发着好闻的清清的桐油味。要知道，当时能打得起一把油纸伞是一件多么骄傲的事情。我看到同学们瞥在油纸伞上的全是羡慕与嫉妒的目光。

可是上一趟厕所的功夫，油纸伞竟然不见了，我大哭起来，这可是外婆的嫁妆！我哭得撕心裂肺，上课也没有心思听课……

陈老师知道后，不知从哪里弄来一把红色油纸伞交给我：“别哭啦。这也是一把红色油纸伞，只是上面的花不同，拿回去吧。这样你外婆就不会责怪你啦。”

陈老师撑开红色油纸伞，立刻，一股桐油的清香味扑鼻而来。好漂亮的油纸伞，比外婆的伞更漂亮！一片浅浅的、细碎的米色映山红像一片熊熊燃烧的火焰围绕在伞的周围，伞把上还吊了一根红缨子。我破涕为笑，立刻喜欢上了这把红色的油纸伞。

原来陈老师把他老婆的嫁妆—— 一把红色油纸伞偷拿出来给了我。后来我才知道，陈老师是一个很怕老婆的人。为了这把油纸伞，夫妻打了多回架。我因此后悔了很久。

陈老师有空就喜欢与我们待在一起。与学生们待在一起，陈老师常常忘记了自己是老师，与学生们说话也是口无遮拦的。我们笑陈老师是“妻管严”。陈老师笑着告诉我们，他老婆年龄比他小很多，因家庭条件不好，娶不起老婆，只能事事让着她啦。久而久之，他老婆就变得非常强势。见我们嘲笑他，陈老师只好自嘲地为自己解围：“我一生只让两种人：一种是让着自己的老婆，让老婆并不丢人，对吧？让老婆又不是让别人！第二种是让学生，让着自己的学生就是让着自己的孩子呀。”

“那在老婆与学生之间有矛盾，陈老师先让谁呀？”调皮的我们又抛出一个让陈老师更难回答的问题。“嘿嘿，”陈老师习惯性地摸了摸头，不好意思地一笑，“这个嘛，自然是学生啦。”

“你不怕老婆骂你？”我们继续追问。陈老师立刻变得严肃起来：“怕什么怕？孩子们年龄小，自然要多宽容、理解。这是个原则性问题，我任何人都不怕，更别说老婆！”陈老师的话让正在嬉戏的我们立刻安静下来，都敬重地望向陈老师。

陈老师课余与我们嘻嘻哈哈，但一回到教室站到讲台上，陈老师像一位回到战场上的将军，浑身是劲、眉飞色舞地与我们讲解、讨论数学。

尽管如此，我的数学成绩却不怎么好，分数总是在及格线上下徘徊。陈老师不止一次找我谈话：“茹华，你不能偏科。尽管你文科成绩很好，但数学不好，对你的升学还是有影响的呀。”

“我笨嘛。数、理、化，我就是学不会！”

“如果你笨，你的文科成绩为什么那么拔尖？数理化不像文科，死记就行。你必须得掌握一些方法，课堂上弄懂，课后消化。”陈老师耐心给我讲学数、理、化的重要性。

进到初三时，我的数学成绩还是没有长进。陈老师急了，他又一次找我谈话：“你一定得把数学成绩赶上来，否则别人以为我陈友清没有教好你。从明天起，我每天来为你补数学。”

我想，陈老师只不过是嘴巴说说而已，他哪来的时间为我补课呀。陈老师家里不是有几分田地要耕种，还有两个孩子要带吗？

第二天下午放学回家，当我吃完晚饭在外面玩得正欢时，母亲突然喊我：“茹妹子，快点回家。陈老师来为你补数学啦！”当我快步回到家，陈老师正笑眯眯地坐在堂屋里的椅子上等我，膝盖上放着一本数学书……我闻到了陈老师银灰色中山装上面粉笔灰的香味。

母亲骂我说：“陈老师对你这样好，你的数学成绩还赶不上，你真的对陈老师不住！”

“嘿嘿，不是谁对谁不住，主要是为了孩子将来有个好的前途，不能像我一样，老歪在这里做一个民办老师。”

就这样，陈老师一直为我补了将近半年的数学。中考，数学一百分的试卷，我考了八十五分。分数虽然不是很高，但是我进初中以来数学成绩最好的一次。要知道，当年考高中，数学在八十分以上的只有十个同学。

为了给我补课，陈老师耽误了很多农活。为此，本来就紧张的夫妻关系更是雪上加霜。

后来，我考取了大学，参加了工作，距离陈老师越来越远，得到陈老师的消息也越来越少。后来得到陈老师的消息，是从一个家乡人的口中无意中获得的。朋友告诉我，陈老师已经退休，还是住在那个很偏僻的小山村里。颇感欣慰的是，陈老师终于解决了编制，成为公办老师。朋友对我讲述了陈老师考编制的过程。

20 世纪 90 年代初期，幕阜山脚下，交通落后，消息闭塞。一天里只有早上有一班车通往幕阜山。陈老师接到去县城参加公办教师编制招考的消息时已经是当天下午五点多。为了不耽误第二天参加考试，陈老师下午五点多从南江镇出发，步行 42 公里，走了整整一个晚上，硬是在第二天早上七点多赶到县城参加了考试。

我几次想去看陈老师，但总是由于各种原因没能如愿。再次听到陈老师消息时，说陈老师生病瘫痪了。我听了心里非常难过。我在心里默默祈祷，祝愿陈老师早日康复！

# 我的那些婶娘

慷婶是我婆家的婶娘。按辈分来说，虽然已出五服，但因为都姓朱，又是邻居，我叫慷婶为婶娘。

我家与慷婶家相隔一条宽五六步的小巷。比如吃饭的时候，我常常端着饭碗从自家的饭桌上转眼就到了慷婶家的饭桌上。慷婶家有什么好吃的，总是不忘分一半给我们吃。只要有空，慷婶端着茶杯就会转到我们家来坐坐，聊聊天。“远亲不如近邻”应该说的就是这种情形吧。

慷婶为人热情、朴实、善良，性格大大咧咧。在众多婶娘中，我最喜欢的是慷婶。与慷婶打交道非常轻松，从来不需要设防。即使说错话、做错事，慷婶也不会怪罪。慷婶心直口快，不了解的人以为她嘴巴毒，实际是“刀子嘴，豆腐心”。

慷婶的丈夫克叔是一个屠夫，杀了一辈子的猪。人家屠夫赚大钱，可克叔却经常亏钱，因而慷婶家经济非常拮据。别人家的屠夫常常短斤少两，而克叔称肉时称尾巴总是翘得高高的；人家屠夫卖肉必须用现金，可克叔卖肉，进的全是赊账。慷婶和克叔狠不下心肠来，见不得人家求情，说好话，至今还有很多坏账收不回来。

克叔喜欢酗酒，一酗酒就头脑发热，头脑发热就喜欢被别人怂恿着去赌博，常常把收到的卖肉钱奉献给了牌场。为此，慷婶与克叔针尖对麦芒，吵了一辈子，打了一辈子。

后来，慷婶不再寄希望于克叔，她一个人扛起了家庭的全部重担，抚养小孩、喂猪、种地、种田、砍柴。过度的操心与劳累让慷婶显得很苍老，她的头发早已发白，还落下了腰痛、脚疼的毛病。

慷婶一年要喂两头猪、几十只鸡鸭。碰到自家杀土猪的时候，慷婶就打电话给我，要我与老公回去吃“打猪汤”。然后还要送我们十多斤的上等好肉。我老公喜欢吃猪血、排骨、猪肝，慷婶便把猪血、猪肝、排骨全留着送给我们。另外慷婶还让她儿子帮我们把排骨一块块地剁好，分装成一个个小袋，打包送给我们。

每次回城，我们车子的后备箱总是被慷婶塞满鸡、鸭、肉、蔬菜之类的东西。慷婶说自己种的菜，施的是家肥，不打农药，可以吃得放心。我想，要是天上的星星能摘下来的话，慷婶肯定也会把它摘下来送给我们。

前年，慷婶家建新房，借住在我们家。于是我们跟着慷婶吃了一年的饭。慷婶的劳动量很大，每天得安排两三桌的劳力吃饭，每餐得炒上十个菜，餐餐还不能炒相同的菜。

慷婶腰间盘严重突出，脚疼得走不了路。我不知道慷婶那一年是怎样过来的。除做饭外，她还要砍柴、喂猪、喂鸡鸭、种菜，还要照顾得癌症的克叔。

我们姊妹每个礼拜回去，慷婶都会用平江最高的款待“平江十大碗”招待我们，把我们姊妹像贵宾一样招待，弄得我们姊妹实在不好意思每个星期都回去。

建房时，慷婶借了我们1万块钱。知道一时还不上，慷婶显得很不好意思。于是拼命地喂鸡、喂鸭、种菜送给我们，以弥补对我们的愧疚。

我和老公实在不忍心每次接受慷婶的馈赠，回县城时，我们有时悄悄地从后院离开。可每次慷婶算准了时间，拿着菜站在我们必经的路旁等待，把菜从车窗里强塞给我们。

可惜的是，新房建好后的一年，克叔得了舌癌走了。

克叔走后，慷婶的头发变得越来越白，背也变得越来越驼。慷婶常常暗自神伤。她经常劝我说：“唉，有癞子时嫌癞子，无癞子时盼癞子。茹华，你要好好珍惜夫妻缘分，等到失去再来后悔就迟了。”

克叔走后的日子，慷婶把时间更多地放在带孙子、种菜、养鸡、养猪上面。

每次回家，看到慷婶形单只影地弯着腰在菜园里劳作时，我的心里就涌起一阵阵疼痛。慷婶微驼着双背，全神贯注地松土、除草，被风吹动的黑白相间的头发显得非常蓬乱。白发根根竖起，在阳光的映衬下显得格外醒目，因病变得消瘦的脸上显得更加黝黑。看到这个场景，我的心底就像被什么刺了一下：“唉，慷婶，我的婶娘！”

我最喜欢看慷婶整土。整土是慷婶的绝活。整土这活看起来简单，实际却不简单。很多男人也不见得整得多好：不是把土粒越整越少，就是把土的形状整得宽窄不一。

一把有分量的耙头在慷婶的手里挥舞着，像根绣花针。该拢的土就拢，该撒开的就撒开。不多久，一块方方正正、有边有角的土就被慷婶整理出来，整得跟书一样平整，不禁让人想起一个个棋盘，令人赏心悦目。我不得不从内心赞叹：“唉，慷婶，我的婶娘！”

据说慷婶年轻的时候栽禾比赛，栽赢了整个姚坳村的青年男女。她能一排同时栽十蔸禾。无论田的形状怎样不规则，慷婶栽的禾横竖都能呈一条直线。一蔸蔸秧在慷婶的腰下、手里像变魔术一样，让一丘丘田马上变得一片绿油油的。她速度之快，折服了整个村的人。

婆婆走后，我们很少回家，菜园土地里的几十棵茶树没人采摘。每到清明前后，慷婶任凭自家的茶叶疯涨、变老，也要每年来帮我们家摘茶，还经常熬夜帮我们做茶、炕茶。

这样一个朴实、勤劳的慷婶，儿子却喜欢赌博。为此，慷婶十分恼火，经常为这事苦闷发愁。慷婶说：“现在政策多好。谁家的儿女不出门做事赚钱呢。宝伢子这样赌博，真叫我脸上无光呀。”

看着一头白发，身体有些佝偻却还在操心、劳作的慷婶，我的内心五味杂陈，不由得轻轻叹息一声：“唉，慷婶，我的婶娘！”

里婶也是出了五服的婶娘，个儿不高，胖胖墩墩的，住在我家屋后的埂上，丈夫死了有七八年。儿子媳妇在外面务工，偌大的一幢屋全由里婶一个人操持着。里婶说话的声音很尖细，是所有婶娘中最能言善辩的一个。里婶很能吃苦，种了很多菜，而且菜种得很好。我有时经过她的菜园时，喊一声：“里婶，我扯你家的菜啦！”里婶听到了就会把头从窗户里探出来：“只要喜欢，你扯吧。”

我家的菜地与里婶家的菜地相邻。几年下来，里婶家的菜地越整越宽，两家菜地中间的那条地边却变得越来越狭窄。憨厚的婆婆见了往往只是笑一笑：“里婶不容易，让她整吧，又能多出多少地出来呢。”

不过，里婶很大方，到她家里坐，她都要把家里能吃的都翻出来给我们吃。因为家庭条件不好，里婶的儿子三十多岁才结婚。为了让远道嫁过来的儿媳安心待在家里，里婶从不让儿媳做事，还帮着养孙女。一天到晚，里婶从来没有空闲过。

现在里婶快七十岁，有一通身的病：脚痛、高血压、头疼。可是家里的条件让她不能停下来休息。只要到屋后的那条小路上走一走，我准能看到里婶弯着腰在菜园里挖土、施肥……看到我在注视她，里婶一边招呼我，一边叹息，却并没有停下手中的活：“茹华，过几年我真个做不动了。身上到处痛呀。”我只能轻声地安慰她："里婶，做不动就少做一些。买点吃也便捷、划算。""毕竟没有自家菜园种的方便，吃得放心呀。加上家里到处要钱。要是你解叔叔不死这样早多好，我就不会吃这么大的亏啦！"里婶叹息了一下。我望着一头白短发的里婶，不由得叹息了一声："唉，里婶，我的婶娘！"

好在慷婶与里婶都很乐观，也容易接受新鲜事物，空闲的时候，两人喜欢互拍抖音，在抖音上分享自己生活中的快乐与幸福。

燕婶是婶娘中最年轻的一个，个儿最高，身材粗蛮、结实，很像东北女汉子，说话的嗓门儿也很大，走起路、做起事来风风火火。按辈分来说，燕婶是与我们关系最亲近的婶娘。她丈夫与我公公是嫡堂兄弟，比我公公要小二十多岁。每天燕婶和吉叔都要来我公公家里坐一坐，看看他们的嫡堂兄弟。

燕婶也是个死做事的命。她与吉叔只想生个男孩，可命运让她偏偏生了三个女孩。由于家庭条件不好，三个女孩都没有怎么读书。为了家里有一个男劳力耕地种田，燕婶把大女儿留在自己身边招郎。由于燕婶脾气性格好，又是个一心一意为家庭、为儿女奉献型的人，已出嫁的另外两个女儿好像也是招郎上门似的，一年四季大部分的时间都住在燕婶家，外甥也都是由燕婶夫妇带大。因此，燕婶的负担仍然很重。由于长年劳作，两人落下一身的病痛，特别是吉叔的脚疾非常严重，走路都不灵便，但两人却还在坚持种田、种菜、喂猪。

燕婶和吉叔为人朴实、大方、热情，每次回家，燕婶总要问我："茹华，要米不，要菜不？自家种的米和菜，没怎么打农药，吃得放心。"我有困难，也总是喜欢第一时间找燕婶帮忙解决。上次，娘家妹妹腰间盘突出，痛得走不了路。燕婶知道后，顶着烈日，马上从小河边把自己刚栽下不久的石昌蓬挖给我妹妹，说捣烂用醋和盐调匀敷在腰上能起到止痛的作用。邻居笑燕婶操空心，燕婶笑着说："这样的空心也是要人操的。"吉叔也说："有事你只管说，但凡燕婶与吉叔能做到的，我们一定尽力帮忙。"每每回乡下老家，我们就喜欢往燕婶与慷婶的家跑，看看她们家有什么好吃的没，或者去她们家扯几蔸菜回来。

燕婶的三个女儿都很孝顺听话，她们也继承了燕婶乐于助人、热情、善良的好品质。碰到家里要出气力的活，或者她们能帮上忙的活，她们总是不畏麻烦、不嫌脏、义不容辞地来帮忙。另外，乡下的老家也是燕婶与慷婶帮忙看管。

婆婆过世后，感觉家不再是原来的家，我们姊妹像断了线的风筝无处安放。但是每次回家，燕婶与慷婶早已做好饭菜等我们回家吃。

祖父和婆婆在菜地边栽了不少茶兜，每到谷雨、清明时分，我们不能及时回家采摘，燕婶、慷婶就帮我们采摘回来，还帮我们洗茶、做茶、炕茶。看到她们劳碌奔波的身影，我仿佛看到我的婆婆回来了。我内心总是涌起一阵阵感动："唉，我的这些婶娘！"

# 老师的果园

刘种田老师种了一百多亩果树林，打电话约我前去观赏。春暖花开的时候，我与几个朋友欣然相约前往。

刘老师听说我们要来，早早地站在路口迎接。也许是经常劳动的缘故，刘老师显得非常清瘦。我们一下车，刘老师就迫不及待地带着我们去参观他的果园。

一路上，我们四处瞭望，希望看到老师果园里果树开的花。在我的想象中，老师的果园应该是规模初具、花蕾满枝、蜂蝶纷飞、艳丽动人。

可是当我们跟随老师涉河过岭到达果园时，我与朋友都有些失望。老师的果园虽然有一百多亩，但由于种植分散，果园显得零乱，没有想象中的规模。果树是去年才栽种的，桃树与梨树还显得极其弱小，但它们争先恐后地开着娇艳的花朵。茶树显得更弱小，在春寒料峭的田地里瑟瑟发抖。

我有些纳闷儿：不知道退休后的老师为什么不好好颐养天年，却跑到这山寒水瘦的地方种植果树？这些果树恐怕要等到猴年马月才能结果啊。

老师丝毫没有注意到我们的失望，指着一棵棵小桃树兴致勃勃地为我们介绍起他的果园来。

“你们别小看这一棵棵小苗，这可是我从炎陵县引进来的‘中华锦绣黄桃’，味道特别脆而甜。这是韩国脆梨……”从果苗的引进、施肥到除虫、剪枝，只要是与果园、果树有关，老师就如数家珍，娓娓给我们道来。

我仔细地观察了一下，老师的果园整洁、干净，里边几乎没什么杂草，果树栽种得疏密有致，就像老师曾给我们批改作业中所打的工工整整的红钩。

“你们慢点走，这坡陡路滑的。”一路上，老师不断地叮嘱我们走路要小心。老师仍然把我们看作他果园里的一棵小树。这棵小树现在长大了，虽然没开多少花、结多少果，但老师仍没有嫌弃，仍在一如既往地关心与呵护。看来无论到哪里，我们永远是老师果园里精心浇灌的一棵果树，永远也走不出老师关怀的视线。

这时，前面山坡不远处有一头牛正在老师的果树园里践踏。老师急忙丢下我们，一路小跑，跑到坡的对面去赶牛。老师身手敏捷，丝毫看不出老师已是年逾花甲的老人。

趁这会儿，我与朋友观赏起百合村周围的山山水水来。

百合村是一个很美丽的村庄，距离县城有一百多里，属于南江镇管辖。与石牛寨风景区只有不到一个小时的路程，属典型的丹霞地貌。

百合村村子不大，却有着极其重要的地理位置。北面毗邻湖北天岳关，往东与江西的修水一衣带水。因而，百合村历来是兵家争夺的要地。传说李自成曾经在百合村附近驻兵。

站在百合村，我们感受最多的是这里清新的空气、潺潺流动的清澈泉水，保护完好的植被，以及优美、宁静的自然风光。由于百合村属于高山气候，种植的水稻只能一年一熟。

远处，青山如黛，云雾缭绕，村庄、田野时隐时现；近处，层层梯田错落有致；田间地头，阡陌交错、鸡犬相闻；林中小鸟长声短调，嘤嘤相和；一块块裸露的麻石千姿百态，或立、或坐、或卧地分布在田间旷野。树缠着石头，石头倚靠着树木，上面铺满了花草；藤上长满青苔在这里是随处可见的景观；一幢幢白墙灰瓦的农家小院掩映在绿树、竹林中。我很羡慕这里的家家户户都以青山绿水装饰自然之居。

我们的脚旁是发源于幕阜山的潺潺流淌的百合河。百合河随着我们不断移动的脚步而向前延伸，像一条蜿蜒、变幻莫测的虬龙。这条虬龙盘旋在翠竹、绿树、嫩草之中，只听见如鸣珮环的清脆的水流声。百合河的水清澈如镜、冰凉沁润，用手掬一捧喝，甘纯清甜。

"人间四月芳菲尽，山寺桃花始盛开。"虽然已是四月，但田间地头，河边山坡上开满了片片粉红色的野桃花、石岩花、杜鹃、梨花、婆婆纳，它们向人们尽情展示着姣好的面容与迷人的风姿。在我看来，百合村更像一个名副其实的大花园。

山谷、河边，随处可见一粒粒鲜红的、饱满的、让人馋涎欲滴的牛奶泡，一根根壮实的酸筒秆和紫色的桑椹……大自然这位最慷慨的东道主为我们准备了天下最为丰盛、最为美味的果蔬。看来，百合村真是一个名副其实的天然大果园。

远处依稀可见的是百合桥。据说这几十米长的百合桥还有一段美好的传说：1873年，当地村民在修建一座通往外界的桥梁。一天，工地来了一位满头白发、仙风道骨的老人。当老人得知这座桥还没有名字时，便捋着胡须笑着说："让我给这座桥取名百合桥吧。它会保佑你们村民行走在这座桥上百年平安、吉祥。"老人说完就飘然不见了。

果真，这座桥经历了整整百年的风雨侵蚀，遭受过无数次大水的冲击，始终庇护着百合村民从没有出过安全事故。直到 1973 年，一场前所未有的洪水将百合桥毁于一旦。距离 1873 年修桥刚好百年。为了纪念这座给村子带来平安、吉祥的桥，从此村子就被改称为百合村，希望用百合这个名字保佑村民风调雨顺、家泰民安、百事合意。

这个优美的传说让百合村在我的心里又增加了很多分量与神秘。

"你们望到了什么？"老师赶走了牛，跑回来笑着问我们。我看了看老师汗涔涔的脸和紧贴在身上的衣服，把心中的纳闷儿说了出来："刘老师，这泥一脚、水一脚的，您一把年纪了，为什么不好好享受生活，却要来遭这份罪？"刘老师望着我笑而不语。

"百合村景色怎样？"老师问我们。

"很美！"我们异口同声地说。

"除了景色，你们还望到了什么？"老师继续问我们。

"还望到了什么？"我们被老师问得有些不知所措。

"你们难道没望到山坡上还有一丘丘的荒田、荒地吗？"

我们朝前后左右看去。果真，村庄附近有不少的田地荒芜，野草疯长，在田间地头肆意地昂着头向人们示威。老师收敛了笑容，神色凝重地望着这些荒芜的田地重重地叹息了一声。

"我只想努力一下，不想让这些田地荒芜……"老师望着正在开花的果树喃喃地说，"百合村地处高山，日照时间充足，害虫少，水质又好，种出的果实水分足，吃起来特别甜蜜。"

我望望田间地头，望望老师，再望望老师的果园，心里头忽然明白了什么——老师的心中装着一个更大的花园与果园！

现在虽然老师的果园还没有成大气候，但我想，随着乡村振兴步子的加快，百合村也会变得更加繁荣富强。不久的将来，老师的果园一定是一个百花齐放、生机勃勃、硕果累累的世界。

# 打　米

小时候，我家的分工是：父亲主外赚钱，母亲主内包揽家务、带孩子。

做家务、带孩子看似很轻松，但实际一点也不轻松。家务事零零细细，费时费力，但在父亲看来，做家务是一件很轻松容易的事情。以致家里打米、砍柴这样费气力的事，父亲也让母亲去做。

由于家里人多，隔不了多久，母亲就要到两公里以外的阜丰生产队去打米。不仅如此，为了能减轻父亲的负担，勤劳的母亲还要天天到矿山上去捡拾长石赚钱。那个时候，我们几个姊妹都在读书，每年的学杂费都是一笔不小的开支。

为了8点钟还能到矿山上捡拾长石，母亲5点多就起床去打米。将自己简单地收拾后，母亲带着手电筒，领着一条大黄狗，挑着80多斤的谷子出门了。

冬天凌晨5点多的山村，天还未亮。但冬天要麻烦得多。冬天的5点多，大地还一片漆黑，人们都还在温暖的被窝中熟睡。母亲就摸黑赶路去打米了。

从家到阜丰村打米的地方有两公里多路，周围没有房屋，全是山。两旁的山密密地挨着，漆黑一团。有时月光漏在山间的树林里，黑白交错，山里立着的树阴森森的，像一个个张着口、吐着舌头的鬼影。远处山上的猫头鹰长一声短一声凄厉地叫着。母亲清清楚楚地听到有东西在两旁柴草中爬动的声音。

“莫非真有传说中的鬼？”听着树木里的声音，母亲的心一阵紧似一阵，连大气也不敢出。为了和母亲做伴，我也跟了出来。我吓得紧紧地跟在母亲身后，以致看到月光下自己的身影，还以为有一个人在紧紧跟着自己。我不敢说自己害怕，我知道母亲也害怕。

我看到母亲只顾担着谷子拼命地赶路。母亲也不敢看两旁，她怕突然看到什么。我们知道这两旁的山上起了很多的坟，白天经过这里，感觉阴森森，心惊胆战的。除了檀树村的人打米要经过这里，平时这里一般就没有人走了。

母亲虽然担得很吃力，却不敢停下来歇息一下。这条山路漆黑漆黑的。母亲只顾低着头走路，我清清楚楚地听到母亲粗重的喘息声和脚步声。有时母亲甚至被跟在身后自己的影子吓一跳。好在家里的一条大黄狗默默地跟在我们后面。

我和母亲踏着月色，披着星辉，默默地低着头往前赶路。我们不敢大声说话，生怕说话声引来令人害怕的事。母亲忍着肩膀的疼痛，不断地两个肩膀轮着挑担子。由于劳累连带不断受惊吓，还没有走一半路程，我和母亲全身发热，后背都被汗水湿透了。要在白天，母亲会放下担子歇息一下。

好在大黄狗善解人意，它似乎知道我们害怕，一直跟在我们的后面。我们的心里才踏实很多。

这时，大黄狗像是发现了什么，突然从后面蹿到母亲的前面，朝前面的一个小山包狂吠起来，叫声中带着人一样的呜咽，很凄惨、很吓人。

那声音与平时狗的叫声有些不同，显得长而凄厉。有时，大黄狗突然往前蹿几步，又突然往后退几步，似乎不敢上前。大黄狗似乎看到了什么令它害怕的东西。

是有什么人经过吗，和我们一样急着赶早去做事？我和母亲下意识地抬起头仔细往前面狗吠的地方看了看，可是我们什么也没有看到。我低着头，小心地偷偷又往两旁瞄了瞄，还是没有看到什么。我和母亲都唯独没有看身后，我们不敢看，怕后面也跟着什么。

外公说，一般的农村人都能读懂狗的叫声的含义：狗如果一声一声间断、短促、有规律地叫，就是遇到生人了；如果狗的叫声像人一样呜咽，且一声比一声凄厉，那是狗也害怕啦。

现在大黄狗的叫声一声比一声长，很像一个挨打后伤心极了的孩子在呜咽。想到此，我连大气都不敢出，眼睛更不敢抬起来看前方的路了。心已经提到嗓子口。母亲也是如此，她不敢停歇，怕一停下来，坏事就会扑上来。曾经听很多老人说在这地方，村里死了的人一般都被埋葬在这里。就是白天，也是阴森森的，少有人走。

我在心里不断地念着“菩萨保佑，阿弥陀佛，阿弥陀佛、菩萨保佑”，深一脚浅一脚在崎岖的山路上疾走。

这时，大黄狗狂叫一阵后，又一阵风似的跑到前面另一个地方狂吠去了。大黄狗的叫声，在这空空的山谷，显得格外的凄厉、阴森、吓人。我的心一直在“咚咚”地跳个不停，尽管穿着厚厚的棉衣，但我感觉不到一点冷，后背在丝丝地冒着热气。我总觉得身后有什么东西在紧紧地跟着我们。

“妈妈，你怕吗？”我怯怯地问母亲。

“怕什么呀？这世上又没有鬼！要说怕都是自找的！叫你不要出来，你偏要跟着出来！”母亲安慰我。

我从母亲看似镇静的话中听出了害怕。我听出母亲的声音里带着颤抖。要是平时我说怕，母亲会第一时间放下担子紧紧抱住我，安慰我。

我怕得快要哭起来。我感觉母亲也快要哭了。我和母亲进退不得。前后都是长长的山路。我心里不由得怨恨起父亲来。这打米的体力活儿应该是男人做的，为什么要由一个弱女子来承担呢？

但我们没有他法，只好麻着胆子一步步地继续往前走。母亲左右肩膀换着担子，只想如何让脚迈得更快，好快点到达目的地。我感觉背上黏糊糊的，汗早已将我们的内衣湿透了。害怕让母亲忘记了肩膀的酸胀与疼痛。

终于在翻过了一个山坡后，走过一条三百来米的长满杂草的水渠，我们终于隐隐约约地看到对面的阜丰村了。终于看到房屋啦！只要再下百多个石阶，再走过一条稍为平坦的小路，我们就可以到达打米的地方。至此我们的心里才踏实了许多。母亲长长地吁了一口气，脚步渐渐地慢下来，心情也终于放松下来。大黄狗也没有刚才那么狂躁了，摇着尾巴静静地跟在我们后面。母亲放下担子，在一块石头上坐着歇息了一下，拿出手巾抹了一下脸上的汗珠，对着打米的地方微笑了一下。“唉，终于到啦！”我们如释重负。

终于到达阜丰大队的打米房，这时天已大亮，我们是第一个到的。打米的确师傅还没有来，打米房的门还紧紧锁着。我和母亲把扁担横在两箩筐之间，坐在扁担上面一边等一边歇息。我们的刘海早已湿成一缕缕的了，紧紧地贴在了前额上。

早晨的空气很清新，早晨也很凉爽。凉风吹拂着我们的头发，舒服惬意极了。大地还沉浸在一片宁静、安详之中，人们还没有起床。

不知谁家的公鸡正在一声声地打着长鸣。不远处的阜丰水库呈现出一片静谧的深蓝色。看来，今天水库的水很充盈，可以打很多担米啦。

六点半左右，打米的确师傅终于来了。

“你们真早啊，兰妹子！”因母亲经常来打米，确师傅也认识了母亲，“叫你男人来嘛，一个女子起那么早走山路不好。”

母亲微微一笑，没有答话。

确师傅帮母亲把谷子慢慢地一点点倒入打谷机。只听到“砸”的一声，确师傅扳下开关，打米机的履带由缓到快开始启动运送啦。开始打米啦。我听到打米机旁边巨大的水流声，还有打米机“轰隆隆”巨大的声音。

我们看着米和糠混合着从打米机的一个小斗里出来，用手摸摸，还带着非常高的温度。打米机的小斗里也不时飞出谷糠，母亲和确师傅的头发和衣服全沾上粉尘，变成白色的了。

母亲叹了口气说：“要是什么时候不用跑这么远的路，就在自家门前打米该多好啊！”

“是啊，将来打米要是不用蓄水就好啦！要是一次性能将米和糠直接分离出来该多好啊。”

半个小时后，终于打完米啦。回家的路轻松多了。我用一个小担子挑着谷糠，这样母亲就能轻松一点。

回到家，八点还差半个小时。母亲从绳子上拿下一条毛巾擦了擦汗，坐在椅子上大口大口地喘着粗气歇息。

休息了一会儿，母亲站起身来，喝了口冷茶，来不及做早餐，又赶忙从堂屋的门后拿了顶草帽戴上，急匆匆地赶到矿山上捡拾长石去了。

庆幸的是，三十多年后的今天，我的乡亲们和我的母亲再也不用担着谷子去外地打米啦。现在农村真的可以在自家门口打米啦。一个电话，随时随地就可以上门打米。打出的米再也不用风车把糠吹干净啦，头发、眉毛、胡子再也不用沾满灰白的粉尘啦。

# 二、山水有约

# 幕阜深处是故乡

我的老家在湘、鄂、赣三省交会处的幕阜山半山腰——南江镇大兴村——一个很偏僻的小山村里。小村庄四面环山，开门见山，距离幕阜山大约两个小时的步行路程。

若是站在屋前的地坪里，抬头就可望到幕阜山：幕阜山像一条长龙横亘在天际，又似一堵巨大的墙立在村庄的北面，为村庄形成一个天然屏障，阻挡着西北风的侵入。天气晴朗的时候，还可以望见幕阜山上曲折如灵蛇般的盘山公路。高大雄伟的幕阜山如一位健硕的母亲把瘦小的村庄紧紧地揽在怀里。

春天的幕阜山是一个绿色王国、花的海洋。

春姑娘轻轻地将眉头舒展，在一夜间将手中的画笔一挥，于是幕阜山上光秃秃了一个冬季的树枝一夜之间竟全冒出了星星点点的绿。群山峻岭间像撒满了无数细碎的浅绿色翡翠，娇嫩得像刚出生的婴儿的皮肤那样水汪，上面透着点点茸毛。尔后，这星星点点的浅绿变成蝴蝶羽翼般的嫩芽，慢慢地舒缓开来，再一点点地连成一片绿色的海洋。这绿很浅很淡，不张扬，淡雅得像天上的云烟，清新、秀美，淡雅得让你的心里瞬间宁静。

有时山上云蒸霞涌、薄雾缭绕，云在树中行走，树在云中出没，让人似乎觉得来到了仙台楼阁。

有时我们很想捧一把身边的云和雾气在手，可调皮的云雾却从我们的耳际、眼边悄悄地划过，一下子飘拂到了天边，似乎与我们捉着迷藏。然后在我们的发梢上、刘海儿上留下她吻过的痕迹。

我们小孩子常常徜徉在这绿色中，云雾中尖叫、穿梭、奔跑、捉迷藏。

樱花是装点幕阜山的花仙子。点点细碎的野生樱花开得朴素而热烈、秀美而芬芳，像一位端庄、素雅的村姑，让人顿生怜爱。一簇簇、一片片像火一般鲜红的映山红则把幕阜山野熊熊“燃烧”起来。她和粉红的杜鹃、桃花以及许多无名小花把幕阜山打扮得分外妖饶，美丽动人。

鸟儿、昆虫也不示弱，这样的季节怎能少了它们的身影呢。它们呼朋引伴地卖弄清脆的喉咙，在这片绿色森林王国里，花海里追逐、嬉戏，把幕阜山搅得春心荡漾、活力四射、热闹非凡。

深山中砍柴回家的母亲的刘海儿上常常挂着晶莹的雾珠，头发上冒着丝丝热气。只要母亲一回家，我就能闻到她白底黑花的衣服上沾满青草、花蕊所散发出来的清香。那是山村女子所特有的气息，山村女子所特有的美!

幕阜山的水白、绿、清、甜、凉。溪水清澈得如同一块玻璃，鱼儿在里边游玩似乎无所依附的样子。如果用瓶子装满一瓶水，瓶子上面会结满一层层白霜似的东西。掬一口来喝，会让你从嘴里甜到心里，每个毛孔极其舒坦。

我的家里是从来不需要使用水缸的。哪怕临时用水，随即就可到门前的山泉、小溪里盛水。家里的烟茶就是母亲用幕阜山的泉水做出来的，喝茶时散发着一股独有的清清的柴火烟烤味。

最壮观的是到一峰尖观看日出。我和姐姐以及很多小伙伴常常选择在秋高气爽的时候去看日出。

起个大早是肯定的，清晨六点钟左右就得赶到一峰尖半山腰。

想象一下在海拔一千八百多米的山上看日出会是一种什么样的情景。踞高望远，日出景象更加浩瀚壮阔。黎明前的天空是美妙的。山风吹拂着我们的头发，撩起我们的衣裳。我们的脸被山风吹得通红，手脚也被山风吹得冰凉，但我们抑制不住心中的激动，就像等候一位远嫁的新娘，只想一睹她的丰姿为快。

等待太阳升起的时间很漫长，太阳似乎故意在吊我们的胃口。首先，她得酝酿酝酿情绪，做些升起前的准备工作。她要用画笔把周围涂抹得一片通红，让黑色在她的光芒中渐渐褪去。

然后太阳慢慢地露出“眉毛”“半边脸”“圆脸”，似乎挑着担子，每向上爬一步都很艰难的样子。

终于，太阳勇敢地揭开面纱升上来了。刹那间，万道红光，把天空的每个角落都浸染上了红色。一束束光柱在林中映着七彩的光芒，把林中的雾气驱赶开来。幕阜山沐浴在一片金色之中。真是太壮观了。

如果运气好的话，这个时节登上幕阜山的最高峰一峰尖，可以望到烟波浩渺的洞庭湖。偌大的洞庭湖像个棋盘镶嵌在遥远的天边。湖面波光点点，让人心旷神怡、遐想无限，让人不得不慨叹大自然的浩渺，以及人类的渺小。

沐浴着暖暖的阳光，我的父辈们到幕阜山开始了一天的耕耘与劳作……

我常常对着幕阜山发呆：幕阜山上一定住着神仙。不然，幕阜山何以这样美丽？

靠山吃山，靠水吃水。幕阜山不仅是我儿时的乐园，也是我的衣食“父母”。对我们而言，去幕阜山玩、砍柴、掰笋、摘野果子是小菜一碟的事。

烟雾缭绕的幕阜山

那个时候，物质条件十分不好，很多人家常常是吃了上顿没了下顿。而我所在的小村庄却沾了幕阜山的光。幕阜山以她最大的善良、宽容，无限度地接纳我父辈们的索取。幕阜山是我们山里人的余额宝、粮食仓库，里边有永远赚不尽、取不完的钱，有供我们永远吃不完的食物与果实。

每年的四五月，幕阜山的半山腰、溪水边、山涧里，春笋争先恐后地冒出地面，一个劲地向上蓬勃生长，齐刷刷地蹿得老高。大的、小的，长的、短的，像十七八岁的少女亭亭玉立在山间、涧水旁，对着行人、游客顾盼生辉。

一队队挎着背篓的山里女子结伴来到幕阜山采摘春笋，嫩嫩的春笋和长长的秀发在她们背后的竹篓里颤微着，山涧里到处荡漾着她们银铃般的笑声。她们收获满满一篓春笋的同时，还不忘采下一朵映山红别在头上。花映美人，美人如花，将幕阜山渲染成春天里一幅幅最美丽、最生动的画卷。

春笋炒酸菜是最绝妙的搭配，也是幕阜山一道有名的特色小菜。我就是吃着幕阜山的竹笋长大的。

把笋子放在开水里淖一淖，配上水酸菜，放点干辣椒、大蒜爆炒，吃起来既爽口，又开胃。除此以外，笋还有多种吃法：春笋炒肉、春笋煎鸡蛋、春笋炒虾子；另外还可以晒成干笋，吃起来爽口、香甜、有嚼劲。不管是新鲜的，还是晒干了的，都含丰富的粗纤维。

幕阜山清澈的小溪小河里有的是小鱼、小虾、泥鳅、黄鳝。如果勤快，不妨挽起裤管下到小溪小河里捉些小虾、小鱼，和些紫苏、薄荷炒着来吃，真是香味扑鼻，让人胃口大开。

幕阜山这些天然无污染的蔬菜、瓜果、鱼虾把我们姊妹一个个养得健健康康、壮壮实实，我们的菜篮子里永远有装不完的菜。

有时，我们会吆喝上几个小伙伴到幕阜山上砍几担木棍回家、斫几捆细长的竹子编织成一床床篾席卖掉就变成了钱。慷慨的幕阜山资助着我们姊妹顺顺利利地读完了小学、中学和大学。

幕阜山还是丰富的天然果园。

春天，山上有鲜红的桑椹、莓、酸农秆等野果。端个空盆出去，一摘就是满满的一盆野果回来，然后慢慢享用。幕阜山从来不会让你失望：范果实酸甜可口，有“黄金水果”的美誉，还有补肝益肾、明目乌发的功效呢；或者跨个背篓，采春巅、挖荠菜、拗蕨菜、摘蒿去，回来做些香喷喷的蒿饼，搞个荠菜煮鸡蛋……

范

桃米最

秋天是采摘猕猴桃、野酸枣、板栗、鸡爪梨的好时机。野生猕猴桃富含丰富的维生素C，被誉为“水果之王”，可以抗氧化、防衰老，纯野生环境生长，无须施农药、化肥，非常适合老人、儿童、孕妇吃。如果胆子大，还可以采摘到棕褐色、紫红色的鸡爪梨（又名枳椇），味道非常甜美。酸枣呢，别看它样子不怎么好看，采摘也有一定的难度，但做成酸枣糕，那可是味中极品。幕阜山是非常慷慨大方的，只要你勤快，保管让你吃不了兜着走。

鸡脚爪

幕阜山是天然的蔬菜种植园。

在幕阜山种植蔬果是从来不需要施肥、打农药的。八九月，只要拿着刀到幕阜山上砍下一片柴草，划上一根火柴，然后在柴草燃烧后的灰烬里撒下种子，你就可以坐等蔬果成熟啦。

我家的蔬菜都是用这样最原始的刀耕火种的方法种出来的。每到深秋，母亲和我的叔伯们满载而归：从幕阜山上担回来的萝卜又长又壮实，雪白雪白的，像一个壮娃娃，散发着泥土的芳香；一棵棵大白菜、雪里蕻青葱脆嫩，看着就食欲大增。

幕阜山还是天然的柴火库。一年四季，我们从来不担心没柴烧。只要打开门，随手可以捡拾到枯柴、枯棍和枞毛。厚厚的、金黄色的枞毛给幕阜山织就了一床最厚实、最温暖的地毯。我们常常把它当作滑梯玩：一个滑溜，“嗖”的一声就从山的上面滑到了山的下面。

幕阜山还是天然的空调房。

住在幕阜山半山腰里，我们从来不需要使用电扇，只要一打开房门，就会感到凉风习习、舒适惬意。

若是在这里住上一宿，你的心灵会感到前所未有的宁静。明月撒下银辉，给周围披上银装。白天喧嚣了一天的松林此时也进入梦乡。即使是夏季，在这个海拔一千多米的高山上，平时在山下不甘沉寂的蟋蟀因为惧怕寒冷也收敛起歌喉，此时不知在哪个角落藏头缩尾；蝉蜕因为无人附和，也不想再自弹自唱、孤芳自赏。

“五岳之外有天岳”“万山其中幕阜山”。现在的幕阜山已经成了国家级森林公园，成了全国闻名的旅游风景区，以及难得的避暑佳地。这里有著名的“石牛寨”“丹崖夕照”“雄霸南天”“一峰尖”“仙人下棋”“洞庭远瞻”“眺望台”“沸沙池”等优美景点。这里的每一个景点都如诗如画，美不胜收。到这里，你只会醉氧、醉风景、醉美食。

这里还是鸟儿、虫儿栖息的天堂，站在一排排松树中，听此起彼伏的鸟鸣虫嘶，宛如五线谱里踮着脚尖轻盈旋转的音符在树林中跳跃。你可以想象一下：蓝天、白云、鸟儿，树叶间洒下的缕缕阳光以及潺潺流动的溪水，这是一幅幅多么生动、美丽的画卷！

我和姐姐、弟弟、妹妹每天在小鸟的声声歌唱、鸣叫中起床，然后上学，这是一件多么幸福、惬意的事情！

冬天的幕阜山白雪皑皑、银妆素裹，是一个粉妆玉砌的世界。小鸟藏起了踪迹，虫子收敛了歌喉，幕阜山变得异常空旷、静穆、万籁俱寂。松树、草木、屋子都穿着洁白、臃肿的羽绒服，在雪地里默默地相守、相望。小溪、河流被冰冻，像条条银色、婉转、逶迤的玉带。幕阜山一改往日的热闹、喧嚣，变得温顺、寂静。“啪”的一声，丛林里不时掉下一坨雪，此起彼伏的雪落的声音是冬天唱给幕阜山最好听的一首歌。这个时候的幕阜山温婉、娴静得如同处子。

冬天的幕阜山也是我和小伙伴堆雪球、打雪仗的好地方。厚厚的雪在我们手中变成了一个个可爱的人儿。我们追赶、尖叫，我们把雪撒进小伙伴的脖子、衣服中，雪地里留下了我们一串串歪歪扭扭的脚印。

雪天是外出打猎的好时机。动物们都藏起行踪，开始冬眠。叔外公们却不肯闲着，大清早，只要听到雪地里“咔嚓咔嚓”的脚步声，我准知道叔外公们要外出打猎了。幕阜山上有的是野兔、野猪、野鸡等多种野生动物。半下午，叔外公们准会提着猎物满载而归。然后叔外公把全村老少请去打牙祭，围着火炉，温上一盅香甜的米酒，吃着大块的野猪肉、野鸡肉，开玩笑、侃大山。

幕阜山也是我们童年的乐园。课余，我们常常利用一棵棵高大、绿叶如茵的松树作为天然屏障，与小伙伴们玩捉迷藏的游戏。母亲干脆让我们做“野马”，放任我们在幕阜山里疯跑。上树、爬竹子、打水漂、投掷都是我们的拿手好戏。

幕皇山把我们练成了一个个技艺高超的攀爬能手。幕皇山的山旮旯里不知储存了我们多少童年的欢笑与快乐！幕皇山是永远珍藏我童年快乐与幸福的记忆仓库！

幕皇山还抒写着神仙与英雄的故事。

幕皇山，古称雷公山，传说是雷公的居住地。还有传说幕皇山是伏羲女娲的婚嫁居家宝地。现在还留有冲真观伏羲殿。据《中国各民族宗教与神话大词典》所载畲族古老神话传说及人物记载：伏羲女娲在天岳幕皇山从山下滚石上山测天意，结为夫妻，造出人类。伏羲夫妻死后，葬于天岳幕皇。伏羲女娲的传说给幕皇山增添了不少神秘色彩。

小时候，父母放任我们到山中乱窜，却从不担心我们会被虫蛇咬伤。你说怪不怪，幕皇山是没有大蛇的。传说八仙之一的张果老到这里游玩。正当他游兴正浓时，一条大青蛇窜出来吓了他一跳。这让张果老大为不悦。如此秀美的幕皇山，岂容蛇类出没？于是他便下了一个咒语，从此不允许蛇类进入幕皇山。的确，到现在为止，从未听见有谁在幕皇山游玩被蛇虫咬过，也没有谁在幕皇山见过大蛇。幕皇山就是这么神奇。

此外，天岳幕皇山是中国道教传说中的仙居秘境洞天福地第二十五洞天的所在地。

这里还留有北宋诗人黄庭坚的足迹。黄庭坚曾在霏霏细雨中两游此地并留下诗作一首："山行十日雨沾衣，幕阜峰前对落晖。野水自添田水满，晴鸠却唤雨鸠归。灵源大士人天眼，双塔老师诸佛机。白发苍颜重到此，问君还是昔人非。"另外，这里还可以看到不驯才子李元度挥笔写下一字值千斤的"天岳关"三字……

外公常给我讲幕皇山的传说与英雄的故事，让我对幕皇山有无限的憧憬：幻想有一天，我能在"仙人下棋"那个地方重遇仙人张果老，我要请求他教会我下棋，或者教给我一些长生不老术也是好的。

我要为守在"望夫岩"上的那个女人默默祈祷：祝愿她的丈夫早点回来，祝愿世间再也不要出现此类凄苦而凄美的爱情。

在天岳关一侧，有抗日无名英雄墓碑群。拾级而上，苍松翠柏，浓荫蔽日，瞬间把人的思绪拉回到炮火纷飞的抗战年代。台阶顶处，巨石凌空。在坚硬的岩体上立着一座座石碑，上面刻有"气壮山河""浩气长存""名留千古"等题词，让人感受到无数无名英雄的悲怀与壮烈，一种庄严、肃穆、崇敬之情由然而生。

一方水土养育一方人。幕阜山的妹子个个长得水灵灵、娇滴滴，皮肤白皙、面容姣好。她们热情、淳朴、勤劳、贤慧，如出水的芙蓉，美丽、大方；像盛开在山间的一株株百合，散发着迷人的清香。她们热情好客，不矫情、不做作。幕阜山的小伙儿帅气、淳朴、憨厚，朴实得像幕阜山野里的紫云英。

如果有机会到幕阜山，不妨到幕阜山下的南江桥、石浆、冬塔、昌江走走。

幕阜山人热情好客是出了名的。如果你有机会到那里做客，他们准会为你砌上一杯热腾腾的、散发着茶椒子味道的烟茶，一碗香喷喷的薯粉丝荷包蛋，香喷喷的腊肉面条够你吃得肚子撑撑的。如果去得正是时候，他们还会为你端上一碗放了薄荷、茴香籽的香喷喷的，具有南江桥独特风味的野生黄鳝面，让你的唇齿间久久地弥漫着鳝香。那可是幕阜山人接待客人的最高礼节！

在你临走时，纯朴的幕阜山人会让你的袋子盛满香甜的炒黄豆、爆米花、茼糕、茼片、花片，或装上南江桥特有的粉皮，米粉条（用红豆和大米磨制成的）和满满一袋袋自家种的、绿色无污染的蔬菜，带着他们的嘱托与美好希冀让你满载而归。

幕阜深处，我的故乡！

# 探访碧龙峡

刚接近碧龙峡就听到一阵“轰隆轰隆”的声音，似有千军万马在奔腾，又像飞机起飞时螺旋桨发出的巨响，更像有无数人在鼓掌。

“未见其人，先闻其声。”碧龙峡首先给我们这些远道而来的客人一个盛大而隆重的欢迎仪式。以声势夺人，碧龙峡倒也直率，介绍自己时运用了开门见山的表现方式。

只见前面无数细密、晶莹剔透的银丝从高空飞跃而下，刚才的巨响就是无数的浪花坠落击打潭面发出的。是啊，既然是龙，怎能少得了水呢?

游览碧龙峡自始至终是要以水为线索的。峡谷像一条弯曲着的虬条，水也随着这条虬条迂回曲折。峡谷里的水清、绿、白，让人走几步就想弯下身子掬一把来喝，或忍不住在水里照镜梳妆。

碧龙峡全长十四里多。峡谷狭长、怪石林立、林壑幽深。峡谷最窄的距离不足两米，最宽也不超过十米。刚进入峡谷，一股清冷的风就扑面而来，提醒人们走入峡谷得多穿些衣服。

由于还是一个“养在深闺人未识”的小家碧玉，碧龙峡显得极其古朴、原始、宁静。外面阳光明媚，这里却别有一番洞天。由于古木参天，碧龙峡显得极其阴冷、寒湿。走着走着，一阵阵寒气时不时扑面而来，周围有一种清幽的冷、透骨的凉。

探访碧龙不是一件容易的事。碧龙峡是没有路的。一路上，我们只能沿着水来的方向，在溪谷中择石而行，碰到怪石突兀、悬崖峭壁的地方，只能靠在峡谷中搭建的一部部铁梯小心攀缘而上。铁梯与悬崖之间几乎成 90 度角，人踏在上面，就像悬挂在半空中一样，两腿不禁瑟瑟发抖。一路上，像这样攀爬 90 度角的铁梯竟然有 5 座之多。碰到没搭铁梯的地方，我们只得徒手攀缘石块，跳跃着前行。

有时碰到一段稍微平坦的路，上面不是铺满松针、青苔，就是长满杂草，或者古树横路。我们每走一步都需十分小心谨慎，否则，布满青苔的石头和高低不平、铺满松针的羊肠小路准会让我们跌落水中或坠入深渊。真是步步惊心哪！

由于少有人走，峡谷的两旁都是挺拔、瘦削而颀长的树木，上面长满毛茸茸的青苔，向人们诉说着岁月的斑驳和年代的久远。有很多树虽然是从石头里“蹦”出来的，却也长得玲珑峻峭，足见其生命的顽强；有的树枝淘气、顽皮，将颀长的身材横亘在峡谷的中央；更有两棵树在我们面前大秀恩爱，它们犹如一对处于热恋中的情侣，用长长的枝条紧紧地缠在一起，在石板上形成一个大大的同心圈，似乎在向世人昭告它们经得起风雨岁月考验的爱情。

在这里，我们随处可见一棵棵秀美颀长的树木，可以随时观赏到树缠石、藤缠树这样一幅自然之间相互扶持、相互依托美好、和谐生活的画面。

行走在碧龙峡，我们是一路踏歌而行的。沿途时而“轰隆轰隆”，时而“哗啦哗啦”的峡谷水流声如一支不断变换的旋律，每一个音符都让我们的精神为之振奋，让我们忘记旅途的疲劳。路上不时窜出一只壁虎、蟋蟀，山谷中惊飞一只老鹰、麻雀，它们对我们的到访十分好奇，不时探头探脑地打量着我们。有时也有蛇横在路上晒晒太阳，阻挡着我们的去路，或许它们是生气了，责怪我们打扰了它们生活的清幽。

每时每刻，长满青苔的高树和布满苔鲜的光溜溜的青石都在提示我们，这里是一片尚未开垦的处女地，我们走入峡谷，得处处尊重它们、呵护它们。

不过，赋予幻想的、向往美好生活的梅仙镇哲辽村村民把这里的一个个景点都赋予了美好的想象：盘龙洞，这是一个很大的洞口，由两块巨大的岩石组成，洞里幽深，深不见底，仿佛一条巨龙盘踞在洞里，给人以无限的想象空间；卧龙潭，深不可测，碧绿的流水在潭面击起无数的碎银，也许一条巨龙就藏卧在这里修身养性，随时准备一飞冲天吧；将军泉，是一口清澈见底的小井，是这里的龙王为行军打仗的将领们特意挖掘的。人们走累了，可以在这口清凉的井里喝上几口水解解渴；水帘洞，只见上面无数条水帘飞奔而下，像不像花果山孙悟空的水帘洞呢，里边也一定住着无数古灵精怪的小猴子吧……

越往上走，峡谷越险峻，路越难走。我们有时得手脚并用，匍匐而行，一个个走得汗水涔涔。渴了，捧一口峡谷中的山溪水解渴；累了，在凹凸不平的大石头上坐坐。听着清澈碧绿的溪水“哗拉哗啦”在我们的脚底下唱着歌，享受着林中洒下的缕缕阳光温暖地照在我们身上……习惯了喧嚣闹世环境下的我们能享受到如此这般的清幽与宁静真是难得。在碧龙峡的词典里是找不到“郁闷”与“不快”等词语的。

“扑”的一声，林中的一只小鸟因受到惊吓，从峡谷幽林中飞起了。“小鸟，你好。不好意思，我们打扰你们宁静的生活啦。”我在心底里向它们致歉。

峡谷两旁的山上满是在微风中摇曳的绿叶和娇嫩的野草。春姑娘将她的绿颜料毫不吝啬地向峡谷两旁泼洒，然后又在这些淡绿色的水墨山水画中点缀着些许五颜六色的花。

在这个无处不充满人类活动足迹的今天，能有一个这样安静与宁静的好去处，我们无不为之欣喜。在这里，你可以什么也不想，也可以什么都去想，让人感觉与大自然真正地融入了一体。

“清水出芙蓉，天然去雕饰。”碧龙峡，一个真正未加打扮、梳妆、粉饰、安静的小家碧玉，就让她待字闺中，永远做一个纯天然、淳朴的美女吧。少去惊扰她的平静，有时未必不是好事。

# 走过平江的每个春夏秋冬

位于东经113° 35′、北纬28° 42′，地势东北高，西南低，“蓝墨水”上游的平江县城，总面积4125平方公里。“将军县城”、中华“诗词之乡”、中国工农红军的摇篮之一、石牛寨丹霞地貌、全球落差最大的沱龙峡漂流……在这方红色的土地上，从来都是人灵地杰、英才辈出，当然也不乏老百姓的烟火人间。

生在这里，你会感到荣幸、自豪；来过这里，你会流连忘返、乐不思蜀……

春夏秋冬的幸福——生活在平江的人们都有一种由衷的幸福感和安宁感。每天清晨，人们在小鸟的“啾啾”欢叫声中、城市洒水车优美的音乐声中以及准时播报的“村村通”广播中起床，开始了一天充实与幸福的忙碌……

无论白天还是黑夜，无论多晚回家，无论行走在县城的大街小巷还是乡村的山间小路，你可以从从容容、一路看风景、一路哼歌，从不用担心生命、财产的安全。平江县城是一个让老百姓放得下心的城市：这里每年的刑事犯罪率基本为零。连老天也是眷顾这里的：春夏秋冬、一年四季，气候从来都是温和、湿润的，很少有极端的天气事件发生。也难怪，高耸连绵的幕阜山东西横亘，阻挡了冬天长驱直下的寒冷气流，东南、东北有湘北第一高峰连云山镇守，西有黄柏山、雷峰岭把关，平江县城就像一个摇篮里安睡的婴儿被呵护、温暖，因而平江县城的气候显得格外温顺、平和。曾经无数走南闯北的平江人，纵使在外面混得呼风唤雨，生活如鱼得水，最终还是选择落叶归根。他们说：“不走不比，就不知道平江的好。居家过日子，平江是最适宜生活的地方。”

昌江发源于幕阜山，为汨罗江的源头。古云：“平江平江真平江，二十五里水不响。”这“二十五里”正是昌江的奇妙之所在，亦为平江地名之由来。可见，连江河也是极其眷恋照顾平江的，从不舍得对平江发脾气。被称为“蓝墨水”上游的汨罗江环绕平江县城而过，让平江显得灵秀而生动。

每天早晨或傍晚，你可以从容、幸福地到天岳广场、碧潭防洪堤坝、一中操场、简青湿地公园悠闲地散散步，看看风景，打打太极，跳跳广场舞，拉上一曲二胡，吹奏一首悠长的葫芦丝或激昂的萨克丝……平江县城人民的脸上总是含着笑的。

当然幸福的不止是平江县城，平江的农村也充满幸福：过去的泥泞小路、山道弯弯全修起了宽阔的水泥与柏油马路。跳广场舞、玩微信、做微商不再是城里人才有的专利。就连七老八十、无依无靠的农村五保户都住上了宽敞明亮的安置小洋房。一拧开水龙头，白白的、清甜的自来水就会汩汩流出……担水的木桶可以当纪念品封存啦。空闲了，农村人也会去跳上一曲广场舞，发个抖音，晒晒幸福与快乐……

平江的色彩充满着热血红。中华人民共和国成立以来平江县先后产生了60位多位共和国将军，是全国有名的将军县。平江先后发生过“秋收暴动”“平江起义”“平江惨案”等重大历史事件，是中国工农红军和新四军第一支队第一团的诞生地。平江的土地是红色的，浸透着25万为共和国诞生而牺牲的平江英雄儿女的鲜血。生活在这片红色土地上，平江人民是骄傲而自豪的。

汨罗江因为屈原而被称为蓝墨水的上游，屈原带给平江人民诗书般气质与智慧。平江被称为“诗歌之乡”。平江的花灯戏、皮影戏、草龙舞、民歌享誉省内省外，平江人的生活无不充满文化气息，身上无不彰显书卷气质，连小学生都可以将“四六句随手拈来”。平江的妹子个个端庄秀气，平江的帅哥个个儒雅。彭建明的《那山那人那狗》、吴牧玲、毛云尔老师的儿童文学等，将平江的文化蓝涂抹得更加绚烂多彩。

青山绿，江水蓝。平江在传承弘扬红色文化，着力描绘蓝色文化的同时，全力开发打造以休闲旅游为主的生态绿色文化。

平江县山川秀美、风光旖旎：有福寿山国家重点风景名胜区，幕阜山、连云山国家森林公园、国家4A级景区石牛寨旅游区，一年四季充满青葱翠绿。生活在平江的山山水水间，你会醉氧。在县城可以足不出户观赏到春夏秋冬一年四季的景色。碧潭防洪堤、简青风光带可以满足你一年四季观赏景观的要求。这里的花草，从不辜负春夏秋冬的相邀，总是应季应时而开，春有樱花、映山红、油菜花、紫云英的热烈；夏有栀子花盛开的芳香、荷花仙子的矜持；秋有菊花的圣洁、桂花的幽香、满天星的闪烁；冬有芦苇的成熟、木棉花的圣洁以及梅花的骄艳……

这里物产富饶，是香干、辣条的发源地；平江黄金储存非常丰富，被称为黄金之乡；平江生产的高山云雾有机茶绿色环保；平江烟茶以外形乌褐敞亮、条索紧实，匀整有嫩梗、熏香浓郁、滋味醇厚回甘而深受消费者喜爱，已获中国农产品地理标志名称。

春夏秋冬的清晨——平江的天空蔚蓝、明净，空气清新，温度凉爽舒适。昌江河畔、碧潭江边、伏羲文化广场、 红军岩下，每天晨曦热闹非凡：有跑步、练箭、打太极、跳广场舞的；有拉二胡，吹葫芦丝、萨克丝；有引吭高歌的；有静静伫立江边垂钓的；有悠闲溜达的；有吆喝卖菜的……他们把平江的清晨搅拌得热闹非凡、活力四射。带着自信、幸福的笑容，平江人民开始了一天充实而幸福的生活。

平江春夏秋冬的夜色绚丽多彩——汨水潺潺、碧潭的涛涛声中，天空披上了五彩的霞衣。天边，一轮圆圆的红日迟迟不肯离去，映红了碧潭，一只小木船静静地停在江中；几只野鸭在碧水里尽情嬉戏，迟迟不肯归家；碧潭大桥与平江大桥横跨在汨罗江上，像两道彩虹遥相呼应，起着连接平江老城与新城至关重要的作用。桥面上人来车往。霓红灯伴着一抹夜色开始亮起，绚烂了整个平江县城。唱歌、跳舞的，散步、健身的……悠哉悠哉，一切都显得那么从容、镇定。趁晚上难得的空闲，吃几串麻辣烫，到歌厅K上几曲，或邀上几个老友凭栏远眺……平江县城多彩的夜由此拉开了帷幕。

如今的平江农村与城里不相上下。宽阔的乡村水泥路四通八达，一盏盏明亮的路灯、一幢幢红瓦白墙的农村新居在夜色中伫立。除了比城里多了几份宁静外，乡下的夜色还有它独到的迷人之处。大地一片宁静，群山朦胧在夜色中，显得一片黛黑，稻谷在晚风的吹拂中散发着幽香，和着田野里水草的清香不时扑鼻而来。萤火虫提着灯笼在田间小路闲逛。

平江春夏秋冬之风物——春风和煦，香樟、玉兰、杜英正绿。鸟鹊“叽叽喳喳”欢叫不停。樱花、杨柳是报春的使者，最先吐绿，星星点点的新芽如一缕缕云烟，淡雅、清新。天岳书院里一棵长满绿色茸毛的藤蔓探头探脑地把头伸出墙外；持刀跃马的彭德怀铜像威严地伫立在平江一中广场，静静地注视着脚下这块他曾经战斗过的、熟悉的红色沃土；巷陌深处不知谁家的笛子与葫芦丝又悠扬地响了起来，让人不禁浮想联翩……

平江人民英雄纪念碑的下面，许多戴着红领巾的学生正举着小手庄严地行注目礼；两块巨大的“庆祝建国七十周年举行平江书画家展览”“建国以来平江文学艺术展览活动”的通知醒目地竖立在平江一中的操场上……“风物长宜放眼量”，平江以深厚的文化与历史底蕴成就了平江人民博大渊远的广度与气度，让“崇礼、尚勇、厚德、图强”的平江精神在生命广阔的无垠中得以悠远绵长。

走过平江的春夏秋冬，每个季节都是一首诗，都是一副画。

# 今天平江涨水了

今年夏天，也不知是谁得罪了老天，老天发怒了，拼命地用水从高空向大地泼洒。上午九点刚过，就听到窗户上有雨点敲打玻璃“咚咚咚咚”的声音。声音非常急促，像一个急着闯进门的调皮小孩拼命地用锤子敲打着窗户的玻璃。不一会儿，敲打声越来越密集。终于，天空似乎被敲打出了一个大窟窿，巨大的水流从这个窟窿里倾泻而下。

地上水花四溅，就像无数小水晶球落在地上被弹起一样。老天疯狂地、随心所欲地使着自己的性子，用猛烈的暴雨蹂躏着这个世界。天地间，除了“噼里啪啦”的下雨声和打在遮雨棚上的雨滴声，你似乎再听不到别的声音。瞬间，地面全成了河，分不清哪里是天，哪里是地，天地似乎被搅在了一起。

“老天，你停一下吧。再这样下，房子、庄稼都要被淹没啦。”

可老天丝毫不怜惜人们的担心，反而下得越来越起劲，似乎要把天上所有的水都倒向人间。平日里秀气、蜿蜒的石碧潭河一下子变得丰腴、臃肿起来。河面在急速地变宽变高；栽在防洪堤坝上的绿化树一下子仿佛全都移了位，移到了碧潭河水的中间；堤坝上的几排杨柳和矮小的灌木早已遭了灭顶之灾，不见了踪影；高大的桂花树只露出半个头在水面喘息；一只铁皮船被湍急的水冲到了河水的中央；碧潭河水变得一片混浊，滚滚的泥流夹带着泥沙、纸屑、草木、树蔸轰隆隆地流向远方；河中一块长方形的小洲早已被水淹没；洪水已逼近碧潭桥墩，似乎要把桥冲垮才罢休。

雨并没有要停止的意思，还在一个劲地下，江水还在一个劲地往上涨。不断创新高的水文数据一次次地挑衅着人类的尊严，考验着人们的耐受力与防洪的能力：金兰湾地下车库全被淹，甚至一二楼也全被两米多深的水包围；防金洞水库已严重超警戒水位；瓮江、浯口、梅仙房屋受损严重，大片农田被淹，庄稼绝收；无数车辆被水浸泡……这是平江近十多年来遭受的最大一次洪水。

由于大雨来得太突然，下得太凶猛，有几个没来得及跑的菜农无助地躲在一条小巷的背墙，身上早已被淋湿。她们望向对面的店铺，又看了看天……虽然中间仅隔了一条八米宽的小巷，但她们还是不敢贸然行动。她们只能缩成一团望着天发呆。八米宽的小巷，今天似乎隔了一条天河。雨像条高举的鞭子继续狠狠地抽打在地上，小巷早已成河……

下午四点多，老天也许是累了，总算给了大地以喘息的机会。下了一天一夜的暴雨总算停歇了一会儿。趁老天休息的当儿，在家里闷了一天的我决定到防洪堤坝上走走。一去看看水涨到什么地方，二去散散步。

防洪堤距离家并不远，穿过一条马路，往前走几百米就到了。哟，与我一样怀着好奇心来防洪堤看涨水的人还蛮多。五里多的防洪堤坝密密麻麻地站满了人。尽管人声嘈杂，但站在防洪堤几十米开外的地方就听到了洪水的咆哮声、撞击声。

平时苗条、温驯的昌江此刻变得非常丰腴、粗蛮，像条暴怒的龙，携带着泥沙向前汹涌地翻滚着、翻腾着。江水极为混浊，上面漂浮着大量的柴草、泡沫等垃圾。汨罗江水旋转着、撞击着、重叠着向前冲，似千军万马，擂着鼓、喊叫着、厮杀着。一艘铁皮船也被冲撞到了河的中间任意漂浮；碧潭桥下，水流更是湍急。洪水打着巨大的旋，形成一个个深不见底的漩涡，水像只怪兽在吼叫、疯狂地撞击着桥墩，仿佛要把碧潭桥冲倒才罢休。人站在堤坝上，水就在脚下面咆哮、奔腾，这条暴龙今天距离我们是如此近，仿佛一伸手就可触摸到翻滚的江面，一不小心就会掉入汹涌的汨罗江，无不给人一种胆战心惊的感觉。堤坝上早已拉起了警戒线，阻挡着人们继续往前移动。

水是混浊的、翻滚的，天也是灰白的、沉重的。天与水的颜色重合了，仿佛一伸手便可摸着天。路上的小草全部蛰伏在泥地里，树耷拉着脑袋，一副生无可恋的样子。被大雨洗过的城市就在这灰白的天与地之间喘息，求得生存。

天显得特别灰暗，大团大团的灰色云在天上继续聚集，天空像被厚厚的帷幕笼罩。看来，老天还没有下够，正在酝酿另一场大雨。

我惊叹人类改天换地力量的伟大，也感慨人类在大自然面前的渺小与无助……

敬畏自然吧。

# 幸福来敲门

## ——来自加义镇思源村枫树屋的美好传说

在连云山脚下的加义镇思源村万家组有一棵古老的枫树。

说它古老，是因为枫树距今有一百五十多岁的高龄。枫树高五十余米，相当于现在的十四五层楼那么高。树干直径约五点三米，要三四个人才合抱得过来。树干上结满了青苔，爬满了青藤，很像一位七老八十的古稀大伯满面的斑白胡须，带着岁月沧桑的烙印。

枫树虽然有些老态，但体态魁梧、健壮、枝繁叶茂、精神矍铄。在加义镇思源村人们的心中，这棵古老的枫树是吉祥、幸福的象征，世世代代地庇护着加义镇思源村的人们。加义镇思源村的人们也叫它枫树屋，是因为枫树像屋子一样不仅给思源村的人们遮风挡雨，更给思源村的人们带来温暖、吉祥与幸福。

如果站在思源村的山脚，很远就可以望见这棵大枫树。在山上的众多树木之间，这棵高大的枫树可谓是出类拔萃，格外显眼。

假如天气晴朗，每天都有全县各地前来祈福的人们。人们都要在枫树上摸一摸，在枫树下坐一坐、站一站，带点枫树屋的福气与吉祥回去，以致枝干都被磨得溜光圆滑。为了保护好这棵枫树，当地的人们不允许人们在这大枫树下点香燃炮祭祀。

这棵古老的枫树在思源村的人们心中是如此美好、圣洁，这与一段段非常美好的传说有关。

据说很久以前，加义镇献钟街上的一位洪姓老板要经过加义镇去浏阳的达浒镇，途经思源村的大枫树时突遇大雨，没带伞的洪老板无奈之下便站在这枫树下躲雨。可雨一直不停地下，丝毫没有停歇的意思。为此，洪老板十分着急与焦虑。

于是，焦急、无奈的洪老板便用手指在枫树上轻轻地敲三下，虔诚地对枫树说：“枫树啊，你能变出一把伞来吗？我浏阳达浒的亲戚正病着等我的钱去救命呢。您要是帮助了我，我以后会永远记得您的恩德的。”话音刚落，洪老板发现自己头顶上的雨停啦！他抬头往上一看，发现树上挂着一把打开的、散发着油漆香味的、漂亮的油纸伞，正在头顶上为他遮风挡雨呢。

洪老板既惊奇，又兴奋。他确信是神奇的枫树送的伞以后，对枫树连嗑三个响头以示感谢。然后洪老板撑着伞赶路去了。由于到达及时，洪老板亲戚的病得到了及时的救治。

第二天，当洪老板从浏阳折回来时，天已放晴。洪老板再一次经过大枫树，他把伞轻轻地放在树下，怀着感恩的心情对着枫树又磕了三个响头。

当年的伞已找寻不见，当年的枫树也已长成像大伞一样宽阔、稠密的大树，洪姓老板也没有忘记当年在枫树下许下的诺言。回来以后，他买卖公平、童叟无欺、友爱乡邻、乐于助人，在当地百姓中享有极高的声誉。

至今枫树下面的不远处住着一户洪姓的打铁人家。那是洪老板的后代特地开设的一个店铺，以便为经过这里的来来往往的人们免费提供雨伞、茶水。

另一个传说是：很久以前的某个黄昏，浏阳东门远近闻名的慈善人吴某去官塘路过加义的思源。因旅途劳累，困顿、饥饿交加，经过大枫树时，吴善人轻轻地敲了三下枫树：“枫树、枫树，我又累又饥，让我靠着你休息休息。”接着，吴善人便放下盘缠，靠着枫树休息，不觉间竟睡了过去。

当吴善人醒来时，他发现自己居然和衣睡在一个屋子里的床铺上。他以为自己在做梦，可摸摸床沿是真实的，摸摸被子是软绵绵的。不错，自己真真切切地睡在一张木床上，房间里飘荡着肉、鱼、红薯饭菜的香味。

正诧异间，一个年轻女孩温柔的声音响起：“客官，您早！请您慢用早餐。”吴某这才发现他已经在这床上睡了一个晚上。此刻，一个像仙女一样的、笑意盈盈的女孩正在笑眯眯地打量着自己。

“可是我身上没有带钱。”早已饥肠辘辘的吴善人摸摸空空如也的口袋，不好意思地说。

“没钱没关系，你只管用餐赶路要紧。以前你救济、帮助了太多的人们，让我们也为你做点善事吧。”

听完这话，吴善人这才敢吃。吃完以后，吴善人跪求姑娘告之名字，以便来日相报。美丽的姑娘却挥挥手说：“你不必知道名字，也不必报答。你只需一如既往地行善布施便可。如果愿意，请把这个故事告诉村子里乃至更多的人，让更多的人做一个善良有爱心的人。”

吴某点头、叩谢。当他跨出门再回头看时，刚才的屋子、床全都消失不见，只有眼前这棵高大的枫树矗立在那里。飘香的叶子在风中不断地向吴善人点头，似乎在说："继续去赶你的路吧……"

吴善人回家后，把自己在枫树下遇到的奇异故事不停地向人们宣传，并告诫自己的后代子孙，一定要做个行善布施、乐于助人的人。现在吴姓已成了当地的一大姓氏，祖孙世代繁荣、事业兴旺。

除此以外还有一个传说：江西万载有一位姓杨的商人，有一天他经过大枫树时，遇上了一头发蓬松、衣衫褴褛的可怜乞丐正在行乞。这位商人恻隐之心大发，便将自己带的干粮全捐给了乞丐。

乞丐非常感动，但无以回报，便用手在枫树上轻轻敲了三下，对着枫树双手合十，虔诚地为杨姓商人祈祷起来："枫树、枫树，你是千年古树，请你显显神灵，保佑这位善良的杨姓商人，既要他发财发人，又要保他健康平安。"

惊奇的是，这位商人回到家里后发现店铺里的柜台上不知什么时候出现了三片枫叶。枫叶上清清楚楚地写着"思源村大枫树"六个字。商人一下子明白了，他今天遇到的乞丐和枫树都是神明，都在暗中保佑着他。

于是，商人小心翼翼地把枫叶放在了家里的神龛上。从此，杨姓商人更加勉励自己，还勉励、敦促自己的后人做善事。此后杨姓商人店里的生意日渐兴隆，不仅日进斗金，而且家里的老母亲久治不愈的风湿病居然不治而愈。他那快三十岁一直苦于找不到对象的儿子居然也找到了一个漂亮、贤惠的姑娘结婚，还生了三个可爱乖巧的孩子。

现在连云山下的加义镇一直保持弘扬着非常古朴、淳厚的民俗民风。这里的人们彬彬有礼、热情有加、慷慨助人，大概就是从那个时候开始的。

思源村地处江西浏阳与湖南交界处。去浏阳，如抄近路，必须经过思源村。但山路弯弯、崎岖难行，交通十分不便。在这条通往浏阳的小道上，有石屋和茶托里两个屋场。屋场里有两个叫杨太和黄信的人。他们不畏艰辛，从几十里的山脚下挑来粮食、蔬菜和生活必需品，几十年如一日为经过这里的人们免费提供茶水和食宿。

如遇到小孩子读书放学回家，背影怕他们回家害怕，杨太和黄信每天都会站在枫树下目送孩子们一程，直到背影消失不见。

两位老人逝世后，当地人们在这里修了一堵墙，把两位老人的事迹刻在这堵墙壁上，以缅怀、弘扬两位老人的美好品德。

大枫树不仅具有神奇的浪漫主义色彩，还有着光荣的革命传统。大枫树的旁边有一栋老屋，老屋只有一层高，盖着小青烟瓦，墙体为纯黄泥土筑成，门窗都是杉木结构，是当年有名的红色根据地。

据《平江县革命斗争史》记载，这里是红军被服厂的旧址。1930 年，这里有三十余个员工、四台缝纫机，员工二十四小时轮流不停地生产，为前线战士输送了大量的被褥、衣服、鞋子。这里曾经爆发过中国历史上有名的革命起义“三月扑城”，勤劳、勇敢的加义镇人民为夺取中国革命的胜利做出了不可磨灭的贡献。

这幢不起眼的小屋还先后做过红军修理枪械所与红军医院。彭德怀将军曾经到这里察看过被服生产和枪械修造情况。加义镇因而被称为平江革命的大后方。

传说终归是传说，历史也终归是历史。但枫树确实给连云山下加义镇的人们敲开了幸福、吉祥、财富之门：这里先后出现了共和国的功臣李六如、喻杰、吴自力等一代英豪。这里是岳阳市十大二线蔬菜基地之一；这里是平江县唯一拥有“三个 AAA” 景区的乡镇；这里的连云山漂流、沱龙山漂流、纯溪小镇、亲子屋等特色旅游响誉全国；加义镇“欢乐谷”的瓜果、“原本记忆”的酱干飘香省内省外；加义镇的油豆腐、竹笋的美味永留唇齿之间；这里民风淳朴、热情好客，人们古道心肠、乐于助人；2013 年，加义镇被省人大等单位综合评定为“湖南省最具民生幸福感的小镇”；思源村获“全国绿化千佳村”。

# 连云山上有个马尾峭

平江有个连云山，连云山上有个马尾峭。

马尾峭因地势险峻，山道崎岖，森林原始，怪石嶙峋，没有被人发觉挖掘，因而尚属于没有被开垦的处女地。因溪流悬空直下，落差大，很像骏马奔腾中飘逸的马尾巴，因而叫马尾峭，是连云山上一道独特的自然景观。

那是一个秋高气爽的日子，同办公室的卓主任邀请我游历马尾峭，我才有幸拜访了这个还“养在深闺人未识”的小家碧玉——马尾峭。

看惯了名山名川，总觉得大同小异，多多少少都带有人工雕琢的痕迹，不过如此。就好像逢年过节吃多了大鱼大肉，心里有些腻的感觉。如果把名山名川比作大家闺秀的话，而马尾峭恰如深闺中的小家碧玉。她朴实、娴静、淡雅、素静，给人以惊为天人的感觉。

然而，要一睹马尾峭的芳容也不是很容易的事。去马尾峭是没有路的，沿途长着人一样高的丝毛草和灌木。它们拦在路上，似乎不想让我们去打扰马尾峭的宁静。于是我们只得拿着柴刀，一路砍伐，一路跋涉前行。

游马尾峭的惬意在于其一路幽静神秘的景色。它可以让你真正明白什么叫“山重水复疑无路，柳暗花明又一村”的境界。

现在你不妨跟着我的脚步前去马尾峭走走、看看，一睹她神秘的芳容。

前往马尾峭的路往往是这样，走着走着，路就不见了。望望前方，杂草深深、绿色一片。当你惊疑不定、进退两难时，突然，拐弯处冷不防给你一个惊喜：路在前方不远处树木丛生的地方出现了。小路像个顽皮的孩童，老是与我们捉着迷藏，吊着我们的胃口，让我们有种“众里寻她千百度，蓦然回首，那人却在灯火阑珊处”的欣喜与心动。

一路上，伴随我们的是沿途小溪的水流声，只闻其声，不见其形。小溪像个待字闺中的少女，害羞地、迟迟不肯露出她的芳容。小溪，什么时候能一睹你的真容呢?

沿途有了溪水的陪伴，我们的心情大好，丝毫感觉不到旅途的劳累与疲倦。溪随山走，人随溪走。虽然暂时见不到小溪的真容，但跟着小溪一直前行，听着溪水“叮咚叮咚”清脆、响亮的伴奏，是一件多么开心、快乐的事情。

“这儿有一条小溪呢。”有人在前面喊。果然，我们总算看到一条肯露出真容的小溪。小溪的水很清澈，溅起的浪花像雪花一样白，甚至水底石头上的小小水蛭都可以看得清清楚楚。我连忙掬了一口喝下去，真甜、真凉！

近水两旁长着些野花。但这些野花很扳俏：它们长在溪流两旁高高的岩石上，五彩斑斓、芬芳四溢，对着我们微笑，却不可触摸、接近。它们像一尊冷艳、高傲的女神，让我们彼此只能遥遥相对、脉脉含情，彼此领会心中的情意。溪流因为有了这些“女神”的陪伴而整日神采奕奕，一天到晚跳着“叮咚叮咚”欢快的舞步，奔腾向前。

溪流的两岸生长着古老的林木，老得不知它们的岁数。有的树裸露着大半个树蔸，让无数树根裸露在地表，像一位老人青筋暴突的双手，显然经历了岁月的沧桑、风雨的侵袭。尽管岁月在这些裸露的树根上留下了风化、磨损的痕迹，但它们仍然紧紧地贴着地面沐浴阳光、吸收水分，可见其生命力极其顽强；有的树老态龙钟，腰背佝偻，只得把身子或手臂倚靠在另一棵树上；有的树很不老实，“红杏出墙”，与周围的树枝牵牵扯扯、缠缠绵绵、大秀恩爱；有的树像一把大伞，遮天蔽日；有的树显得特别有爱心，任菌类和藤条寄生在自己颀长的身体上面；有的树伸出巨大的臂膀和胸脯簇拥、怀抱着好几株小树，让这些小树们免受风雨的肆虐，好一幅幸福、温馨的“母慈子孝”图！

不仅如此，大自然还是个很有个性、很有幽默感的造型大师。其中有三棵树的造型把我逗笑了。只见一棵调皮的大树把自己长长的手臂从中间一棵树的树丫中穿越过去挽到第三棵树上，将三棵树紧紧地抱在一起。由于岁月悠久，三棵树已经镶嵌在彼此的身子里，真正形成了你中有我、我中有你相互牵扯、相互融合的格局，不禁让我想起了“水乳交融”一词，人类恩爱、幸福的境界亦不过如此。然而大自然又是残酷的，必须学会彼此适应、互相扶持。“适者生存，优胜劣退”，没有办法，这是大自然的生存法则。

除了茂密的树林，地上还生长着零星散落的蘑菇，有米白色的，有粉红色的，有褐色的；有形状像伞形的、圆形的，有长把的……它们静静地生长在林中、路边，等待有缘人将它们捡拾回去，煲一锅美味、鲜嫩的菌子汤……

突然，一条白练从高高的悬崖峭壁上飞流直下，顿时抛洒万斛珍珠，溅起千朵银花，像扬起的飞雪一样。“马尾峭到了！”正当我惊异之时，卓主任喊起来。

“这条白练就是马尾峭吗？”我有点失望。我想象中的马尾峭应该是奔腾、大气、放荡不羁的。

“顾名思义，马尾马尾，怎么能像黄果树瀑布一样奔腾、有气势呢？它仅仅只是个马尾巴呀。”卓主任看出了我的失望。

我这才仔细打量起来。这白练的确很狭窄，但落差很大，有十多米高，很像奔腾的马向上扬起的尾巴。久远的流水在石壁上冲刷出了一条窄窄、深深的天然渠道，让桀驯不羁的水流乖乖地沿着这条天然水槽奔流下来。远远望去，很像马的尾巴，故名马尾峭。

与其他瀑布相比，马尾峭瀑布的确显得温顺，它不张扬、不喧哗。要是巧遇一阵轻风吹过，瀑布的下半截被风吹得浪花四溅，碎成粒粒玉珠，形成烟雾，向四方喷散，宛如天女散花。在阳光的照射下，变幻出道道彩虹，耀人眼目。不时有水雾溅到我们脸上，凉爽极了。

站在马尾峭瀑布前，你能感受到水珠溅到谷底的、清脆的空灵回音，这是大自然最美妙的天籁之音。

马尾峭周边被水流冲洗得千奇百怪的石头也是不可错过的风景。

你看，有的石块层层叠叠、相互交错；有的平坦如砥，像一张完整得不可分割的大桌；有的零零碎碎、溜光圆滑，像是被流水冲刷得七零八落的鸡蛋；有的如母子相拥；有的像热恋的情侣在窃窃私耳；有的像青蛙鼓着腮帮子在使劲地叫唤；有的像在大海里游泳自如的鱼……

其中，一块巨大的麻石吸引了我的注意：它立在半山腰，向前伸着半个身子，整个身子悬空，似乎在窥探什么，给人一种“高处不胜寒”的感觉。我不由得佩服起这巨石的定力与信念来：不知道它在寂寞的山间是怎样待得如此之久，抵御了多少山洪，忍受了多久的寂寞与孤单……

总之，一路溯溪而上，山涧流水会让你惊喜不断、收获多多。大自然赋予了马尾峭特别的宠幸，让她拥有了大自然最美好的容颜与内涵！

如果运气好的话，说不定能遇上一个猎人打上一只野猪带回去做下酒菜。卓主任说：“这一带可是经常有野猪出没的。你看这露出竹根的地方是刚刚被野猪啃食过的。野猪的嗅觉相当灵敏，能用鼻子准确找到它所需要的食物。比如嫩嫩的竹笋是野猪最喜欢的食物之一。每到冬笋或春笋萌发的季节便是野猪出没最多的时候。”

我倒是希望这沿路能碰到一两只野猪，说不定能打上一只带回去做今天的午餐呢。可卓主任却笑我的痴：“你以为野猪就那么容易打到吗？说不定野猪没打到，野猪倒把你吃掉了。”卓主任的话让马尾峭在我的心中变得越发神秘起来。

马尾峭、马尾峭，多么富有想象力的名字！不仅如此，马尾峭还珍藏着一段光荣的革命历史故事呢。

革命先辈彭德怀、王首道、王震、黄公略、滕代远、钟期光、傅秋涛、涂正坤等曾在这里长期战斗。1928 年，湘鄂赣省苏维埃政府驻扎此地，红军在连云山下马尾峭附近，如月光崖、夜合山、银山里、西江、万家屋场等地建起了造币厂、军械厂、红军医院、印刷局和被服厂，开展了如火如荼的革命斗争。

这是马尾峭下面的饮马潭，细细的瀑布为马尾峭

在马尾峭的下面有一个叫燕子岩的巨大石洞。阳光透过密密的柴草洒满洞口。我们扒开杂草、杂树，走到洞口，只见洞里阴暗、潮湿。在洞口的不远处，我们竟然发现了许多腐烂的木条。卓主任告诉我：“大革命时期，国民党反动派对连云山附近的村民实行烧光、杀光、抢光的‘三光’政策，几十名共产党员和红军战士以天当幕、以山洞当家，凭借有利的山势和地形，在这里和敌人进行艰苦卓绝的游击战争。你们看到的这些木条都是床铺的木条。因为年代的久远，木

条已腐烂。国民党反动派杨森多次带人清山，许多革命同志遇害，而藏在这洞里的同志却安然无恙。”原来是燕子洞上面的马尾瀑布保护了他们。每次当敌人追赶到这个山洞口，洞口外边、从上面飞流直下的瀑布飞溅出的水珠保护了洞里的革命同志，让敌人误以为这是个废弃不能用的洞子。是呀，这样一个位于悬崖陡峭间、整日飞流直溅、十分潮湿的洞子怎就藏得了人呢。于是，敌人每次只往洞里瞄瞄就离开了。

当地老百姓十分感激这个瀑布救了许多革命同志的生命。因瀑布极像飞扬的马尾，就把这瀑布取名为马尾峭。

可惜的是，连云山上这些美丽的、带有光荣革命历史传统的地方竟然还是一个未被开垦的处女地。不过，与其让人类盲目地开采，还不如让它们静静地保持最原始、最古老的状态与最纯真的容颜呢。

马尾峭，你若安好，我便心安！

# 四月，到永强看梨花去

清明节扫完奶奶的坟墓，大姐邀请我们到南江乡的永强餐馆吃中饭。我们欣然驱车前往。

永强餐馆位于幕阜山脚下的南江镇永强村境内。幕阜山风景区成立时，把永强村与阜山村一同划了进去。现在的永强村和阜山村通称为阜山村。原来的永强村现在成了永强小组，永强村民还是永强村民。

“人间四月芳菲尽，山寺桃花始盛开。”四月初，城市的繁花即将谢幕，永强村却繁花似锦。坐在车上，山路弯弯，窗外两旁秀美的景色尽收眼底。

去永强的路并不怎么好走。路是水泥路，但很弯曲，且全是上坡路，大姐担心我晕车。破天荒，这次我竟没有晕车。

车驶入永强境内，呈现在我们眼前的是一片宁静、祥和、幽静的田园风光，让人的心境也不由得为之一静。一条小溪一路蜿蜒着从上自下曲折而来……小溪的水很清澈，如同一条白练，在山间飞舞、盘旋。我们往上跋涉，它往下奔流。沿途，小溪一直与我们亲昵地打着照面，似乎挥舞着手欢迎我们：“你好，远来的客人，欢迎你们到永强村来做客！”

除了好客的小溪，路旁还有热情的春花与绿叶。山间的四月，春正浓，花正旺，草正绿。两旁的大树和小树挂满了青翠的嫩叶，细细点点，淡雅如云烟；紫云英开得正旺，像满天的小星星镶嵌在田野里，几只忙碌的蜜蜂正扑楞着翅膀采蜜；几只花蝴蝶在卖弄风骚呼朋引伴；白色、紫色、红色、黄色的花儿给山间，田野织就了一幅幅美丽的画卷；田间地头，鸡、鸭、牛悠闲地啄食、吃草；几个农民挥舞着锄头在挖地边、田坎的草，一阵阵青草特有的香味和泥土味不时扑鼻而来；一幢幢农家小院东一栋、西一栋倚在青山绿水之中。

走到一条岔路处，我们不知该往哪里走。路旁一位中年大婶靠过来，热情地问我们：“你们是去看永强的梨花吗？”

“不，我们要去永强餐馆吃饭。”

“哦。我以为你们要到永强看梨花呢。”中年大婶很热情地为我们指路，还问我们口渴不渴，要不要到她屋里休息一下，她好去为我们泡杯茶。

我们笑着婉拒了。一路上，我们非常感动，想不到这里不仅山清水秀，人也那么淳朴、善良、热情。

十一点多钟，我们到了永强餐馆，房子前已经停放了好几辆小车。看来，已经有人捷足先登了。

说是餐馆，其实是一户农家。房子是平房，很陈旧，墙壁是泥筑的。从墙壁上还依稀可以看见“人民公社万岁”的标语，可见房子是有着故事的房子。

风尘仆仆、冒着热气的我们坐下来，一下子就感觉到房间里特别凉爽、舒适。

永强餐馆的老板见我们前来，很是热情，连忙为我们泡来一杯杯热茶。我笑问老板：“为什么墙壁上还保留‘人民公社万岁’的字样呢？”

老板打着哈哈说：“让这有故事的墙壁保留着，让每个来这里的人们能重温过去的记忆，不是倍感亲切吗？”

我不得不佩服起老板的创意。每天见惯了城市的钢筋水泥、高楼大厦，能让一些人看到过去岁月的痕迹与印记，是不是很温馨、感动？

果然，不擅言辞的父母竟然滔滔不绝起来，对着我们讲起了那个岁月的艰辛与不易，言谈之间满是对过去的怀念、感慨与对现在生活的满足。

老板告诉我，他是土生土长的永强人。改革开放初期，他进城经商，举家迁到城里。后来搭帮乡村振兴与当地政府旅游兴县的好政策，他还是觉得做一个农村人好。

“你说，政府把钱送到你的家门口，你也不晓得赚吗？所以我和一些当地居民又迁徙回来了。”果然，我在外面看到了许多民家乐休闲餐馆，生意都非常火爆。

不一会儿，饭菜熟了。老板给我们准备的全是地方土菜，是老板自己地里种出来的，吃的鸡也是老板自已散养的土鸡，临时杀的，一点也不掺假。另外，老板还经营有鱼塘。即便是临时吃鱼，老板也可以不慌不忙到水塘里用网兜几条上来。

吃完中饭，我们准备离开。老板笑着问我们：“就这样离开，不到前面看看梨花？前几天这里举行了天岳幕阜山首届梨花节观赏活动呢。”

“是吗？这个小地方居然有如此多的梨花？”作为一个土生土长在外地工作

的南江人，我居然从来没有听说过。

“去看看梨花吧，不然你们会遗憾的。”

“好些年前，我来过呢，也没有听说有梨花呀。”大姐说。

“那是猴年马月的事了。现在今非昔比啦。你还真的要去看看。”

老板的鼓动让我们决定去看看梨花。

梨花的盛开地在永强村的沙塅组，距离永强餐馆并不是很远，半个小时就到了。我们弃车步行，沿着餐馆左边一条小路蜿蜒而上。刚走出几十步，就随处可见零星立在路边开满洁白花朵的梨树，仿佛迎宾小姐一样指引我们前往观看梨花。

当我们路过一栋不大的屋子时，一个五六十岁的男人含糊不清地对我们喊着什么。我们好奇地走过去，原来男人见我们前去观赏梨花，一定要我们把他在墙壁上的一首写梨花的诗拍下来。

“日照幕阜景辉煌，漫山遍野梨花香。春风吹暖人陶醉，花香吸引看花郎。”男人说他叫王满龙，平时喜欢舞文弄笔，写点小诗。见梨花节在自己的家乡举行，心里一高兴就写了一首诗，想献给前来观看梨花节的朋友。

先不评论这首诗写得好与坏，至少这位王老兄对梨花、对幕阜的景色是热爱并引以自豪的。为了不让他失望，我用手机把诗拍了下来，也算是我对他热爱梨花、热爱家乡的一种鼓励吧。

我们继续往前走，呈现在眼前的梨花越来越多。由最初路边的三五棵、十几棵，到一个个的梨树园，再到最后连成一片花海。我从未见过如此盛大的花海，所有的梨花似乎正在赶一场盛大的庙会。一树比一树开得娇艳，一朵朵雪白的梨花掩映在片片绿色的梨叶中，绿中有白，白中有绿，素净、淡雅，散发出阵阵清香。一朵朵梨花犹如一张张小孩纯真、清新的笑脸，仰着头对前来观赏的朋友点头微笑，又如一只只洁白的、张开翅膀的蝴蝶在开一个群芳竞艳会。

一簇簇、一层层的梨花又好似挂满枝头的冬雪，千姿百态，你不让我，我不让你都竞相开放。有羞涩地打着朵儿的，像镶嵌在碧空里的星星；有的半开半闭，像一位“犹抱琵琶半遮面”、千呼万唤也迟迟不肯出来的美少女，让人看了心旷神怡、意犹未尽。

如果远望，一片片雪白的梨花就像翻滚的浪花，在阳光的照耀和春风的吹拂下，跳跃着、舞动着，洁白如雪，银光闪闪，简直就是一片白色的海洋。置身梨花之中，仿佛自己的五脏六腑也渗透了梨花的清香。一朵朵梨花就是一个个白色的精灵，给这个特定的四月、特别的时节赋予了特别的含义。

路上陆续有人与我们一样前来观赏梨花。经营梨花园的王爱芳老板笑眯眯地告诉我，他种了九十多亩梨花，全是炎陵水晶梨。买来时，都是一棵棵小苗。不过梨树的成长是一个漫长的过程。王老板已经在这儿经营了二十年，梨树才有今天如此的规模。

我问王老板，是什么支撑着他有如此大的胆子经营这将近百亩梨树？王老板笑了："穷嘛，就想着如何脱贫。当然，更得益于党的乡村振兴一系列惠农方针、政策的出台，让我看到了希望。"王老板怔了一会儿，看着眼前的一片梨花，眼睛里写满陶醉："每年光卖水晶梨的纯收入就有五、六万。去年，又搭帮政府以旅游精准扶贫带动乡村振兴的好政策。不光我的梨子能买钱，政府帮我把梨花也变成了钱。今年，政府搞了一个幕阜山风景区首届梨花观赏节活动。前来观赏梨花的人数以万计。这又是一笔不小的收入哪。"王老板一边说着，一边看着远处盛开的梨花，渐渐沉迷起来。

"你看，前面不远处就是一峰尖。从永强到一峰尖步行只要一个多小时，我们借助幕阜山旅游经济开发带动永强村旅游经济开发呢。"我抬着一看，远处一峰尖清晰可见，似乎爬上一峰尖就可摸着天。两个高高的、尖尖的山峰像一匹向前飞奔的骏马，又像一条蓄势待发的卧龙，驼着永强村向前飞奔。

"还有，从我们这边的左面一路向上就到了凤阳。凤阳的樱花可是有名的。将来这里可以打造一个看梨花、樱花的旅游景区。那么我们的经济收入就会更高。

"明年，我也要种樱花以及更多能观赏的花。不久的将来，这里还会建有观光缆车和旅客集散中心。人们追求美好生活的同时也要有愉悦的心里理感受。"王老板说，"到时永强村不富才怪呢。永强村真正成了名副其实的永强。"

"永强以前不永强吗？"我笑着问王老板。

"以前的永强啊，穷得苦水滴滴啊！"王老板似乎沉浸在对往事的回忆中，"以前居住在永强村的村民有二十多户，因为地势偏僻，生活贫困。青壮年讨不到老婆，村民吃不饱饭、穿不暖衣服。二十多户村民都想办法搬到外面去了，只剩下一户没有搬离。永强真正变成了一个鸟不拉屎的地方。现在可好了，搬出去的居民都想尽办法搬回来。"王老板一边说，一边流露出得意、自豪的神色。难怪一路走来，永强村村民脸上都是带笑的。

"真是三十年河东，三十年河西啊，谁能料到永强村会发生这么大的变化呢。过两年你再来看梨花吧，相信永强的变化会更大。”当我们一行准备离开时，王老板热忱地邀请我们明年再来。

“待到明年又是梨花开放时，我会再来永强，再来看梨花！”我对王老板挥挥手，也对梨花挥挥手。

# 悠悠碧潭　风景如画

一个城市中能足不出户见到一年四季季节更替的美景是不可多得的。而平江县城的碧潭风景就能让你不出大门就能观赏到四季的风景美梦成真。

碧潭属汨罗江的一个部分。汨罗江流经平江县城时在这里开了一个小差，打了一个盹，在县城中心位置一个叫石碧潭的地方形成了一个巨大的回水潭。河水碧绿，深不见底，故名石碧潭，又名碧潭。

碧潭的存在历史悠久，风景优美，风景由四大要素组成：岩岸、水域、浮桥及码头。

自古以来，碧潭就有码头，这里曾商贾云集。白天渡船从码头往返，热闹非凡。夕阳西下，则烟消杨柳，水域逐渐清静下来。

每当秋高气爽，月挂中天，石碧潭“因时序而幻出佳景，莫如清秋之夜映素月”。“相与邀素心之知己，驾一叶之扁舟，击空明兮上下，听棹歌兮夷犹，水如天而一色，天似水而不流。”“皓魄两轮，一静一动，孰幻孰真。”清·唐是允在《碧潭秋月赋》中曾这样描述碧潭秋月。

试想一下：月明、水澈、歌扬、人醉，这是何等的淡雅、宁静、婉丽？这样意境美的碧潭秋月是不是很迷人？清朝邑人汪光斗的诗对碧潭秋月也有很形象的描写：“素娥朗映碧潭边，一色光芒水共天。碧落银钩弦未满，丹流玉镜魄初圆。长坡放彩星翻照，古渡凝晖树倒悬。涌出冰轮蟾影动，香闻万里桂枝鲜。”

因而，“碧潭秋月”成了“平江八景”之一，是“平江八景”中唯一的月夜景观。

我国著名书画家周令钊老先生曾被“碧潭秋月”的美景深深吸引，于是雅兴大发，挥笔创作了《碧潭秋月》画作。

碧潭的浮桥有着光荣的历史。1928 年 3 月，中共平江县委组织 20 万农民军武装之处所在，著名的平江“三月扑城”就发生在这里。浮桥也是“平江起义”攻进县城的必经之地。

如今岩岸还在，水域依旧，只是当年的码头、浮桥早已不复存在。随着城市化建设的日新月异，浮桥早已被坚固、美丽的碧潭大桥所替代。但浮桥、码头永远是留在平江人民心头一道抹不去的记忆！

写碧潭风景不能不提到石碧潭大桥。如果没有这座大桥，碧潭风景将大打折扣。这就好像一条名贵的水晶项链，如果少了一根穿项链的绳子，则不能叫项链，最多只能叫一粒粒的水晶。

石碧潭大桥横跨碧潭之上，于1991年修成通车，2017年加宽并加固。建成后的石碧潭大桥将新城与老城紧紧相连，大大缩短了老城与新城之间的距离，让汨罗江水乖乖地、规规矩矩地从碧潭大桥下面经过，不再在涨水的季节恣肆。

现在的石碧潭大桥宽阔、典雅、大方，可以同时并排行驶四辆小车。

石碧潭桥面上平坦如砥，人来车往。桥的两侧，红墙绿瓦，高楼林立，茶楼酒吧，热闹非凡。人在桥上走，水在桥下流。碧潭桥下，小船竹筏自在漂游。一艘小船，一支木橹，一个摇桨人，一首久远的、飘飞的山歌，一圈圈轻轻晃动的水波，一串串幸福的涟漪，在碧潭桥下面、在摇桨人的心中悄悄地、慢慢地荡漾开来……

登上大桥，你可以凭栏远眺汨罗江悠悠向东流去；可以俯耳倾听碧潭流水潺潺；可以观幕阜秋色，听梧桐夜雨；可以观桥下野鸭戏水，赏岸芷汀兰、浮光掠影、静影沉璧的碧潭清幽之月色；可以享受纷飞细雨中“一蓑烟雨任平生”妙不可言的意境；尽情体味喧嚣闹市中独享静谧垂钓的乐趣。

出于防洪需要，现在桥的两旁修建了两条长长的防洪堤坝。堤坝上绿树成荫，形成两条绿色的长廊。堤坝下面是错落有致、层次渐深、呈立体化的防洪林。杏树修长、杜英挺拔、柳树纤细、樱花朴实、桃树鲜艳、山茶妖艳、小草如茵……

两条平行掩映在树木草丛中幽静、弯曲的青石小路悠悠地通向远方，不禁让人想起“禅房花木深，曲径通幽处”的诗句来。

一年四季，防洪堤坝上开满了各种鲜花。你若身处其中，便感觉身体的每个细胞都会浸透绿树、鲜花青草的芳香。

“碧玉妆成一树高，万条垂下绿丝绦。”春天的碧潭，堤坝上的杨柳第一个争先吐绿，把春天来临的喜讯报告。受春风、杨柳的熏染，碧潭防洪堤坝上开满各种鲜花，有洁白如雪的樱花，有让人心旌荡漾的粉红桃花，有妖艳的山茶，有像喇叭一样的杜鹃花，有火红的映山红，等等。走在碧潭防洪堤坝上，犹如徜徉在一片五颜六色的花海中，花香就足以让你陶醉。前来赏花、踏青、散步、拍照的人络绎不绝。

要是下点小雨，碧潭会溅起点点细银，烟霞雨雾萦绕防洪堤坝。有几个打伞、穿着长裙的女孩在青石板上轻盈、缓慢地走着，让你不禁浮想连翩：不知是细雨打湿了女孩，还是女孩惊艳了细雨，惊艳了整个防洪堤坝。防洪堤坝呈现在人们面前是一种既朦胧又清新淡雅的诗意美。

夏季，两旁高耸的树枝相互连接，给碧潭防洪堤坝撑起了一把把巨伞，让人舒适惬意，真正让人体味到了“大树底下好乘凉”的舒适。

早晨和晚上，碧潭防洪堤坝的石凳上坐满乘凉，聊家常里短、柴米油盐酱醋茶的人们，而更多的人在散步、跳舞、健身，也有精明的生意人在这里做起了买卖。

秋天的碧潭更是一片温柔、澄静，澄静得如同一块晶莹剔透、泛着绿光的翡翠，让你在岸边散步时都要轻轻地挪动着脚步，不忍心惊扰她的平静。黄红交错的叶子铺满了整个防洪堤坝。深浅不同的绿色、深浅不同的褐色，秋天用它特有的颜色装扮着碧潭的两岸，将汨罗江和碧潭掩映在绚丽多姿的景色之中。

两岸的芦苇被秋天染成一个白发魔女。微风吹过，芦苇像天女散花，如小伞、如白雪般精灵、可爱，让人不禁想起宋代苏轼描写扬花的词句：“困酣娇眼，欲开还闭。”整个碧潭防洪堤坝呈现出一种辽阔的静谧、一种浑厚的安逸、一种想象的悠远……

清晨或傍晚是碧潭风景最迷人、最生气的时候。经过了一天的沉淀，碧潭滤去了一天的尘土、喧嚣与疲惫，空气格外清新。碧潭两旁的防洪提坝上有健步飞跑的，有悠闲散步的，有坐在江边乘凉的，有静静垂钓的，有打太极、跳广场舞的，还有拉二胡、吹葫芦丝的。一阵阵悠扬的二胡、葫芦丝犹如天籁之音飘进你的耳朵，你会感到全身浸透舒适与惬意，一种幸福与自豪感由然升起。

有几个顽童把这铺满绒绒小草的斜坡当作地毯了，肆意在上面打滚儿、嬉戏。有一个小孩用帽子盖住脸，躺在斜坝上安然睡着了。酣睡、粉嫩的小脸蛋上带着一丝丝笑容，暖暖的阳光映照着他好看的睫毛与脸上白白的茸毛。有的人则调皮地在江中打起了水漂，一颗颗石子在他们灵巧的手中“嗖”的一声飞出去，在水面上跳跃着，像蜻蜓戏水，一张张笑脸是春天里开出的最美的花朵。

晚上，两旁的霓红灯竞相亮起，五彩斑斓，闪烁着如春天的繁花，如国庆的焰火。碧潭桥与不远处的平江大桥如两弯明月，又如两道彩虹，遥相呼应。碧潭犹如一条五彩的飘带，将新城与老城紧紧环绕。一座大桥，一条大道，一江碧水，相依相偎，交相辉映，构成平江县城一道最美丽的风景。

碧潭的西南方，一座小洲凸起于江面。小洲很像安放在江中的一艘披荆斩棘、向上划行的船只：两头尖尖，中间宽大，船头向上，让我不由得想到了平江经济的发展不就像这艘在江中奋力划行的小船一样，蓬勃向上、势头迅猛？

小洲上栽有青葱翠绿的各色蔬菜。一到春季，小洲上面开满了金黄色的油菜花，像给小洲铺上了一床金色的地毯。江岸边生长着芦苇，这儿一团，那儿一簇。有的稀疏，有的繁密。密密的芦花舞动着袅娜的身姿，与亭亭玉立、秀发飘飘的杨柳争春斗艳。

总会看到一两个村民悠悠然划着木桨到小洲上耕作。想象一下：旭日东升，一轮鲜红的太阳将碧潭染红，汨罗江面泛着细翠的波光。江面上，烟波浩渺，一只小船静静地在江中划行，身后是一串串悠扬的平江山歌与一圈圈旖旎的水花。这样的景致美不美？

谁能想到，这里十多年前还是一个杂草丛生、河沙淤积、稍一下雨就江水泛滥的地方。那时碧潭上没有桥，人们过河只能踩着架设在长长江面上的木筏子，十分不便且危险。一到下雨季节，洪水肆虐，碧潭成了一头发怒的狮子，肆虐土地、吞噬财产，危害着百姓的生命。

平江县人民政府十分重视城市人居环境的建设。从1991年起，用将近二十年的时间不仅在碧潭上修建了碧潭桥，还建起了碧潭湿地公园，长长的、宽宽的碧潭防洪堤坝像两条舞动的长龙横跨在碧潭两岸。堤坝美观、结实，让桀骜不驯的碧潭江水服服帖帖、规规矩矩地按它应有的路线向前奔流，让污水遍地的碧潭江岸变成了如今美仑美奂的人间美景！

# 三、叶落有声

# 不能为了孩子的现在而丢了孩子的未来

## ——观文祥拍摄的电影《正正的世界》有感

一部好的剧本总是能让观众产生强烈的心理共鸣，并能产生如地震波那样强烈的深深震撼。文祥拍摄的《正正的世界》就是一部很扣人心弦的好电影。

故事的主人公于正正是某偏僻山村一个贫穷家庭且患有先天性斜颈(俗通“歪脖子”“偏头”)，受尽了村里小孩的讥笑与畸视的孩子。为了给正正看病，爸爸天天到镇上舞龙狮赚钱，妈妈则进城打工来凑足手术费。正正因为思念妈妈，偷偷跑到城里寻找妈妈……

电影《正正的世界》的故事并不复杂。整个故事主要采用了叙事性蒙太奇的手法。用并不多的质朴语言叙述了在一个偏远、贫穷、落后的小山村板江小水村留守儿童正正身上发生的故事。

正正是一个只有八岁却很懂事的孩子。他善良、孝顺、聪明、质朴。贫穷的生活，以及天生的“歪脖子”让他受尽同学的耻笑，也让他养成少年老成、敏感、心思细腻的性格。

正正因思念妈妈，决定到城里寻找妈妈。在寻找的过程中，正正忍饥挨饿、历尽艰难。当然中途发生了很多感人的故事，遇到了很多爱心人士的帮助。如环卫老太爷、舞龙狮的经理、派出所刘所长，等等。故事单一，没有复杂多变的故事情节与人物。

最后，正正在社会各界爱心人士的帮助下顺利地、成功地进行了手术。正正终于变成了“正正”。故事总算取得皆大欢喜的喜剧性结尾，让观众长长吁了一口气。

尽管如此，我的心情却异常沉重。尤其正正那一声声撕裂人心的呼喊：“妈妈，我想你！”总在我耳边回响，让我一次次潸然泪下。

本来，在一个八岁孩子的眼里，他的世界应该充满健康、幸福、快乐、多姿多彩，可正正的眼里却是一个灰色的世界：班上大部分同学的父母不是外出打工，就是麻将场上“杀”得天昏地暗，要么就是父母无休无止地争吵、打闹，完全忽略了孩子的存在，以及部分孩子对自己的嘲笑与畸视……

文祥试图通过拍摄这样一部电影唤起整个社会尤其家长对农村留守儿童的重视。“别为了孩子的未来，丢了孩子的现在。”

“别为了孩子的未来，丢了孩子的现在。”是的，我们的很多父母表面上看似是为了孩子的未来，实际上却是在做忽略、损害孩子的事情。

试问，一个家长缺席孩子最需要陪伴的童年，怎能说是为了孩子好呢？

“别为了孩子的未来，丢了孩子的现在！”电影中出现了好几次。一次次的呼喊让人振聋发聩。可是，我想问，哪个家长愿意为了孩子的未来抛家弃子，怀着思念的痛苦，远离家乡外出打工赚钱？（除了那些不负责任的家长）

庆幸的是，《正正的世界》中的编剧文祥是善良的，他没有把正正的结局写得很悲惨。

我无数次想入非非：假如生活中真有这么一个正正，他没有影片中正正那么幸运，他跑到城市后遇到的那个环卫老大爷是个人贩子；他在桥下遇到的是个杀人嫌疑犯；他因捡拾地上的矿泉水而遭遇了车祸；他爬上树不小心从树上摔下来……结果会怎样？我不敢想象。感谢编剧，感谢文祥的善良，没有把社会，没有把人编得、拍摄得那么不堪。

请原谅我不厚道的联想。但剧本毕竟是剧本，电影也仅仅是电影。生活不是剧本，不能按我们想象的思维去排练与预演。加之生活的现象和复杂程度远远要大于我们对剧本、电影的编排与拍摄。这就是为什么我有那么多的“假如”了。这也是电影《正正的世界》所表现出来的沉重而深刻的主题所在。

电影《正正的世界》之所以取得如此成功的另一个原因是多种艺术手段的运用。影片除了主要运用叙事性的蒙太奇手法外，还运用了表现蒙太奇、对比蒙太奇、心理蒙太奇、隐喻蒙太奇等多种表现手法。

如影片的开头，文祥采用的是远镜头，将我们的视野带到了一个山清水秀、风景如画却又非常偏僻、落后的小山村。

当天，大雨滂沱、冷风凄凄。接着，镜头拉近到一农户家里，家里只有一个农村常见的陈旧的大风车、两张简单的床外，再没有什么值钱的东西。这种隐喻式蒙太奇的表现手法表明在这里上演的将是一个十分沉重的故事。

门外的风和雨衬托了主人公于大龙内心世界的复杂：不想将正正送给别人，可又实在没有办法。他像门外的风和雨一样焦虑、狂躁、不安。

影片中最成功的还是心理蒙太奇表现手法的运用。如正正渴望妈妈回来的一系列心理活动，文祥用吊在床头的风铃衬托正正内心世界的孤寂、无聊；用抱着的红棉袄衬托正正无时无刻不在想念妈妈；正正把绳子绑在一棵与他有同样命运的歪歪的小树上，希望自己和小树一样能被绳子拉直。如果脖子被拉直，妈妈就不用外出；他寻找妈妈时四处奔跑的那孤单无助的眼神无不透露着他内心情感世界的丰富与无奈。这些手法的运用让影片故事虽然单一却不单调，故事简单却意义深远。这是文祥表现主题的高明之处。

另外，影片中对比蒙太奇手法的运用将故事一步一步推向高潮。“妈妈，我想你！”一方面是父母为了生计背井离乡，抛家弃子，孩子一声声渴望父母归来而可怜巴巴的呼喊；另一方面是父母同样思念着孩子却有家不能归的矛盾。这其实也是城乡差别化发展的矛盾。

“我们不能为了孩子的现在而丢了孩子的未来！”影片中有的家长为了打麻将而忽略孩子的生活，忽略孩子的感受；有的家长不耐心辅导、教育孩子，陪伴孩子，而是用钱打发，以为给孩子钱就是给了孩子幸福与快乐，导致孩子从小养成不正确的消费观、价值观和人生观。孩子是一个家庭的未来，也是一个国家和民族的未来。想想这是一件多么危险而可怕的事情！

这句话让观众一次次掩面沉思、反省、震撼：“我真的是在做为了孩子的现在而丢了孩子未来的事情吗？”从而将影片的主题进一步升华，体现了制片人文祥处理情节的高超之处。

除此之外，文祥还揭示了城市孩子与偏远农村孩子生活差别的巨大。灯红酒绿下，孤单、无助的正正正在为没钱买食物、买水喝而饿得饥肠辘辘，而城市的孩子正被父母或爷爷奶奶幸福地牵着小手进入高档消费场所消费，路上是他们随手扔掉的、没喝完的矿泉水瓶和未吃完的食品……让我们也不得不去思考：怎样才能缩小城乡之间的差别?

庆幸的是，党的十九大报告中明确提出：必须要把解决好“三农”问题作为全党工作的重中之重，实施乡村振兴的战略。我有充分的理由坚信：农村贫困现象的发生率会越来越少，更多像正正一样的父母们会回归农村，回归家庭。将来城市人口会大规模地向乡村流动，农村“留守儿童”这一现象将一去不复返，这一特殊名词只是我们脑海中的一个模糊记忆罢了。

纪实性的电影语言比想象的更简洁有力。在《正正的世界》里，没有更多的戏剧冲突，没有跳跃的剪辑，却一次又一次地抓住了观众的心。我们为正正的遭遇而揪心，为于大龙的粗鲁、暴躁而愤怒……让我们的观众不由自主地一次次扪心自问：在孩子的成长过程中，我究竟陪伴、参与了多少？

影片不矫情、不做作，也得益于影片中的主人公浑然天成的本色表演。小演员宁宗元达在片中饰演正正，他很好地把握了作为流浪儿童正正的角色，把一个质朴、聪明、善良甚至有点倔脾气的、可爱的少年儿童形象表演得恰如其分、活灵活现。

文祥虽然是第一次担当制片人的角色，却能如此熟练、老道地拍摄这样一部如此冷静客观、如此意义深刻、如此主题深远的电影，突显了文祥超群的才华和智慧的头脑，同时彰显了他的文人关怀和悲悯情怀。

文祥并不富裕，为了拍摄这部公益电影，他自筹资金500多万，足迹遍布大半个中国，付出了极大的艰辛。他和他的电影《正正的世界》让我们看到了中国电影的希望，看到了中国的希望，看到了一个中国人的正直与良心所在！

我个人认为，影片美中不足的是，文祥是以大众所渴望的喜剧结尾的。我认为结尾常规化的处理方式把电影所表现出来的主题冲淡了，把矛盾缩小了。如果是个悲剧结尾，那么对人心灵的撞击要大得多。另外，影片的内容显得单薄了些，因而格局显得不够大气。

当然这些都不能掩盖《正正的世界》的熠熠光辉。

# 一群共产党员的二胡情怀

每到星期二和星期四的晚上，平江县财政局干部职工活动室里，明亮的灯光下，一位面容清瘦、身材修长、精神矍铄的老者正在聚精会神地手把手教一群中老年人学二胡。

“哼，不就是一个赚钱的培训班吗？现在多了呢。”如果你这样认为，那就大错特错了。这可是财政局干部职工的一个免费二胡培训班。而发起这个免费二胡培训班的人就是今年63岁的交通局退休干部、共产党员李跃仁。

五年前，一个偶然的机会，李跃仁与财政局干部职工结下了二胡缘。李跃仁早年当过兵，是一个有着四十余年党龄的老党员。他有两个战友住在财政局机关院子里，也是二胡爱好者。当李跃仁了解到很多财政局干部职工，特别是一些退线、退休的干部职工时间充裕，想学些东西时，便与两个战友合计，决定成立财政局干部职工二胡免费培训班，并毛遂自荐担任二胡免费培训班的指导老师。

李跃仁的这个主意得到了财政局党组的大力拥护与支持，同样是二胡爱好者的财政局副局长胡雄文决定亲自当这个二胡免费培训班的名誉班长。

万事开头难。李跃仁面对的是一大群乐理基础差、反应也没有青年人敏捷的中老年退休人员。要从零基础教起，难度可想而知。李跃仁从来没有流露过畏难情绪，总是用一种笑呵呵、乐观的心态面对学员。李跃仁鼓励学员们说：“只要你们能坚持下去，我一定陪伴、指导你们下去。我相信你们个个都行！”

毛泽东曾说：“世界上怕就怕‘认真’二字，共产党员就最讲认真。”“认真”成为李跃仁做人做事最根本的准则。

每到星期二、星期四的晚上，李跃仁总是风雨无阻、雷打不动地早早来到财政局干部职工活动中心，不厌其烦地、手把手地教学员们，耐心细致地讲解，一遍又一遍地纠正学员们的每一个错误动作。学员们说：“李老师，你比那些收了钱的老师教得还认真、耐心、细致呢。”

当被问及李老师为什么能坚持这么久免费办财政局二胡培训班，李老师腼腆地笑一笑说：“这有什么值得表扬的。我只是师传了恩师程复源的做法。”

李跃仁小时候就怀揣一个二胡梦。那个时候因家庭贫困，买不起二胡，学不起二胡。一个偶然的机会，李跃仁结识了岳阳市二胡协会会长、湖南省著名二胡演奏家程复源老师。知道李跃仁喜欢二胡，程老师便决定帮助这个年轻人圆二胡梦。

李跃仁的恩师程复源祖籍汨罗，出生于20世纪50年代初期，是一名有着四十余年党龄的老党员。程复源小时候就表现出非凡的二胡演奏天赋。可家里条件不能够支持他学二胡，但贫困并没有阻止程复源学二胡的决心。

为了学二胡，程复源经常怀揣两个红薯步行四五十里到外乡四处拜师学艺。幸运的是，他当时的语文老师是湖南师院音乐系二胡专业、共产党员欧阳安老师。欧阳安老师二胡造诣很深，他被程复源的好学精神所感动，免费给了这个年轻人不少指点，让程复源的二胡演奏技艺得以突飞猛进，后来终于成了湖南省最著名的二胡演奏家之一。

“你是共产党员，希望将来你功名成就时带动更多的人学习二胡，将二胡这门民族器乐发扬光大。”欧阳安老师叮嘱程复源。

程复源老师功成名就后，没有忘记老师的叮嘱，他跑遍了湖南、湖北、江西、广东、广西等省的一些大中城市和部分乡村，把自己纯熟的二胡演奏技艺奉献给了数以万计的人民大众，深得无数百姓的拥护与支持，并由此入党。

1986年，程复源成立了岳阳市二胡协会，并亲自担任会长，开始着力培养二胡器乐传承人。二十余年的时间里，程复源老师无私地培养了万余名二胡爱好者。

刚从部队转业分配到平江县交通局工作的李跃仁有幸结识了程复源老师，得知这个年轻人的二胡梦想后，程老师特意为李跃仁买来一把二胡，手把手地教他学习。李跃仁每次到岳阳出差，程老师再忙也要放下手中的工作，赶来为李跃仁讲授二胡的知识与技巧，鼓励他多练习。努力的人总会有收获，李跃仁在程复源老师的指导与鼓励下，二胡演奏技艺得到了长足的进步，曾经多次在县、市二胡演奏比赛中获得奖项……

2017年，李跃仁老师从工作岗位上光荣退线。这意味着李跃仁有时间了。随即他与二胡爱好者李令美等老师成立了平江县二胡协会，平江县财政干部职工免费二胡班也由此成立。

当时很多学员认为，李跃仁免费教二胡一定坚持不了多久。这个年头，谁不想赚钱？只有“傻子”才会不要钱。

可李跃仁就是这样一个“傻子”。他们不知道，“傻子”之所以“傻”，是因为其心中始终坚守一个初心——共产党员代代相传的无私奉献精神。

李跃仁除了星期二、星期四必来指导学员们学二胡外，其他时间，只要学员们有要求，一个电话、一个微信甚至一个传话，李老师也会如约前来。有的学员二胡要调音、校音、换弦，甚至涂抹松香，都要找李跃仁帮忙。李跃仁总是有求必应。很多学员们戏谑李跃仁把时间卖给了财政局二胡免费培训班的学员。

学员中很多是中老年人，接受力较慢，对学习二胡没有信心，李跃仁总是耐心细致地一个音节一个音节地教，反复示范，并额外抽出很多时间帮一些中老年学员补课。李跃仁为此放弃了很多爱好与休息时间。

一个冬季的星期二晚上，李跃仁外出有事。当时已是晚上九点多，学员们以为他不会来指导了，准备散场回家时，李跃仁顶着一脸汗珠突然出现在了财政局干部职工活动中心，给了学员们一脸的惊喜。李跃仁放心不下学员，办完事，便急匆匆地赶到活动中心。

李跃仁一直把民族乐器的传承当作自己的责任，把无私奉献当作自己做人的准则。有的学员带着小孩，不方便来活动中心听课，李老师就上门指导，一指导就是半天。

许多人不明白他图什么，李老师说：“我图一个共产党员的一点心安。党和政府心系我们百姓，让我们的日子好过了，我奉献一点又算什么呢。”

一个人做事叫事情，一群人做事叫事业。当把奉献当成职业时，就叫情怀！

李令美老师是一名老党员，也是财政局干部职工二胡免费班的业余指导老师。她几年如一日，始终陪伴着财政局干部职工免费二胡班进步、成长。有的学员缺了课，李令美老师就抽出时间给缺课的学员补课。哪怕摔伤了手，吊着石膏，李令美老师也坚持来指导学员练习二胡。

以胡雄文副局长为首的财政局党组深受感动，尽可能为二胡免费班学员提供一些便利。尽管工作很忙，但胡局长总要抽出时间来听听学员们拉二胡，看看学员们的二胡是否有长进。

程宇老师，程复源老师的女儿，党员，不仅继承了父亲的衣钵，更继承了父亲程复源老师无私奉献的精神。每个星期四晚上，她总要风雨无阻地与儿子驱车百多公里，不顾舟车劳顿从岳阳赶往平江指导学员。

林云，财政局退休女职工，是财政局二胡免费培训班里拉得最好的。因脚关节退行性病变，走路不怎么方便，但她一直坚持每个星期二与星期四晚上来到活动中心，主动带领学员们一起练习二胡。她是个学员，也是个老师，谁要想在她面前蒙混过关，那可是不行的，她会带着你一遍遍重来，直到你学会为止。

钟锡新、熊赛艳、周格平、李小红都是党员，坚持为学员们义务做好后勤服务，订教材、组织活动、摄影、开关门、泡茶、打扫、收拾干部职工活动中心。

财政局免费二胡班成立以来，李跃仁、李令美带领二胡班的学员们多次深入街道，社区表演，深得群众好评。李跃仁、李令美老师打算办更多的免费二胡班，他们要让更多的人了解、学习二胡这门民族乐器。

这群平凡的共产党员一坚持就是四年多。有人感慨地说：“这真是一群‘傻’得可爱、没有忘掉初心的共产党员！”

在这个物欲横流的时代，当很多人以“谁赚得钱多、谁当的官大”来衡量自己是否成功的时候，程复源、李跃仁、李令美等人却以一个共产党员特殊的方式来贡献自己的力量，来表达自己对党的热爱。

# 拐角处的那抹微笑

每次上到四楼，我都会看到一位弯着腰，背对着楼梯口拐角处给一大袋一大袋的垃圾扎紧口子，或者在垃圾桶里的垃圾装进塑料袋，准备提到楼下面的垃圾筒里扔掉的女子。她是我们单位请来的勤杂工。

仅从背影我判断不出她的实际年龄，只是看到她常常穿着一件旧旧的白色底子、上面缀满蓝色细碎花的上衣，下身搭一条灰色的裤子，脑后扎着一个不长的马尾辫。人们在她身后来来往往，她似乎视而不见，只专注地做着自己的事情。

她的到来让我们省事不少。我们每个办公室每天的垃圾不用跑很远的路，而是可以直接扔在楼梯间那拐角处的一个大塑料桶里。

人们早已习惯了她的付出。每天早晨，当很多人叼着牙签、打着饱嗝走在干净整洁的楼梯间与走廊去办公室时，可能没有谁会注意到那楼梯的拐角处有一个小小的身影正在默默地劳动。

有一天上班，我到得很早，发现那个小小的身影正在拖走廊的地板。因为弯着腰，所以她的身影变得更小了。

“你，好早啊。”我主动与她打起招呼来。

“你也蛮早的。”那小小的身影抬起头，微笑地看了我一眼。然而并没有停下自己手里的活。

“已经擦得很亮啦！”我看着能照出人影的走廊告诉她。

“多擦几遍！要保证见不到一丝灰尘才行！”她低声地说，还是没有停下手中的活。

我不禁仔细打量起她来：这是一个个儿不高、体态偏瘦的中年女人，身高只有 1 米 5 多一点，四十岁左右的样子，一张标准的瓜子脸，淡淡的眉毛下一双很大的眼睛。唉，要不是皮肤有些黝黑，脸上长了很多雀斑，鼻子稍扁平了一些的话，她应该算作一个很标致的人儿。当然，这也不妨碍她的精致与耐看。她给人的感觉是一个饱经沧桑的人。

见我打量着她，她有些不好意思地站起来。

“我不早点来，等一下上班的人来得多了，拖过的水渍还没干，又被踩脏了。我早点来，早点拖干走廊，你们上班的时候，就不会踩着有鞋印了。”

“你想得真周到。其实，只要别人看到你每天搞了卫生就可以啦，考虑那么多做什么呀？”我微笑着与眼前这位瘦小的中年女人开起玩笑。

“那怎么行呢。你们单位给了我钱，我必须尽一份良心的。”她也不好意思地笑起来，眉宇间的皱纹也跟着在笑。这是一位多么朴实的女人。

她那浅浅的微笑很美，没有一点做作，一张黝黑的脸，一看就知道是一个吃过很多苦的人。她微笑时露出半排洁白、整齐的牙齿。嘴角会微微上扬，带动着眼睛似乎也在笑，嘴巴张合得恰到好处，像田野间盛开的一朵恰到好处的野菊花，既不张扬，也不显粗俗；又像是夏天里盛开的一抹栀子花，无须修饰，给人一种清新、素雅、宁静与愉悦的美感。

“看你好热的，到办公室吹吹空调，凉快一下。”她的衣服已经被汗水湿得紧贴在后背上，我热情而诚恳地邀请她到办公室歇息一下。

“不了，我还有很多事要做。等会儿，我还要到老街的国税那儿去搞卫生呢。”

“耽误不了多久时间，就凉快一会儿。”我硬拉着她来到办公室。我开了空调，给她泡了一杯茶。

“你真好，还给我泡茶。”端着茶杯，她竟然有点不知所措起来，坐在那里不停地扭捏着身子，似乎坐凳上有刺。

“这有什么呀，一杯茶，又不要多少钱。”我笑着说，“以后你口渴时只管进来，办公室水还是有的喝。”

“你太看得起我了。”她嘴里不断地喃喃重复着这句话。她的双手不断地、交叉地搓着衣角，好像我让她受了多大的委屈似的。

我的心里突然像被针扎了一下。也许她从来没有受到过这种礼遇。她早已习惯的是她身后熟视无睹的人们以及人们看她时那种冰冷的目光。

我看着她，善意地撒了个谎：“我的姐姐也是一位清洁工呢。”

“哦，是吗？”她的眼睛立刻亮堂起来，“在哪儿做呀？”

“在我们老家的一家单位。”她不像刚才那样拘谨，言语也开始多了起来。从她嘴里，我得知她有两个孩子，都在读书。家里负担重，到处需要钱。而丈夫身体不怎么好，赚不到钱，还要吃药，于是她只好出来当清洁工。

“不过没有关系。只要有一双手，我就不怕。”她抬起头朝我浅浅地一笑。这浅浅的笑里包含了坚强、豁达与乐观。

以后的每一天，我都会在楼梯的拐角处遇到她。

有时，是我与她先打一声招呼：“早！”她每次都会转过半个身子来对我浅浅地一笑：“你也早！”

有时，是她听到我的脚步后先转过身来，对我微微一笑：“早！”

在浅浅的微笑与再平常不过的问候中，我们开始了一天简单、平常而快乐的工作。

有时，我们并不说话，只是彼此心照不宣地互相望望，微微一笑。她每天依然是早早地来，然后迟迟地收工。特别是下班后，所有的员工都离开了，偌大的、空荡荡的单位里只剩一个小小的、孤单的身影在走廊里移动，佝偻的背影极像一只小小的黑蚂蚁在空旷的草坪里负重搬运粮食那样不显眼。

八月上旬的几天，我发现楼梯的拐角处不见了那小小的背影。走廊里布满了灰尘、烟蒂、纸屑……我才记起，我有多日没有见到她了。

“她是出什么事情了吗？”我不由得担心起来。在我心里，那浅浅的微笑已经播了种，生了根，发了芽。我这才想起一直忘了问她叫什么名字。

“那个女的这几天没有来搞卫生呢？”走廊与楼梯间的脏让一些办公室的同事终于都想起这个小小的身影来。同事们这才发现自己已经严重地依赖上这个小小的女人带来的干净、整洁的环境了。

半个多月后的一天早晨，我刚到办公室门口，发现有一个十一二岁的男孩站在办公室门口像在等待着什么人。

见我到来，男孩立刻微笑起来，忽闪着两个大大的眼睛：“你就是那位和气、经常对我妈妈微笑的阿姨吧？肯定是您啦？”

“你妈妈是谁呀？”我笑着问小男孩。

“就是每天来你们单位搞卫生的那个女的呀。”

“哦，你妈妈这些日子怎么没来？”

“可能是打多了冷水，我妈妈的类风湿犯了，不能来搞卫生了。她托我送这个给你。”男孩说着递过来一个包装很精致的纸盒。

“这是什么呀？”

“是我妈妈原先搞安利产品推销时剩下的一套厨房围裙，她说送给你。这个你肯定需要的。妈妈说你是一个好人，每天都会对她微笑。”我的心头一暖，不就是一个微笑吗？

“我不能要你妈妈的东西，她也不容易。”我抵挡住男孩递过来的纸盒。

“给你，我要去上学了。”说完，男孩把纸盒往我身上一塞就往外跑。

我赶紧追出去，男孩已经跑下楼。

“阿姨，你进去吧。我妈妈说好点了会来看你的。”见我追出来，男孩折回到楼梯的拐角处一边说，一边仰着脸对我微微一笑。

# 酒道湾，二胡情

元月十二日，酒道湾大厅里，李令美、李跃仁、胡雄文、周长江等老师的一曲《赛马》拉开了晚会的序幕：时而高昂、时而低沉、或急或缓的二胡节拍把我们带到了茫茫的大草原：马啼声声，旌旗猎猎，骏马在风中嘶嘶长鸣……一群彪悍的蒙古好汉正在宽阔、茫茫的大草原上热火朝天地赛马。

老师们娴熟的表演把蒙古人民奔放、矫健以及马儿的欢快展现得淋漓尽致。我们仿佛听到了蒙古人民丰收的喜悦与自豪。结尾的马叫声更是形象逼真，一声声急促的马啼声由远而近传来，如果不仔细听，还真以为是马儿在嘶鸣呢。

晏新老师的扬琴打得刚柔并济：慢节奏时如叮咚的山泉，快奏时，犹如大珠小珠落玉盘般清脆。

“古调何人识，初闻满座惊。”

周升平老师弹拨的中阮圆润、丰厚。但他们甘当配角，只要金财二胡班有需要，他们总是随叫随到。

人生有如此良师益友，夫复何求呢！

弹指一挥间，转眼金财二胡班学习二胡已一年。

无数个日夜，县财政局职工活动室里总活跃着金财二胡班师生认真练习二胡的身影。

去年的今天，周俊俊夫妻双双羞涩摘《辣椒》。今晚，他们夫唱妇随、宛转流畅忆《良宵》。

伴着优美自如、轻松活泼的旋律，在娓娓道来的平静中，我们能深切感受到周俊俊夫妻那种对生活流淌于心底里的热爱、美好与幸福。

“天涯海角有穷时，只有相思无尽处！”谁的心底没有一点故事与怀念？二胡名曲《花儿与少年》把我们带到了那个青葱的岁月。听着如泣如诉的音乐，我们的心底涌出一种美好与莫名的伤感……

想当年，红色经典名曲《南泥湾》震撼影响了一代又一代人。今天，张满兰部长演奏得欢快、动听，让我们重温了那个激情燃烧的岁月……

胡雄文局长的一曲《奔驰在千里草原》悠扬、抒情、动听、跌宕起伏，仿佛把我们带到了“天苍苍，野茫茫”的千里大草原……

搭帮党的好政策，山村变了样……

在李令美老师二胡《山村变了样》激情澎湃、昂扬的表演中，我们感知了农村翻天覆地的变化以及农民欢天喜地之情。

李跃仁老师的一曲《母亲》拉得婉转、舒缓有情，似一位慈祥的母亲在细致地叮嘱她的儿女，让我们明白了母亲的责任与担当，真正体会到了“母亲”一词的真正含义。

无论我们多大、走多远，我们都永远走不出母亲关爱的视线，我们永远是母亲手心里的宝！

因为母亲，人生既有来路，尚有去处！让我们永远别忘记老师！没有老师母亲般的教诲，我们对二胡、对音乐永远懵懂无知。

年少不知《女儿情》，明白已是不惑人！周格平的《女儿情》拉得悠扬、伤感，不禁让人浮想联翩，“在天愿为比翼鸟，在地愿为连理枝”，爱情是多么美好与伟大！

李晓红欢乐、明快的《呼伦斯舞曲》再一次让我们领略了内蒙古大草原的广阔壮美，以及内蒙古人民载歌载舞的欢欣、自豪与幸福！

唯美的曲调往往能引起人们情感的共鸣。

钟锡新演奏的《江河水》悲壮、凄凉、悠扬、如泣如诉，一瞬间就触动了我们的心灵。

又听《花儿与少年》，令人几度忆从前，朵朵花开淡墨痕。调皮少年爬上树，摘下一朵别胸前……

回想去年，我们都还是青铜，今年个个成了王者！

胡雄文局长把我们的进步看在眼里，乐在心头。胡局长竖着大拇指夸赞我们：“你们金财二胡班进步这样神速，真了不得！”

这一切的一切无不凝聚着老师们无数次辛勤的陪伴与无私的付出。我们不会忘记无数个这样让人感动的夜晚：李跃仁、李令美老师是怎样耐心、细致地手把手教学员们练习二胡。

无关风雨，无论多忙，程宇老师每个星期四晚上风尘仆仆，驱车一百多公里从岳阳赶来平江准时给我们上课。

县委常委、县统战部长张满兰无论工作多忙，也不时抽出时间来看看学员们练琴。现在张部长也成了我们金财二胡班的学员。

特别值得一提的是，今年，金财二胡班来了一个小老师，她就是徐影老师。别看她年纪小，是一个标准的“90后”，她不仅二胡拉得好，难能可贵的是小徐影有一颗热情、火热的心。她每天晚上早早地来到金财二胡班手把手地指导学员们练习二胡。自从有了小徐老师的加入，金财二胡班变得越来越有生机，同学们练习二胡的干劲越来越大，二胡练得越来越好。

每晚，向义文、黄兴中主任总是静静地坐在活动室的一角，默默地陪伴着我们，关注着我们，鼓励着我们。我们看在眼里，感动在心头！

千言万语汇成一句话：一路走来，感谢有你们！

所谓行云流水、余音绕梁，原来也只不过是熟能生巧！

这样的场景是不是一幅美画：窗外树影婆娑，夜空深邃依旧，星星闪烁，财政局老年干部活动室内明亮的灯光下，勤奋的我们正聚精会神地练习二胡。

即使手指拉起了茧，蹭破了皮，即使拉得腰酸背痛，也没有人嫌枯燥、单调，没有人喊一声累，更没有人因此而放弃！

“一花独放不是春，满园开放才是春！”大家会拉才是真的会拉！

林云，是一个值得大表扬、特表扬的学员。她的二胡节拍感特别强，是金财二胡班拉得最好的一个学员。她不满足自己取得的成绩，每晚都要热心地带领同学们练习二胡节拍，一遍不行，再来几遍，直至学会。

班长熊赛艳把每个星期老师布置的练习曲子认真记录，准时发到群里。赛艳还与李晓红学员一起为同学们拍摄、记录、分享学员们练习二胡的酸甜苦辣，记录同学们进步的点点滴滴的喜悦。

周格平，是财政局一名普通职工。他总是来得最迟，走得最晚。他要先忙完公事才能来学二胡。待学员们练琴离开后，他默默地收拾好老年活动室，从来没有一句怨言。这样的例子不胜枚举！

何其有幸，有这样优秀的同学！

因为二胡，我们结缘，成为同学，成为一个相亲相爱的大家庭，让我们从此有了共同话题，同享练习二胡过程中的酸甜苦辣、喜怒悲欢……

万籁俱寂时，一人独坐，架起二胡，缓缓地拉起弓，檀木味与松香味立刻充盈了屋子。悠扬、婉转的二胡曲子飘荡在寂静的夜空，思绪也随着琴声飞扬、飞扬……那种意境是不是很唯美，感觉是不是很美好？

自从有了二胡，同学们脸上的笑容也多了一分灿烂，生活多了一分色彩，人生亦多了一分品味！

自从有了二胡，我们的目光变得无比坚定，脚下的步伐也变得越发轻盈……

有句很经典的话说：你的气质里藏着你走过的路、读过的书和爱过的人。其实我觉得应该还藏着一个人听过的音乐，尤其会拉二胡的女人特别有气质。

“衣带渐宽终不悔，为伊消得人憔悴。”自从恋上二胡，朝也二胡，暮也二胡；白天谈的是二胡，晚上睡梦里也是二胡！

原来生活不只有眼前的苟且，还有音乐与远方！

# 那响在心里的“骨碌”声

我的心里头一直响着那“骨碌骨碌”美妙、动听的车轮声。

那是一个晚饭后，我散步来到天岳广场。

此时的天岳广场到处是人来人往、川流不息的人群。广场人声鼎沸、热闹非凡，有成百上千跳广场舞的人们，有打太极拳的、有游泳的，也有打篮球的，还有跳绳、拔河的……广场最西边高高的铁架上一台巨型电视机正在播放着当地新闻。

认识的、不认识的，男的、女的，老的、少的，胖的、瘦的，看热闹的、锻炼的……广场以它巨大的胸怀接纳了从各地而来带有各自不同目的的人们。

我站在广场的西北一角，站在人流较少的地方看热闹……微风轻拂着我的长发，舒服而惬意，我静静地享受着这广场独有的文化带给我眼睛和心灵的美感。

突然，我看到了前方一辆手推车由远及近缓缓地推来，向人群很密集的地方推去。

看得出，这是一台残疾人坐的车，像农村人早些年婴孩坐的那种座篮一样，四周用木板固定，中间留一个大的空隙，供人坐在里边。下面安装了四个轮子，由坐在里边的人推着向前跑。

由于有一段距离，我没有看清车里人的样子……只知道有一个人在用手推着这辆车。

“连残疾人都想来看热闹啦。这世道还真好。”我不由得感慨道。

随着车子越推越近，我发现车子前方的木板上放着许多东西，有女人的发夹、橡皮筋、针线、镜子，等等。

由于隔得较远，我只能模糊地看到车里的人。从露出的半个头的发型来看，车里的人是个男人，三四十岁的样子。他实在太矮小了，以致只露出半个头在外面，让人觉得这辆车不是由人推着跑的，而是自己在滚动着跑。

在这个热闹、宽阔的广场里，这辆车“骨碌骨碌”地向前滚动着，很不符合这个广场的步伐和节奏，显得很另类，因而格外打眼。

这辆手推车拼命地往人多的地方挤去。那里有一百来个正在学跳舞的人们，也有站在旁边看热闹的人们。可周围的人没有谁注意到有一辆残疾人坐的手推车停在他们的周围。广场丰富的夜生活让他们的眼睛都应接不暇，谁还有闲空来关注这样一个另类。手推车停在那儿就停在那儿吧，只要不碍我的事就行。

人们兀自在广场上闲逛着、疯狂着……

一直以为他只是像个小孩一样好奇地前来看热闹。原来他是想借晚上天岳广场人多来做做小本生意，以赚点钱养活自己。这是个有头脑、很努力的人。我为自己的误解感到羞愧。

望着这辆手推车，我的心头不由得为之一振，应该可以说是“震撼”吧。

我清楚地记得：那是一个中午，我下班回家，经过西街月池塘商场的时候，我发现地上躺着一个里面用层层蓝布包裹着、外面再用塑料布包裹着左脚的壮年男子，正用肩膀拖行着一个巨大的座垫，座垫上坐着一个不足八个月的男婴。乍一看起来，这个男人的左脚似乎是被折断成两节。

他每见一个过路人经过，就伸出手乞讨着：“可怜可怜我这个残疾人，做点好事给点吧。”

很显然，这样一个断了左脚又拖儿带女的残疾人明显博得了很多善良人的同情。于是，一下子施舍的人不断。

我一直关注着这个男人。接近中午，当人们都纷纷散去时，我惊讶地发现这个壮年男人突然站起来。原来他是一个四肢健全、身体完全健康的男人。我目测了一下，个儿头还不矮呢，大概有一米八的样子。在我们当地，这样高个的男人还不是很多。

望着这个高个而猥琐的男人，我为自己刚才不分真假的善举感到羞愧，为善良人们的同情心被玷污而感到气愤，更为壮年男人失掉尊严的乞讨而愤慨。

正当我沉浸在遐想中时，突然旁边一位多年不见的朋友在叫我，我只好立刻转过身来与朋友招呼。当我告别朋友，再一次寻找那辆车时，那辆车已经不见了踪影。

九点多，夜开始慢慢地变得安静。

我从广场抽身往回走。此时路上行人很少，散步的差不多散完了，只剩下几个和我一样夜猫子的人在外面行走。

路上很静、很静，月亮透过树叶的缝隙把皎洁的光芒洒在地上，地上树影婆娑，斑驳片片。月光很亮，但路上却显得很清冷。

突然，我远远地听见了前方有车辆滚动的声音。在这静静的秋夜，“骨碌骨碌”像是被谁吹响的一支韵味十足的短笛，十分清脆、响亮地在这寂静的路面弥漫开来。声音是那样地富有节奏、快乐，我从中听出了坚定。

是广场上的那辆残疾人的车！车推得很慢很慢，也很沉重。我也走得很慢很慢。我装作很自然的样子，不紧不慢地跟在他的后面。虽然我知道他不可能回头关注我，那个车子空间那样小，几乎不容他有回头的机会。

车子推到防洪堤坝300多米时，他突然停止了推车。他，不！确切地说是那辆车停在了防洪堤的路边。我也跟着停住了。我不知道他为什么要突然停下来。

为了防止被他发现有一个人在默默关注他，我装作站在旁边不经意地看风景。

路上除了稀疏的几个人在行走，几只蟋蟀拖着长声在叫，此外就是寂静。这辆车就静静地、寂寞地停在那里，车上的东西一样也没有少。

广漠、静静的苍宇下，他和他的那辆车显得那样渺小与落寞，犹如马路上的一只小蚂蚁，悄悄地爬过路面而不被知道、更不被关注。

我望了望前面，前面不远处天岳广场上跳舞的人渐渐都散开了，只剩下一个空旷、寂静的广场在那儿，但他坐在车里是看不到的。

车子仍然停在那儿。他在想什么呢？是想继续往前还是往后？往后退就是天岳广场，人虽然还未散尽，但再去与前面所遇到的又有什么不同呢？前面的路虽然平坦，却很冷清。

车子仍停在那里，他似乎正在做着一个艰难的决定。

在宽阔、长长、寂寞的防洪堤坝上，这辆车犹如一个小黑点，是那么渺小，那样微不足道。虽然路上偶尔有人路过，但没有谁回头看一下他，更没有人肯从他那儿买点东西。他犹如开在防洪堤坝上的无名小花，虽有芳香，却显得异常寻常与落寞，没有谁肯闻香寻花的。

我想，其实他可以完全依赖亲人或政府的救济生活，或者像那个壮年男人一样坐在街道旁边伸手向别人讨要，至少他不必要像那个壮年男人装残疾去博得人们的同情。

生活中总有些这样的人，他卑微却生活得很坦荡；有些人看起来高大，生活得却卑微。

在我看来，这个人实在没必要像现在推着车子满街地辛苦奔波啊。

我很想走过去，走到他的身边，把他车上的东西全买下来，或者帮他推一下车，哪怕是问候他一下也好。

但我没有。因为我搜遍身上的口袋，晚上出来我居然一分钱也没有带。如果我问他："你的发夹多少钱一只？"他的眼睛一定会放光，他的心里也许会惊喜。"你要吗？便宜一点卖给你算了。"

如果我告诉他，我没有带钱，他会多么失望。不，他一定会认为我是在讥讽他、捉弄他。他孤零零地停在路旁本来就显得很清冷、很孤寂，我不能让他的心里更清冷、更落寞。我不能让他这样认为。至少现在他的心里还残存着希望。我不能让他仅有的一点希望也破灭。

其实他并不孤寂落寞的。在他前行的后面，有一双眼睛一直默默地在关注他，为他加油、点赞。也许以后还会有更多这样的目光……

终于，慢慢地，慢慢地，他做了一个艰难的决定。他推着车慢慢地往回走了。也许是回天岳广场，那里人多，总比前面没有人的地方有希望；也许是回家吧，家总比路边要温暖，路边毕竟太冷清了。

我目送着他渐渐地离去，注视着他和他的车。虽然我知道前面的路很平坦，但很漫长，也许仍然很冷……

我只能用这种方式陪伴他走一段路程。虽然很短暂，但我只能用这种方式，我认为最渺小的力量来表达我对他的敬意。

车子渐渐远去，而我一直在行注目礼……

# 窗户旁的那盆鹅掌柴

突然怀念起一盆花来，不知它长得可好？我的同事李毅是否记得给它浇水、有没有把它端到外面的阳光下生长？

我说的这盆花，严格意义上说不算花，而是一棵常年木本植物。说起这盆木本植物，我有些惭愧。这盆与我朝夕相处四五年的木本植物，我竟然还不知道它的名字。直到今天，我要写一写它时才到网站上去查。这盆陪伴了我四年有余的木本植物的名字叫鹅掌柴，也叫鸭掌木，为常绿灌木，具有分枝多、枝条紧密的特点。因叶子像手掌的形状，故名鹅掌柴，主要生活在热带与亚热带的长江流域以南地区，容易成活。

这盆鹅掌柴是四年前单位为响应县委县政府创建全国文明城市活动时买来的。单位要求每个股室的走廊、每个股室人员的办公桌上都放有一盆花草。

我还记得当时去一楼大厅拿花的情景。一楼的大厅里零零落落地摆放着十多盆花草。

看着这剩下的十多盆生气勃勃似曾相识的花草，在植物方面知识少得可怜的我竟然叫不出它们的名字。就好像很多人，我们经常在路上或某个地方碰面，可就是喊不出他们的名字，也不知道他来自何方。

这十多盆花草里有大的、小的、高的、矮的；有叶片阔的、叶片细小的；有身强体壮的，也有弱柳扶风的。它们都青葱翠绿、默默地静候在大厅里等待着人们的挑选。我在大厅里顾盼流连，端详来、端详去，最终挑选了左边角落里一盆个儿矮小、叶片宽阔、碧绿的植物（为表达方便，我暂且叫它花吧）。这盆花很小，不占办公桌多大面积。

我把这盆花小心翼翼地搬到办公室，放在我旁边靠窗户旁边的一张空办公桌上。

说实话，对花花草草的侍弄我很不喜欢，因而也很不内行。这盆花从端到办公室开始，我都懒于去打听或者去查证它叫什么名字。因为长有七片叶子，有同事说是七叶草，有同事说它是发财树……总之，说叫什么名字的都有。看来我的同事对花草的兴趣与知识也比我好不到哪儿去。

你可以想象得到，这盆花落在我手里，命运有多悲惨。记得它时，我就拿起洒水壶，一阵猛洒，勤快时天天洒，不勤快时三四天、七八天洒一次。管它喜水还是不喜水；死也好，活也罢，全凭自己的造化，有时甚至忘了它的存在。

一天，工作疲劳的我站起来在办公室里踱步，放松一下自己。突然，右手臂被什么东西碰了一下。我侧过身子一看，原来是那盆被我忽略已久的花触碰了我。只见它耷拉着叶片，一副精神萎靡的样子，显得很是落寞，似乎心有不甘。我这才记起忽略它的存在很久了。它似乎在说："你还记得我吗？"

于是拿来洒水壶把它从头到脚浇了个遍。这盆花经过水一浇，马上变得容光焕发、精神抖擞起来。一粒粒滚圆的水珠在宽阔的叶片上晶莹剔透，像小孩子玩耍的玻璃球，溜光圆润。

"这是花的眼泪。你这样久没给它浇水，它正憋屈呢。"同事见我在侍弄花，与我开起了玩笑。

"花也会哭吗？"同事的话让我的心"咯噔"一下。仔细看去，这叶片上的水珠果真很像一滴滴眼泪，难道花也有什么心事？

在农村，长在山上，只要能砍来烧的、能煮熟饭菜的，老百姓一律都叫它柴草，无论它珍贵与普通。

鹅掌柴在我们眼里充其量就是一棵再普通不过的树，就是砍下来供我们烧的柴火，与别的树没有什么不同。我从来没有想过，它除了做柴烧，还会有别的用途。

老公笑我："你不认识鹅掌柴，只能说明你孤陋寡闻。"听老公这样一说，倒让我不好意思起来。是啊，很多东西其实一直就在你的身边，你却当它为空气，还要说它不存在。因为普通，甚至卑微、渺小，就不把它当回事。

我心里怪怪的，觉得鹅掌柴配不上这样高贵的台面。在我心里，上得台面的应该是一些名草、名花、名画、名曲。

鹅掌柴，在百度搜索中虽然能查到它的词条，但又能怎么样呢。中国地大物博，资源丰富，能进入词条编辑的资源与名称实在太多了。进了词条，并不见得就一定名贵、闻名遐迩。在乡下的山上，像鹅掌柴一样到处都看得见的普通植物充其量就是农户人家烧茶煮饭的柴草。想不到现在摇身一变，居然成了城市街道、办公室走廊、人们房屋庭前院后美容绿化的名贵树木，接受着人们的观赏与评头论足及啧啧称赞，着实让我有些想不通！

流金七月，酷暑难当，办公室里热如蒸笼。空调、电扇吹出来的全是热风。热浪让我感觉自己的五脏六腑都好像快要被掏空了。我自己都顾不了，哪里还有心思和精力顾及这盆可怜的鹅掌柴！

鹅掌柴应该也被热死了吧？许多天以后，当我突然想起它时，它——鹅掌柴居然没死！只是叶子低垂，上面布满灰尘，一副郁郁寡欢的样子，很像一个久病不愈的病人，因营养的匮乏，精神显得异常萎靡。盆里的泥土竟然干涸成一条条沟壑，像一张张张口的嘴巴，似乎想对人们说些什么……

我的心突然颤抖了一下，一种自责与愧疚涌上我的心头。我马上把鹅掌柴搬到阳光充足、空气饱和的走廊，并且给它认认真真地浇足了水。

想不到一个多星期后，我再次看到它时，它居然让我认不出来。有一种“士别三日，当刮目相看”的感觉。鹅掌柴的竖茎比原来竟然高出了一倍。叶子的中间居然开出了许多细碎的似米粒一样的黄色花朵，很像桂花。靠近一闻，有淡淡的香味。蓬勃的叶子覆盖了整个花盆，叶片在阳光的照耀下闪着翠绿的光芒，耀着我的双眼……

我爱怜地看着这盆鹅掌柴，终于明白鹅掌柴为什么能登上大雅之堂了。自然界的许多生命从未计较脚下的土地是贫瘠或肥沃，从未在乎头上的天空是晴朗或阴沉，在平凡的生命中，透着无比的坚韧和顽强。给它几滴水，它却给了人们整个春天！

我继续翻阅着词条，原来这小小的鹅掌柴是可以长得很高很大的，用途也很多。除了可以当观赏性装饰外，还可以净化空气，可以有效去除室内的尼古丁，减少对人体的伤害；可以编制成生活器具，使用起来轻便、不容易损坏。然而，令人惊喜的是鹅掌柴的药用价值：用它的根皮煎水熬煮可以治疗感冒发热和喉咙肿胀疼痛、跌打损伤、风湿关节痛、心脏病等病，还可以治疗过敏性皮炎及湿疹。鹅掌柴的叶片含有叶黄素，可以预防白内障；将其涂沫在伤口，可以防感染，促进伤口愈合。可以说，鹅掌柴全身都是宝。

而这全身是宝的植物，居然那么贱生贱养！

黄师傅是一名水电安装工。单单瘦瘦的个儿，常年穿着一件褪了色的有两个表口袋的黄色军衣。一头蓬乱的头发，脸上似乎很久没有洗过，以致我凑近时能看清他松树皮般的脸上满是灰尘。黄师傅站在人群中，绝对没有人会看上第二眼，他的外表就像这盆鹅掌柴一样朴实、普通。

别人安装、维修水电发了财，黄师傅安装、维修了几十年的水电才只混个温饱。黄师傅安装、维修水电只收成本钱，其它钱一概免收。

黄师傅说得最多的一句话就是：“当别人打电话给我，说明别人还记得我，我对别人还有点用。这样我就很开心。”

黄师傅喜欢笑。在黄师傅的三轮车斗里放着一把笛子。空闲、疲劳时，黄师傅就把笛子拿出来吹一吹。悠扬的笛声让他忘记很多烦恼，也忘掉了疲劳。他一年免费为别人安装、维修的水电数以百计。别人都喜欢请这位整天笑嘻嘻、不收钱的师傅。有时，深更半夜，别人早已休息，他却还在很远的乡下维修……

李毅是我们单位一位普通得不能再普通的同事。他的外表与鹅掌柴一样普通、朴实，属于单位那种有不多、没也不会少的人物。

这样一个年轻人的背后却有着沉重的家庭负担：父母常年生病，小孩年幼。可他从未抱怨过、消极过、沉沦过。他用坚毅的肩膀挑起家庭与单位的重担。每天他带着微笑工作，管理着全县中小学生学籍平台，数年如一日，从未出过差错。面对单调、枯燥乏味的数字，他总是以最大的热情、最坚毅、最细致的心态对待。

当我因工作地址变动而把那盆鹅掌柴交到李毅手里照看时，李毅安慰我说：“王老师，你放心，我会好好照看这盆花的。”我只是随口一说，谁知李毅几年如一日精心呵护着这盆花，看着憨厚、朴实的李毅，我觉得像极了那盆鹅掌柴。

张桂梅老师面对身体的严重不适，从来没有自暴自弃过。她坚持扎根贫困山村40余年，帮助1800多名想辍学的孩子圆了大学梦。为了不让一个学生掉队，张桂梅拖着病痛的身体忘我工作，持续12年走进大山，挨门挨户进行家访。她由此荣获第八届全国道德模范“助人为乐”模范。

张桂梅不是制造出来的英雄，她是那样朴实、那样真实。她亦如鹅掌柴一样普通，在平凡而普通的教学岗位上创造着伟大与奇迹，抒写着生命的顽强与不屈。

“不屈服，不放弃！”这些平凡的生命在沉默与坚守中、在孤单与寂寞中绽放着绚烂的生命之花；在普通、卑微中变得顽强，在顽强中变得高贵与不凡。

我终于明白鹅掌柴能上得了台面的原因。我不由得站在那盆鹅掌柴前行注目礼。

晚上，我梦见自己变成一棵鹅掌柴。

# 种子，在尘埃中开出花来

## ——浅谈毛云尔和他的文学作品

我常常想：一粒种子要在尘埃中开出花来是何等艰难。比如一粒不幸落入悬崖峭壁石头缝中的种子，或一粒小得只有在高倍放大镜下才能看得清楚的斑叶兰种子。漫漫冬季，这粒种子要经受怎样的寒冷冰封，忍受怎样漫漫长夜的孤寂，怎样在春天里突破被禁锢了一个冬季的冰封才能发出芽来，然后一点点地开花、结果……

谈到毛云尔，我就想起那粒斑叶兰种子。

初次见到毛云尔是在2000年的下半年。当时，毛云尔刚调到启明中学任教。他白皙的皮肤，宽阔的脸庞，高高的个子，三十出头的年纪，笑起来居然像个女孩子一样腼腆、害羞。

因为都教同一年级的语文，我与毛云尔成了朋友。毛云尔常对我谈起他的文学梦。那个时候的他一说到文学，总是神采飞扬，就像一个很久未联系的朋友，一旦见面，总有着说不完的话。毛云尔神采飞扬的同时，语气却是怯生生的，声音小小的，生怕自己的不恭亵渎了文学这位神秘而神圣的朋友。

毛云尔说话的神情让我想起斑叶兰种子在尘埃里卑微的程度。

斑叶兰种子是世界上最小的种子，却仍然怀揣一个伟大的梦想！因为太渺小，深埋地底下的斑叶兰也惧怕风雨雷电，哪怕一个小小的雨点都可以让它惶恐不安，它甚至怀疑自己是不是具有一粒种子的功能。

那个时候的毛云尔很像埋在地底下的那粒斑叶兰种子。

“那时的我还不到十七岁，刚刚师范毕业……多少个黄昏来临，当我结束了一天的教学任务，我便开始做着时刻动身的准备。”

“那么刻不容缓的我在做一些什么准备呢？现在想起来其实真是好笑啊。我所有的准备工作就是站在窗前，茫然地注视着外面，像童话故事里的公主那样，等待着能将她带到远方去的那串马蹄声踏踏地响起……”（《被细雨淋湿

的花朵》）

终于，让斑叶兰种子实现梦想的机会阴差阳错地来了。

1989 年 10 月的某一天上午，学校里的一位语文老师请假，请师范数学专业毕业的毛云尔代课。上了一堂语文课的毛云尔发现语文教材竟然比数学教材要生动丰富、有趣味得多。他竟然从此爱上了语文，爱上了文学。课余，他不仅阅读了大量的文学作品，还亲自写下水作文。他写的下水作文第一次被发表在《少年文艺》上。这给他带来了无比的欣喜。

“原来，我也可以发表文章啊！”

斑叶兰种子自从知道自己能发芽，便从此有了开花、结果的梦！

为此，早期的毛云尔阅读了大量古今中外的经典文学名著。这些古今中外的名著在毛云尔的面前打开了一扇全新的窗户，让毛云尔的思想由最初的浮躁、迷茫渐渐地变得成熟、深邃，视野也变得越来越广阔。广泛的阅读让毛云尔的思维变得越来越敏捷，创作灵感变得越来越丰富，为他以后的文学创作形成的清新、精炼的诗一般的语言风格打下了坚实的基础。

从此，文学这粒种子在毛云尔的笔下耕耘、开花、结果。生活在毛云尔的眼前、笔下如万花筒般呈现出五彩斑斓的奇异色彩。

一粒长只有 0.5 毫米，直径只有 70 微米的只能在显微镜或放大镜下面才能看得清楚的斑叶兰种子，在尘埃里要发芽，生根，开花仅仅靠土壤、空气和水分是远远不够的。斑叶兰更需要忍受土壤里寂寞、黑暗的痛苦煎熬，需要恒心、信念和毅力。

毛云尔出生在平江县虹桥镇毛源村的一个小村庄，祖祖辈辈都是朴实、善良、隐忍的普通农民。

那个时代物质十分匮乏，毛云尔的家庭也不例外。家庭的贫困让毛云尔的父母每天忙于生计，让毛云尔目睹和体验了生活的清贫、艰辛与不易，也让毛云尔养成了十分敏感、细腻、多愁善感的性格。长期的农村生活，让毛云尔对从小陪伴他长大的农村的山山水水、花花草草、小猫小狗甚至一只不会说话的陶瓷罐、一扇门都产生了深厚的感情。尤其父母善良、勤俭、隐忍的良好品德的熏陶，让毛云尔有了源源不断的创作源泉。如他的作品《与草有仇》《牛泪》《一顶草帽被春天的槐花砸伤》《一只犁的三个片断》《一只陶瓷罐》等，讴歌了他对父辈、对底层劳动人民命运不能自主的同情，忧虑和对他们深深的热爱与崇敬。

写作是一件痛苦的事，对于一个身兼教书、学校办公室工作的毛云尔来说更是如此。写作得挤出时间！每天的作业、备课、写材料就够他忙的了。孩子小，妻子刚从粮食系统下岗。家庭、学校负担压得他喘不过气来，他只能忙里偷闲地挤点时间写作。

当时(1991—1998年)的毛云尔还不能说是完全意义上的写作，他得先赚钱养家。除了完成学校交给他写材料的任务外，他还得为一些单位或个人写些汇报材料、演讲稿或通信报道，以此换点辛苦费维持家计。

毛云尔曾经笑着告诉我，有时为了多得几块钱的稿费，他常常违心地在在文章中故意啰里啰唆增加字数。

有时生活实在维持不下去了，他不得不违反学校不允许家教家养的规定，应家长的强烈要求偷偷地接收几个留守儿童辅导作文。凡是在他能力范围内的赚钱方法，他都用到了。

在毛云尔房子的外面有一个非常安静、宽阔的露天窗台，毛云尔用玻璃做了一个顶蓬。从此，毛云尔就在那儿创作。夏天酷热难熬，没有空调，毛云尔就凭借一把电风扇，赤裸着上身写作；冬天，平江的山区非常寒冷，毛云尔就冻着通红的双手、呵一口白气创作……个中的苦和艰难，只有他自己知道。

那个时候，有几家行政单位仰慕毛云尔的才气，想调他去做行政工作。这相对对既要教学备课，改作业还要应付办公室工作的毛云尔来说，改行以后的工作或许相对单纯、轻松些，个人提升的通道要宽一些，但毛云尔拒绝了。别人都笑他傻，放弃有着良好晋升通道的行政单位不去，死守在一个普通的中学当个教书匠有什么意思？对此，毛云尔常保持着沉默。

毛云尔的心里何尝不在煎熬。他怎能不知道改行对他事业的重要性，尤其对他写作的重要性。可是，如果改行了，他就没有学生可带，那要少很多收入，少了收入，他如何能养活一个家？

如果说生活上的重担对毛云尔来说不算什么，那么有人对毛云尔在文学上的追求的不理解才是毛云尔最大的困惑。有人讥笑毛云尔是“癞哈蟆想吃天鹅肉”。

的确，谁会相信呢。这粒直径只有70微米的、只有在显微镜下才能看得清、被称为世界上最小种子的斑叶兰有可能在广漠的尘埃中生根，发芽，开花吗？

毛云尔回忆这段艰难而难忘的日子常常眼中泛着泪花。他说：“那段日子我真的不知道是怎么过来的。太难了，太难了！”

尽管生活如此艰辛，但毛云尔总是怀揣一颗热爱、感恩的心。在他的文学作品中，呈现给我们的总是人性与生活的美好。即使一篇文章的题目，他也是斟酌了又斟酌。他的文章的题目也常常是带有诗意般的美好，让人一看就深深地喜欢上。如《一顶草帽被春天的槐花砸伤》《盛满月光的陶罐》《开花的牙齿》《月光舞鞋》《桃红李白》，等等。

如《一顶草帽被春天的槐花砸伤》中，对于一顶被遗弃在墙角里的草帽，毛云尔也不忍心把它写得陈旧不堪、破破烂烂、一无是处。他把草帽安排在了一个非常美好、让人充满想象力的地方："戴在稻草人头上，被风一日复一日撕扯着，最后烂在弥漫着腐植质气息的泥土里——那簇拥着金黄麦秸的地方，那绽开着蓝白两色花朵的地方。"那顶草帽可是被姐姐戴过的啊。毛云尔对草帽的描写无不寄托了对姐姐的无比热爱和思念。

成名后的毛云尔并没有沾沾自喜。他谦虚得如同斑叶兰开出的米白色花朵。毛云尔说得最多的一句话是："做人，一定要低到尘埃里！"

每次见到毛云尔，问起他创作的情况，毛云尔总是脸上一红，很不好意思地说："最近没写什么，老写不出。"每次听他这样说，我就知道他实际上已写了很多东西。斑叶兰从不喜欢炫耀自己，总是默默地开着自己淡白的花朵。

2008—2018 年的十年间是毛云尔创作的鼎盛时期，也是毛云尔文学创作的转型期。他的创作呈井喷式爆发。这个时期，他在著名儿童文学家吴牧玲的影响和带动下，开始转向以儿童文学的创作为主。

2008 年，毛云尔的小说《月光舞鞋》获冰心儿童文学奖；2009 年，他的《桃红李白》再次获冰心儿童文学奖；散文集《会飞的石头》和吴牧玲老师的动物小说《艰难的归程》分别获湖南省儿童文学的最高奖——张天翼儿童文学奖。

这十年间，毛云尔创作的状态非常好。他先后创作了《丛林血狼》《走出野人山》《军犬烈焰》《蓝眼》《鹤殇》《梅花鹿角》等十余部中长篇儿童小说。特别是他的《丛林血狼》《走出野人山》深受少年、儿童的喜爱，当月销售量就达到数百万册以上。

不仅如此，毛云尔还是一个创作多面手。他的多篇散文被浙江、江苏省等多省选为校本教材读物。精炼、精致、清新、如诗是毛云尔散文、小说语言的最大特色。

中国著名童话作家吴牧玲曾经这样高度评价他：毛云尔是一位"精品意识"特别强的作家。他写得很慢，如同一位宝石镶嵌的艺人。在成堆的原材料中精心挑选着每一颗“宝石”，仔细打磨后，安置到最适当的位置……从谋篇布局到遣词造句，他的每一篇作品都是如此。

读毛云尔的作品，感觉从头至脚至心都被一种柔软的美包裹着，犹如秋天睡在草地上被暖和的阳光照耀着，听见微风拂过杨柳的缝隙，看见蓝天上的丝丝白云要飘往哪里去的惬意与舒适，又如瞥见春天干枯的树枝突然冒出的点点新绿，听见春天花开的声音的那种美好与惊喜。

毛云尔的情感是丰富的，内心却是敏感的。他喜欢喂养小动物。他家喂养了一条沙皮狗，曾因狗的样子丑陋而被同事讥笑，毛云尔竟难过得像个小孩一样直掉眼泪。

毛云尔从不去揣摩、描述人性和人心的险恶。他的作品，无论是散文、诗歌，还是儿童文学，都充满了人性的光辉和悲悯情怀。读毛云尔的作品，让人感受到一种淡淡的美和一种莫名的疼痛与伤感。

毛云尔热爱一切生命。在他的笔下，《盛满月光的陶罐》，那块《会飞的石头》，那枚《开花的牙齿》，都是那样精灵古怪，富有生命力。即使是凶恶的狼、咬人的小蚂蚁在他的笔下也变得个性丰满、温情脉脉。

毛云尔的心地非常善良。他同情一切弱者。他的作品基本带有人文关怀和悲悯情怀。

牛是勤劳、负重、隐忍的象征，是底层劳动人民负重的象征。毛云尔在他的《牛泪》一文中，以充满疼痛、同情与真情的笔调这样写道：“牛大惑不解，不知道这到底是怎么了。铁锤再次重重地砸下来，仿佛携带着整个天空的重量……那是最坚韧的颅骨和最坚强的意志在铁锤下粉碎了。牛庞大的身躯开始摇晃，无法抑制地向一边倾斜，挺立的四肢缓慢地跪下来……”

“乖驯，温和，踏踏实实，勤勤恳恳，多少剽悍与情性的天性尽失，却还是免不了陈尸旷野。”“牛死了。牛死的时候，眼角挂着一滴泪……这是一滴泪一样的月亮，硕大，晶莹……”

我看到了牛的眼泪，也仿佛看到了毛云尔像月亮般硕大、晶莹的眼泪。这哪里是文字，分明是一颗心的泣血与颤抖！毛云尔对面朝黄土背朝天，像他父亲一样的、生活在弱肉强食的环境里为生计所迫，不能够主宰自己命运的底层人们表达了深深的同情、忧虑与强烈的关注。

毛云尔的散文始终将笔触向最广大的、隐忍的、坚毅的生活在这片土地上的人和物，如《父亲的棕榈》。“这几棵棕榈生得矮小而萎缩……”当父亲用“薄而弯曲的刀片”，“将紧裹着的红褐色棕衣一张一张地剥下来”，我问父亲：“棕衣就是棕榈的衣服，剥光了它们怎么过冬呢？”“伫立一旁，父亲久久注视的目光是那样地深长耐读。其中，蕴含有隐隐的内疚与不安。有请求原谅的意味，有源自肺腑的感激。”当后来这棵“棕榈死了”，父亲“把这棵棕榈挖起并运走”，“是不让其他的棕榈为之悲恸欲绝”。“在以后的日子里，每当我注视这些棕榈的时候，一种敬意从心中油然而生……”

牛泪、棕榈、陶罐、青草、石头等生活中常见常被我们忽略的最底层的东西，在毛云尔的笔下都是有性灵的、有血肉的高大形象。

毛云尔的散文不喜欢刻意去描摹一件事情的经过，起因与结果。他喜欢运用跳跃性的思维来联想，来渲染事物本身所产生的效果与意义。如在《一顶草帽被春天的槐花砸伤》中，“姐姐” 因生活困顿被迫辍学，毛云尔没有写“姐姐”是如何落寞、失望。

“她单薄的身影如同麻雀，落在田野里。”简单的一句，让人浮想联翩。“姐姐”多么落寞、孤单、无助，让人不禁对“姐姐”莫名地心疼起来。

当“姐姐”有了一顶戴在自己头上的草帽以后，毛云尔这样写“姐姐”的开心与高兴：“尽管躲躲闪闪，你还是清楚地看到了草帽下姐姐一闪而过的脸。一顶草帽就让姐姐笑了起来……”，“姐姐头顶上的草帽一会儿左边高一会儿右边低，让人觉得，风在弹奏着它们，而蝉和姐姐的歌声便是风洒落的一地音符。”这是一个多么容易满足、懂事、让人心疼的姐姐！苦难的童年，爱美的年龄，一顶小小的草帽就让姐姐开心不已。她居然忘记了辍学带给她的悲伤与痛苦。

在这篇文章中，没有一个完整的故事情节，但又叙述了七八件小事。叙述的事情虽然较多，但我们一点也不感到叙述的烦琐与零碎，让我们看到了毛云尔姐姐苦难的童年与深厚的姐弟情谊。

毛云尔善于用富有诗意的意境衬托人物的悲壮美和凄凉美，达到让人们对美好事物赋予深深的同情与歌颂。写“姐姐”辍学在田地里劳作时的无聊，“你无所事事，出于小小的探究与好奇心，在毛茸茸的豆叶背后捉到一只蝉。它那嫩黄的身体在你的手里颤抖，那些源源不断的或忧伤或喜悦的声音就是从这颤抖的身体里流淌出来的。你惊讶：这小小的身体里怎么盛得下这么多的忧伤与喜悦呢？”在毛云尔的散文中多次运用了这样的写法。如《牛泪》《一只盛满月光的陶罐》《被风转动的门》，等等。

毛云尔不愧是个天才作家。他不仅散文写得好，动物小说写得更是出色。毛云尔有一颗儿童般纯洁的心。

用散文一般的语言写童话是毛云尔童话最大的特色。在他的童话里，我们读到的不仅是一个个生动、形象、曲折、美好的童话故事，更是在广大读者的面前展示了一幅幅自然秀美的风景图，动物灵动、智慧、有情有义的生活图画。

如毛云尔写的一系列的温情动物小说，《蓝眼》《军犬烈焰》《鹤伤》《梅花鹿角》《走出野人山》，等等，我们都可以看到类似生动的描写。

不仅如此，毛云尔的温情动物小说系列具有纯真的美和人文情怀，读来让人感觉具有泥土一般的朴实、山泉一般的纯净、幽兰一般的淡雅与芳香，语言散发着春天泥土般的清新。让孩子们捧在手里百读不厌，并在不知不觉的阅读中受到了美好道德情操的熏陶，让孩子们在赏心悦目的阅读中一步步地走向成长。

如《蓝眼》是毛云尔老师的动物小说新作。蓝眼，这只年轻的獴，向往着远方，想法却并不被族群认同。然而，在族群即将遭受灭顶之灾的情况下，他挺身而出，承担了突围的重任。最终，他实现了自己的梦想，也带领族群找到了新的家园。毛云尔实际上在给孩子讲一个儿童成长的故事。

追寻梦想，承担责任，这是所有人成长中必然经历的阶段，有探寻的迷惘，有坚持的信念，有成长的喜悦。獴，年轻有血性，在实现梦想的途中也曾迷惘，符合青少年成长过程中的特点，让我们感觉书中的獴就是我们曾经的自己。

如《军犬烈焰》中他这样写道："不再提起那些疲倦，不再描述那些悔恨，也不再重温那些欣喜，连同所有错过与败北。你其实已经停歇太久，劳累并不是长久停驻的理由。我知道你还能够更努力些，我知道你还能再往前走。请永远记得，你还有很长很长的路要走，你所选择的路并没有到尽头。"毛云尔借军犬的自言自语，意在鼓励孩子们要不断地追求进步，努力地成长，不要在成长的过程中给自己寻找任何停顿下来的理由与借口，可谓是语重心长，也是鼓励自己永远追求，不断超越人生目标。

不断地努力与追求，让毛云尔才五十出头的年龄，头发全白了，脸上有着同龄人所没有的沧桑与敏锐，也成就了今天著作等身的毛云尔。

2013 年，毛云尔与吴牧玲老师等人被中宣部聘为讲师团的讲师，不定期地向全国的少年儿童进行成长过程中的理想主义和挫折主义教育。他们的作品被中宣部指定为全国少儿必读书目。毛云尔的很多文章被江苏、浙江等省的很多学校作为校本读物。

这又让我想起斑叶兰——需要一亿粒斑叶兰种子才能开出一朵花来的斑叶

兰，在尘埃中最小、最不被人瞩目，却是在尘埃中最坚守、最隐忍、最顽强、最耐得住寂寞的斑叶兰，终于开出了一朵最炫丽的、让人眩目的花来！

我在心里默默地对着斑叶兰行注目礼。

# 老屋的尊严

年过半百的老余是我们单位的同事。临近过年，我问他："余主任，回老家过年吗？"

老余望着我，叹了口气说："还有什么老家。父母不在了，一幢老屋就没有人收拾，已经破得没有尊严。回去有什么意思？"余主任说这话时带着无奈与失望。

老屋也有尊严！余主任的话让我的心也被什么撞击了一下。于是我也想到了我家的老屋，我也有很多年没有见她了。

我家的老屋又是什么样呢？是不是也和余主任家的老屋一样老得没有尊严？

在一个下着细雨的日子，我回了老屋一趟。

距离一百多米的地方，我远远望见了老屋。破败的老屋像个孤苦无依的老人矗立在细雨中。一根根细细的、横斜相交的雨线像根鞭子抽打在老屋身上。我看到老屋瓦楞上长得老高的杂草被风吹得向左右两边拼命地摇摆，显出一副孤寂与荒凉的场景。

很久没人住的老屋的台阶前后，甚至老屋的墙壁缝隙里也长着疯狂的杂草。它们肆意地昂着头，在风中摇摆、跳舞，似乎在向我们示威，这老屋是它们的家，我们才是外来侵略者。布满青苔的堂屋里，走上去滑溜溜的，稍不小心就会摔跤；成群结队的蚂蚁、臭虫在堂屋里自由地进出，俨然它们才是这老屋的主人。

细雨汇成的股股水流不断地顺着瓦楞的勾沿往下流，滴在老屋前的台阶上。用黄土砌的台阶已经被雨滴、风吹日晒腐蚀成一个个凹凸不平的坑。年久失修的老屋的瓦楞上有几个大小不一的孔，正在往屋子里漏着雨。"滴答滴答"的雨滴声与屋漏声仿佛是老屋呻吟、哀叹、苟延残喘的声音……

老屋墙壁上的土块也在一块一块地脱落，满是沟壑，像被谁用刀不小心划过一样。灶房里有几只蟑螂在大摇大摆、肆无忌惮地爬行，几只胆大的老鼠居然在我们的眼皮下“嗖”的一声溜过去了。

土墙上除了挂满蜘蛛网外，土蜂在上面做满了泥蜂窝。老屋里的桌子、椅子、碗柜等，总之，老屋的每个角落都沾满白色的灰尘，用手摸上去便留下几个清晰的指纹印记，老屋脏得连一个坐的地方也没有。

老屋像一个蓬头垢面的村妇，更像一位灰头土脸、衣着褴褛、佝偻着腰的老人，脸上写满沧桑、凄凉、落魄与狼狈。

特别是挂在堂屋前的那幅被母亲看得至高无上的家神亦是尘垢不堪。那张写有“天地君师亲”的红纸只剩下了半张，这剩下的半张纸也被风吹着“哗哗”作响；留在香炉里的香灰不再是乳白色，全变成青灰色的了，且板结成硬硬的一块，无论怎么用手戳也戳不动。

这还叫老屋吗？分明就是一座破烂不堪的冷庙！我的心异常沉重。我站在老屋的门口，眼前的一切让我无法挪开脚步，飘进老屋的冷雨、冷风刺痛着我的每一根神经。

老屋是土墙结构，已有一百多年的历史，是外公外婆留经给我们的，我父亲是这老屋里的上门女婿。

那时农村因条件所限，砌的是土筑成的房子。外公告诉我，泥筑的墙要比砖头砌的墙牢固很多。就连地板也是泥土筑成的。建成一幢房子，光地板就要用大大的、厚厚的木扇板扇个多月，才能将地板扇平坦、扇紧实。当然用泥筑的地板用久了，容易被拖来拖去的桌椅拖得高低起伏、凹凸不平。

在现在城市乡村到处是烟砖、水泥砌的房屋中，泥筑的老屋的存在显得很另类。

母亲是个很爱干净、整洁的人。那时，老屋虽然简陋，却被母亲收拾得干干净净、井井有条。特别是锅台、炉灶、桌椅更是被母亲抹得一尘不染，甚至火炉里挂铜壶用的铁钩也被母亲用瓷片刮了一次又一次，直到用手摸上去不沾一点灰尘为止。

晚上的灶台，母亲不允许我们放一丁点东西在上面。母亲说：“灶是有灶神的。白天搁千斤，晚上不搁灯芯。”要我们敬畏灶神。

母亲把老屋看得很重很重，她决不允许我们在墙壁上乱写乱画。在我们这里，很多地方被叫作某某大屋。如有名的方家大屋、陈家老屋、李家垅，等等。这一个个原始而朴素的叫法容易记住，也记录了一个家族兴衰的命运与历史。我家的老屋叫檀冲老屋，是因为门前的水塘边长了一棵大大的檀树。很久以前，一个小孩在水塘边玩水，不小心掉入水塘，幸亏被这棵檀树挡住了……老屋的人们觉得这棵檀树是棵吉祥树，就把老屋改名叫檀树老屋，后来叫檀冲村。

那时我家的老屋是很有生气的。堂屋里的桌子上面永远有烧不完的香烛。初一、十五、逢年过节，母亲都要去敬家神菩萨。母亲决不允许我们对家神有半点不敬。母亲说："香炉在，神明就在。神明在，老屋就平安，你们也就平安。"

老屋经常有邻居大婶、叔伯来串门。凡是来老屋做客的，母亲总是以微笑相待，以当时最朴素而又最隆重的礼仪相待：泡一杯自制的烟茶，端出一碟炒红薯片，温上一两盅谷酒，或是煮一碗香喷喷的茴粉皮，下面埋着两个荷包蛋。老屋里不断传来哈哈大笑的声音，整个老屋洋溢着温馨、快乐与和睦。

老屋后面的那口老井是村子里十多户人家的饮水之地。每天天不亮，老屋在乡里乡亲的扁担、铁桶的碰撞声中苏醒过来，开始了它忙碌的一天。

老井里的水一年四季清澈见底。老井的四周被母亲打扫得干干净净，一尘不染。碰到初一、十五或者是重大的节日，母亲和邻舍总不忘在井边插上几根香烛，放上几素几荤的菜肴虔诚地敬拜泉神菩萨。我们几个小伙伴常常围着老屋玩捉迷藏、过家家、跳房等游戏。

那时候的老屋是快乐、温馨、充满生气的，在母亲和我们的心中是至高无上的。

老屋的前面有一个大大的地坪，对面住着我的几个堂舅。夏天的傍晚，我们都喜欢搬出椅子、凳子或是竹床坐在地坪里，手里摇一把蒲扇，坐在皎洁的月光下，听乡亲们天南地北地海聊。侃大山、聊收成，谁家最近嫁女收媳妇啦，谁家打了野味啦，都在老屋公共的地坪里晒出来，老屋也静静地伫立在月光下与我们一起倾听……

有时热情好客的细叔外婆将她放在木桶里养了几天的黄鳝剁细，然后辅以茴香、霍香、芫荽、老姜、辣椒，做成一大盆黄鳝面，端到地坪里给我们这些侃大山的人打牙祭。黄鳝的香味啊，弥漫了整个地坪、整个老屋。至今，只要一想起，我仍是垂涎欲滴。

那时是集体出工。早晨，只要有一个人吆喝一声，马上就会有扛着犁耙的乡亲从各自的老屋出来。他们相互吆喝着，戏谑着，打着哈哈走在老屋前面的小路上、田地里……开始了一天的劳动。

我最喜欢的是在傍晚看栋栋老屋里人家瓦楞上升起的缕缕炊烟，柴火灶里火苗发出的"毕剥毕剥"的欢笑声，最喜欢闻柴火的清香味。我知道不多久，母亲就会站在老屋前的台阶上，亲切地叫唤一声：“茹妹子，回屋吃饭啰！”

临近过年时，火塘中间的铁钩上挂满了一块块熏得黑黑的、香喷喷的腊肉。一把老式铜吊壶的壶盖被沸腾的水冲得“啪啪”直响。我们一家其乐融融地围坐在火炉旁烤火、吃饭。那个时候，老屋和我们都是最幸福快乐的。

我和弟弟很任性调皮，吃饱了没事做时经常用脚在老屋的身上使劲地踢、打，用刀和棍子在老屋的墙壁与门槛上乱砍乱捅，让老屋周身布满伤痕，老屋像个慈祥、宽容的老人默默地忍受着我们的任性和胡来。

累了，口渴了，我们跑回家。老屋的柴火房里，母亲早已将一杯杯烟茶泡好在那儿，我们不管三七二十一，一仰脖子“咕噜咕噜”地一饮而尽。

冬天寒冷的日子里，我们围坐在老屋的火塘前烤着炉火，听着松树蔸燃烧发出“毕剥毕剥”的欢快笑声，老屋弥漫着浓郁的松香和父亲在火塘前温谷酒时飘出的清香。父亲在火塘前眯着眼睛抿一口谷酒，然后往嘴里丢一粒粒自制的小豌豆的情景仍不时在我的眼前浮现。

最温馨的时刻是吃饭的时候。火塘的铁钩上，一口大铁锅里盛满了蔬菜，锅铲上放着一碗辣椒炒豆豉。我们姊妹你一下、我一下地在铁锅里夹着菜，铁锅在我们姊妹的夹菜中晃来晃去。铁锅里盛的虽不是美味佳肴，但我们吃得津津有味。笑声充满了老屋的每个角落，连火塘边呼呼的火苗也“噼里啪啦”地在欢笑。

很多个午后和黄昏，父亲喜欢坐在老屋前的那棵大槐树下，眼睛张望着前方盼我们放学归来。

在女儿的眼里，夕阳西下，一位老父亲坐在老屋前的槐树下的盼望是老屋最美的一幅风景画。

江南多春雨，母亲则喜欢坐在老屋的窗户下纳鞋底、做鞋垫，不时将锃亮的针尖在乌黑的绣发上磨上两下，老屋的窗棂映着母亲好看的脸庞和娇小玲珑的身影。

收获的秋天，老屋的角落里堆满了一只只肥大、壮实的红薯和一堆像小山一样饱满、结实的稻谷，还有母亲从山上采摘下来的裂开嘴巴微笑的茶籽及溜光圆润的黄豆……

记忆终归是记忆，不能代表现实。现在的事实是，随着城市人口越来越集中，越来越多的老屋被我的父老乡亲所抛弃，老屋也许永远只是留在人们脑海中的一个记忆。

值得欣慰的是，2017 年 10 月，党的十九大提出实施乡村振兴战略，不久又提出加强农村人居环境改善，越来越多没有尊严的老屋被拆除，取之而代的是一栋栋钢筋水泥筑的房子。现代都市的钢筋水泥屋虽然漂亮、住得舒适，却永远无法与简陋老屋里曾经的生气、温暖与幸福相比……

# 附录　成长相邀（校园作品）

# 中等生

## 一

王雨轩背着书包，情绪低落地来到屋前不远处的一处河堤上，河水映着他一张沮丧的脸。他实在想不通……

“今天的厕所分明是他与陈小雷扫的。可班主任李老师偏偏只表扬陈小雷……”

下午最后一节班会总结课，李老师一边微笑地看着陈小雷，一边表扬：“今天扫厕所，陈小雷扫得特别干净。别看陈小雷平时调皮得很，不怎么爱学习，但劳动起来一点也不含糊。”全班好些同学都向陈小雷投去赞许的目光，甚至有的同学还鼓了掌。

“哼，明明我也参与了呀。好几次屎尿都差点儿溅到裤子上……”

王雨轩嫉妒地用眼睛瞟了一眼陈小雷：陈小雷微笑地迎着李老师的目光，身子坐得笔直。平时上语文和数学课，陈小雷都没有这么认真听讲过。

王雨轩除为自己愤愤不平外，还为女生陈书雅打抱不平。王雨轩明明看到陈书雅扫了操场，她在倒垃圾时还被垃圾桶绊了一跤，膝盖都摔出了血。可李老师表扬的名字里没有陈书雅，只表扬了与她一起扫操场的班长卢小阳。卢小阳不就是成绩好嘛。可陈书雅也不错呀：除了成绩比不上卢小阳，可她尊师守纪，说话和气，对谁都友好；劳动积极，从不与人争功。

上次，天突然下雨，王雨轩和班上几个同学没带雨伞，住在学校旁边的陈书雅马上回家把家里的雨伞全拿出来给了王雨轩等几个同学。

杨思清、何珠玉的家距离学校最远，陈书雅就自告奋勇地把每个星期三杨思清、何珠玉放学后轮值扫教室的事包下来，让杨思清、何珠玉不用摸黑回家。

王雨轩转过身子朝后面的陈书雅偷偷地看去。陈书雅坐得笔直，似乎很认真地在听课。可王雨轩知道陈书雅在开小差。因为王雨轩看到陈书雅的眼睛在专注地看着黑板上方一幅画中的小鸟在发呆，脸上的表情冷得像立在天岳广场里的那幅雕塑……

王雨轩故意大声地干咳几声，希望引起李老师的注意。可李老师根本没听到他的咳嗽，把脸侧对着他，继续大张旗鼓地表扬班上的其他同学。

王雨轩失望极了。他的心里仿佛有许多只虫子在撕咬。他感到浑身难受。

## 二

王雨轩站在堤坝上，拾起几颗小石子，狠狠地向河中心掷去。“砰”的一声，河里溅起一朵朵小小的浪花。

王雨轩盯着那几朵小浪花看了好一阵。他觉得自己就是那几朵小浪花中的一朵，因为太普通，放在河里，是多么不显眼。在无数朵往前涌动的浪花中，有它不多，无它不少。他突然可怜起那几朵小浪花来。

等王雨轩回顾神来，再去河里寻找那几朵小浪花时，他怎么也找不到了。小浪花已经融入河里消失不见啦。映入王雨轩眼帘的是那些在小河中喧嚣、跳跃，像雪一样晶莹的大朵浪花与急速、不停在河里打着圈的漩涡。

想着那些消失的小浪花，王雨轩心痛得掉了眼泪：“小浪花，你为什么不能变得强大一些呢？那样的话，你就不会被大浪花吞没啦。”

王雨轩就这样一边站在河边看着河水“哗啦哗啦 ”地往前流，一边想着自己的心事，直到太阳完全西沉，他才慢慢地拖着书包回家。

父亲看着才回家的王雨轩并没有问他晚归的原因。

“怎么才回来，饭菜蒸在锅里……”父亲简单地交待了一句，便放心地到邻居家打麻将去了。

王雨轩的父亲根本不用担心：自己的孩子虽然成绩不拔尖，但从来不会出乱子。作业总是能按时完成，不像别的孩子，需要家长守护在跟前才能完成。可以说，这是一个让老师和家长省心不少的学生。这正好给了父亲许多空闲去打麻将。赚不到什么钱的父亲常常拿这点在邻居面前引以为自豪。不像隔壁邻居家小孩的家长，三天二天就被老师叫到学校，让邻居家长很没面子，很恼火。

父亲对王雨轩的要求也不高。

父亲对王雨轩说：“我不奢求你学多少多少的知识，不奢求你将来有多大出息，只要你听话不乱来，将来搞个高中毕业能帮我记个账就行。假如世界上的人都去坐轿，那谁来抬轿呀？”

父亲宽松的管教让王雨轩在学习上从来没有感到过多大的压力，也不担心成绩不拔尖而被父母责怪。当然他也没任何动力。因而他的成绩在班上总是不上不下。用老师的话来说就是，王雨轩就是个中等生。

## 三

“李老师，教室窗户上的几盆绿萝不知道被谁掐断了几根！”

星期一的早晨，班主任李老师刚到办公室，班长卢小阳就气喘吁吁地前来报告。

“是吗？”李老师赶紧跟着卢小阳来到教室。果真，放在教室窗台上的四盆绿萝不知被谁掐断了好几根茎。剩下的、没被掐断的也是东倒西歪，一副要死不活的样子，让人感觉教室里好像刚遭遇过一阵台风。

“是谁与这几盆绿萝过不去呢？”老师、同学都在揣测。

“除了陈博，还有谁？上次教室的扫把也是他弄断的。”班上一个快言快语的同学说。

“你胡说！你有什么证据证明是我弄断的？”陈博指着那个快言快语的同学，生气地质问道。

“别争啦。先上课。下午放学，陈博留下来配合调查！”李老师板着脸说。

上课了。李老师擦黑板，却怎么也找不到黑板擦。班长卢小阳只好用擦玻璃的抹布擦黑板，湿湿的抹布擦在黑板上留下许多水渍，让很多学生看不清黑板上的字。

李老师很生气，他发动同学们找黑板擦。最后黑板擦被王雨轩在垃圾桶里找到。

“是谁把黑板擦丢到垃圾桶里去的？”李老师生气地问。

“肯定是陈博！”一个叫陈怡的女同学大声地说，“上个星期五下午放学时，我看到陈博拿着黑板擦在玩！”

“我的头上生癞子啦，什么都怪我！我没有把黑板擦丢到垃圾桶里！”陈博瞪着一双冒火的眼睛怒视着女同学，“星期五下午放学，我一直与王雨轩在一起。我是拿黑板擦玩了，可王雨轩也玩了呀。”

“你不要将视线转移到王雨轩身上！王雨轩可不会像你一样差！”女同学不

甘示弱地回击。

“是的，我也不相信王雨轩会把黑板擦故意藏到垃圾桶里。”李老师看了看陈博，又看了看王雨轩说，“王雨轩可不像你陈博一样要老师操心！只有你陈博天天要老师操心！”

“我、我、我……”听李老师这样说，王雨轩激动起来。他涨红着脸，结结巴巴想要说什么。可是第一次被同学这样众目睽睽地注视，第一次被老师间接地表扬，王雨轩激动得竟然说不出一句完整的话来。他“我”了很久。

看着王雨轩急得涨红的脸，李老师怒斥着陈博：“陈博，你不仅藏了黑板擦，竟然还想冤枉王雨轩！你真是太不应该了！”

李老师的语文课，王雨轩坐得笔直，他睁着大大的眼睛看着李老师。这堂课他听得前所未有的认真。他觉得今天李老师的声音特别柔和、动听，像操场上树上的那只唱歌的画眉。

下了课，王雨轩走在操场上，脚像踩了弹簧一样轻松。

## 四

第三节数学课。

平时不爱在数学课堂上发言的王雨轩今天表现得很活跃。当杨老师问什么是勾股定律时，王雨轩把手举得老高，手臂不断地震动着桌子发出“咚咚”的声音，在静静的教室里格外刺耳，引得同学们的目光齐刷刷地朝王雨轩看去，甚至有的同学偷偷地笑起来。王雨轩今天是怎么啦?

“哪位同学来背诵勾股定律？”杨老师的眼睛朝班上同学扫去。

王雨轩急切地看着杨老师喊道：“我来！我来！”

杨老师终于把目光朝王雨轩这边看来。

“杨老师注意到我啦！杨老师注意到我啦！杨老师要叫我背勾股定律啦！”

王雨轩一边热切地迎接着杨老师的目光，一边在心里背诵着勾股定律。他想要自己回答得不出一丁点儿差错。

“杨思思，你来回答这个问题。”杨老师突然喊了与王雨轩坐在一起的杨思思回答。

“原来杨老师看的并不是我啊，是我在自作多情罢了。”

王雨轩看到陈书雅举着的手慢慢地放下了，脸上的表情像蒙了一层雨雾的玻璃，让人捉摸不透……

有几个调皮的同学看着王雨轩一副尴尬的样子，发出“嗤嗤”的偷偷笑声。

王雨轩感到无地自容与无比失落。早知道如此，他就不该举手。他恨不得地板上突然裂开一条缝，他好钻进去。他恨自己刚才为什么要举手？他掐了一下那只让他丢人的手。

两行眼泪早已无声息地、悄悄地滑落到眼角边，掉在了桌子上。怕同学看见，王雨轩把头伏在桌子上。为掩饰自己的窘态，他用那只高举着的右手装作在摸自己的头……

他多么羡慕杨思思这个学霸，每个老师都喜欢叫她提问。还有班长卢小阳、学习委员陈佳佳，都是老师喜欢提问的对象。

“下个题目比较容易，我想请陈博同学回答。”杨老师这次干脆不用学生举手，直接叫学生回答。

陈博刚把答案说出来，全班同学就哄堂大笑。

杨老师看着陈博，无奈地摇摇头说：“这么容易的题目你也做错。陈博，你太不认真啦，你太让我失望啦。下午放学时，陈博留下来补课！”

杨老师后来说了什么、布置了什么家庭作业，王雨轩一句也没有听进去。他的思想一直在跑偏……

## 五

今天，数学老师杨老师清点数学课堂作业本时发现少交了一个本子，问数学科代表，才知道是王雨轩没交。

“还有谁没交钱？”

英语老师在统计学生交英语补课费时才知道少了两个人的钱。

“报告老师，王雨轩、刘佳佳没交！”

“王雨轩？刘佳佳？”英语老师蹙着眉，看着座位好一阵，似乎在回忆哪个是王雨轩、哪个是刘佳佳。英语老师摇摇头，尴尬地笑了一下。王雨轩、刘佳佳长什么样子：是高还是矮，是胖还是瘦，常穿什么衣，她还真想不起来。

刘佳佳呢，是班上的一个闷葫芦，比王雨轩还普通。每天静静地坐在教室右边靠窗倒数的第三个座位上。除了每天的阳光眷顾她以外，王雨轩也应该没有关注过她。

听到王雨轩、刘佳佳没有交钱，班上的同学都把眼睛往教室里扫，想看看这两个同学为什么没有交钱。一看，教室里空缺了两个位置。原来两位同学感冒好几天了。同学们这才记起了班上有个叫刘佳佳的同学，今天感冒没来。

下课时，陈博问班长："刘佳佳长什么样子？是从别的地方转学来的吗？"

## 六

病愈后的王雨轩像变了一个人。他变得更加沉默，性格变得有些孤僻、怪异。

比如穿衣服不再整洁；上课经常迟到；听课时，王雨轩常常伏在桌子上打瞌睡；要不就是望着窗外久久地发呆；要不就是冷不丁地摸摸前排女同学的辫子、衣裳，吓一吓女同学……

科任老师陆续向班主任告状，他们列举着王雨轩在课堂上、在学校里一条条不听话的"罪行"。李老师终于忍受不了啦，把王雨轩请到了办公室。

历史、地理老师见王雨轩进到办公室，连忙扭过头问班主任李老师："这个学生叫什么名字？最近就是他经常捣乱，影响课堂纪律！"

"我叫王雨轩，初二（三）班。怎么啦？"还没等李老师回答，王雨轩歪着头，将手背在背后，神气地、自告奋勇地回答了。

"王雨轩，你好像还挺有理，挺光荣的啊。你知道最近你都做了些什么吗？"李老师听到王雨轩迫不及待的回答，气坏了。

"你就是王雨轩啊。你现在可是班上最不听话的学生。"历史老师看着王雨轩，也挺生气地说。

"王雨轩吗？你有好些天的地理作业没有交了呢。"地理郑老师也告状。

"听见没，听见没，王雨轩，看你变成了什么样子。各个科任老师都开始向我告状。你现在变得连陈博都不如啦！"班主任李老师用严厉、不满的眼睛看着王雨轩说。

王雨轩看都不看李老师一眼。他歪着脑袋，噘着嘴巴，眼睛一直盯着窗外，沉默着。

"为什么不说话？"李老师盯着王雨轩。

"不想说！"

"难道还有隐情不成？王雨轩、王雨轩，以前的你可是不需要老师操心的。”

“我以前的确不是这个样子的。可是现在我就是要变坏！”王雨轩扭过头盯着李老师歇斯底里叫起来。他把“我就是要变坏！”说得很慢很慢，声音也提高了八度。

“噗”的一声，李老师惊讶得把刚才喝进去的茶水喷了出来，这是她第一次听到有学生说想变坏。

“别人都想变成好孩子，为什么你就想要变成坏孩子？”李老师弯下腰，惊讶地问王雨轩。

“是呀，为什么想要变成坏孩子呢？总得有个理由吧？”地理老师和历史老师都惊讶得转过身来看向王雨轩，想从他那里得到答案。

“没有什么理由，我就是想变成坏孩子！变成坏孩子的感觉很好！”王雨轩噘着嘴巴，毫无表情地重复了一遍。

“想变成坏孩子？变成坏孩子的感觉很好？”李老师重复着王雨轩的话。她第一次觉得眼前这名平时她认为最熟悉、最了解、最不要她操心的学生突然变得很遥远、很遥远，还很陌生。

“那上次教室里的绿萝是你掐断的？黑板擦也是你藏起来的？”

“不错，这些都是我做的。上次教室门楣上的扫把也是我放上去吓邱惠敏的。”王雨轩得意地说。

“王雨轩，你、你、你……真是想不到哇！陈博都在进步。可你现在连陈博都不如！”李老师痛心疾首地看着王雨轩说。

“呵呵，不这样做，您会叫我到办公室里来吗！”王雨轩这几句话几乎是吼出来的，“您左一个杨思思、卢小阳，右一个陈博、陈佳佳，您何曾关注过我？”

吼完，王雨轩的眼泪像决了堤坝的河流……

李老师被王雨轩的话惊呆了！办公室的其他老师也被惊呆了。他们的表情变得十分凝重而复杂……他们低下了头似乎在思索着什么。

李老师赶忙拿来纸巾替王雨轩抹掉眼泪，一脸愧疚而又心痛地抱住王雨轩：“对不起，是老师忽略你了……”

# 留长发的小女孩

陈小露走在放学回家的路上，她双手捏着书包带，步履迈得很急促，一条蓬松的长辫子在后背快速地扭来扭去，扎在发尾的红绳子像只飘飞的蝴蝶。头发蓬松、柔顺、乌黑发亮，散发着一种朴素而自然的美。厚厚的长辫子已垂到背部，有点沉。这拖在身后的长长的辫子与一个只有十三岁年龄的瘦弱女孩很不相称。以致陈小露经过时，路人都对她扭动的长辫投去好奇的目光。

陈小露的后面跟随了几个男同学，他们一边走，一边高声唱着："村里有个姑娘叫小芳，长得好看又善良，一双美丽的大眼睛，辫子粗又长……"有的同学追着她的辫子跑，一边喊她"癫婆"。这也难怪，陈小露的长辫子似乎从来没有好好梳理过，总是蓬松着，像一根没有压紧的稻草绳子，露出很多的"稻草"在外面。

陈小露根本无暇顾及男同学究竟是发自内心对她辫子的称赞，还是在讥讽她，她只顾埋头走路，她只想快点到家。

走着走着，山路边一簇簇鲜艳的映山红吸引了她的目光。"咦，映山红！"这一簇簇映山红在空旷的路边显得格外鲜艳，像一团熊熊燃烧的火焰。

陈小露的脸上惊诧了一下。她弯下腰来，轻轻地摘下一朵，放在鼻前眯着眼睛闻了一下，然后轻轻地摇摇头，眼睛里掠过失望。唉，映山红好看是好看，却不香。她拿着映山红愣了几秒钟，然后把映山红轻轻地别到发尾。

"妈，我回来啦！"到家的陈小露把书包往椅子上一扔，快步来到母亲的床边，慢慢地扶起母亲靠床边坐着，再拿来尿桶让母亲方便。憋了一个下午的母亲看到陈小露回家，眼睛里有东西闪烁了一下。小露打来温水，慢慢地为母亲擦脸、抹身子、换衣服。

长长的辫子也调皮地跟着甩到了胸前，甩到了母亲的跟前，轻轻地摩挲着母亲的脸。

"映山红开啦！春天来了吗？"看到女儿发尾别着的映山红，母亲异常兴奋。

母亲像个小孩一样问着陈小露："小露，不看到你头发上的映山红，我真不知道春天已经来啦。你告诉我，门前那棵枣树开花了没有？对面土地边那些黄花开花了吗？我们家田地里的草籽花也应该开得很旺盛吧？我最喜欢看田地里的草籽花啦……"

听着母亲一连串的发问，陈小露心里很不舒服，一阵阵酸楚与痛苦涌上心头。要是母亲能站立、行走的话，每年的这个时候，母亲都要为陈小露做上几个用草籽花编织的花环戴在小露的头上。假如去年的那天，自己不那么任性，偏要去坎上摘一朵什么花，母亲也许就不会摔下来……

想到这儿，陈小露的眼睛一阵湿润。她怕母亲看出她的伤心，于是装作清了清嗓子的样子回答母亲："娘，再过三个月，枣树就成熟啦。到时我要摘很多很多的枣子给你吃。对面土地上的黄花开得可多可漂亮啦。我准备摘下来晒干卖钱呢。至于草籽花嘛，也开得非常茂盛呢。"

母亲认真地听着，眼睛一眨也不眨地看着窗外，一副很向往的样子。陈小露知道，母亲的脑海里满是盛开的枣花、黄花与草籽花！那是母亲一生最喜爱的花！

陈小露看到，沉浸在憧憬中的母亲脸上露出一丝欣慰和满足的笑容，但那笑容转瞬间就消逝了，继而流露出丝丝失落的表情。

去年的这个时候，母亲扛着锄头给门前的枣树施肥，到对面的坎上摘黄花。

母亲只想让枣子多结一些，经常把家里的鸡粪往枣树蔸上倒。枣子是那种小粒的，呈椭圆形的"米枣"。陈小露特别喜欢吃，咬上一口，又脆又甜。每到七、八月，母亲就要把对面坎上土地里的黄花全摘来晒干，开了好多呢。卖出去给小露当学杂费。在陈小露的眼里，母亲从来没有空闲过。

"要不，我扶您出去走走、看看吧？对面土地里的黄花又开了呢。"陈小露说这话时，她看到母亲的眼睛里亮了一下，随即又暗淡下去。

"不，你扶不起的，我有点沉。"陈小露不信，她试着去抱母亲，果真有些沉。她抱得起，却迈不开脚步。她无奈只好放下。

"我就说嘛，你抱不起的。"母亲抱歉地笑笑。陈小露一阵难过，她望向母亲，头发有些灰白的母亲倒不胖，只怪自己身子太单薄、太瘦小。

"要是有个轮椅多好，我就可以推着您出去啦！"小露叹息着说。

"轮椅的梦就不要去做啦，要好几百块呢。你读书都没钱。小露，只怪我、我，唉……”母亲叹了口气，“前年这个时候，我摘了好多葹、桃乜子回来。这两种野果酸酸甜甜的，是你最喜欢吃的呢。可现在我什么也做不了，还成了你的累赘。”

母亲说得没错，农村的春季是野果最多的时候。母亲经常到山上采摘葹、桃乜子、桑椹子、乌刺葹给小露吃。秋季，母亲就到山上打毛栗、摘茶耳朵、鸡瓜子，这些都是城里孩子吃不到的果子。母亲没有因家里买不起水果而让小露吃不上水果。那个时候的小露感觉自己是世界上最幸福、快乐的孩子。

陈小露不能再回忆，她感到心里一阵阵疼痛袭来。她装作甩辫子，转过头去偷偷地抹了一下眼睛，她怕母亲看到她眼睛里涌出的泪水。门前的那棵枣树不知何故，从母亲出事后竟然枯死了。她不敢告诉母亲，她怕母亲伤心。这棵枣树是母亲一手一脚像抚育小孩那样精心培养长大的。

“收长头发啦！收长头发啦！”门外突然传来一个拉着长音、说着普通话收长头发的男高音。

“孩子，收长头发的来了。你把辫子剪掉卖了吧，或许能卖些钱当书杂费呢。”母亲抚摸着小露蓬松的长辫，“看，辫子编得乱七八糟的。剪短一些吧。这样，你梳理起来也不那么费力。”

“不，我不剪。你不是说过最喜欢看我留长发的吗？”

“那是以前。现在是现在。”母亲叹息了一声。

“不嘛。”小露撒起娇来。

“你这孩子怎么就这样不听话呢。瞧你这样拖着一条长辫，好重、好不方便呢。”

母亲终究拗不过陈小露，她摇摇头，对小露说：“来，妈妈为你把辫子重新编一下。”

母亲坐正身子，轻轻地将小露头发的橡皮筋解掉。立刻，一头像瀑布似的黑发倾泻而下，闪着乌黑的光亮。一阵皂荚树的香味不时扑鼻而来。母亲用手轻轻地抓理着。她的手梳理得很慢、很慢，似乎在数女儿的头发究竟有多少根。女儿的长发真柔、真软、真亮，很久没有为女儿梳理头发了。母亲编织得很小心。她怕弄断了女儿的头发，也怕弄疼女儿。

很快，一条长长的、黑油油的辫子就编成了。扎好辫子后，母亲轻轻地拿起床头的一只红蝴蝶结别在发尾。母亲满意地从身后欣赏着：这哪像条长辫子，分明是一条从高空跳跃下来的、闪着亮光的瀑布，又像一条跳动着波光的、弯曲的小溪，又像黑色、光滑的绸缎。那扎在尾巴上的红蝴蝶结像一只在花丛中飞舞的蝴蝶，亦像一团燃烧着的火焰。母亲在心里赞叹：扎着长辫的女儿真的很漂亮！

见母亲许久没作声，陈小露高兴地将长辫在脑后扭来扭去："漂亮不，妈妈？"

"漂亮个屁！趁那个收长头发的还在，赶快剪掉！拖着个长辫子有什么好？"

刚刚捡药回家的爸爸看到正在扭着长辫子的陈小露立即生气起来。他咆哮着、咳嗽着、喘息着，哮喘与风湿让这位才四十不到、瘦小的爸爸的腰显得有些弯曲。他把药往椅子上一扔，从抽屉里摸出一把剪刀，扯住小露的长辫就要"咔嚓"一刀剪下去。幸亏小露眼明手快，赶快用手护住辫子，爸爸的剪刀扑了个空。

爸爸气坏了："你看人家的孩子都剪着短发，显得清清爽爽，唯独你偏要蓄一条长辫，整天蓬蓬松松，像个癫婆，你还以为蛮好看？到了夏天，拖着个长发，不热死你才怪？"

"爸爸，您就让我蓄着这长发吧。我不会因长头发影响学习与做家务的。"

"还说不影响。班主任已经多次向我告状，说你的辫子引发了很多纠纷！"

爸爸说得没错，班上的男孩子不止一次拿陈小露的头发"恶作剧"：上课时从后面把陈小露的发尾偷偷放到桌子上把玩，或者把陈小露的发尾偷偷塞在课桌的缝隙里，或者拿着陈小露的长辫当刷子抹课桌椅，有的学生甚至拿小露的长辫当鞭子去使用……为此，小露不止一次拼尽全力与男同学扯皮、打架。

比如有一天体育课，陈小露在跑步过程中不小心将长辫甩到了后面一个男同学的眼睛上，让该男同学好一阵睁不开眼睛。这位男同学十分恼怒，上前抓住陈小露的长辫一阵乱扯。看到自己的头发被扯下不少，小露伤心了，她哭得声嘶力竭、天昏地暗……

老师除了批评那名男同学外，更是对小露发起了火："限你明天必须把长辫剪掉，否则不要进教室！你看你的长辫给班上带来了多少麻烦！小女孩嘛，就适宜剪短发，显得清爽、精神！"

陈小露看着生气的老师，嘴巴张了张，随即又闭上。她眼泪汪汪地看着班主任说："老师，我知道错了，对不起。以后我尽量注意，可以吗？"

看到哭哭啼啼的小露，老师又一次软下心来。老师实在不理解，陈小露为什么一定要留长发，并且把长发爱惜得像自己的生命一样。

时间一天天地过去，小露的个儿在长高，她的辫子也在慢慢地、漫漫地变。调皮的长辫常常在她的身后摆动，搔弄着她的腰际，似乎在为她挠痒痒。

夏天的傍晚，陈小露常常来到清澈的小溪边，解开长辫子，用手将头发轻轻地抓开，将头发浸泡在清清的溪流中。溪水轻轻地冲洗着她的长发，将她的长发变成一条瀑布……清清的河水中映照着一头乌黑发亮头发的小姑娘。陈小露的心头有微波荡过。

这时，一个小男孩蹑手蹑脚地从后面跑来，偷偷地从后面扯了她头发几下。小露吓了一跳，马上转过身子，怒视着男孩，做出一副拼架的样子。小男孩吓得吐吐舌头，赶紧跑掉了。

陈小露家的屋前长着很多皂荚树，绿油油的。那是奶奶特意栽种的。奶奶在世时，常常带着她去砍皂荚树。奶奶说，用皂荚树液洗过的头发乌黑发亮。陈小露学着奶奶的样子将砍下来的皂荚树用开水浸泡，然后用来洗头。用皂荚树液洗过的头发常常有一种轻轻的皂荚香味。陈小露很喜欢用鼻子去闻。

晚上睡觉时，陈小露侧卧着睡。她不敢仰睡，她怕把辫子压坏。

陈小露的辫子长得越来越长，已经到屁股下面了，给陈小露的生活带来了不便。陈小露因此也变得心事重重。父亲看到陈小露心事重重的样子，更是怒不可遏："留着一个长辫子，还一天到晚魂不守舍，你真的太令人失望了！"床上的母亲也叹息地摇摇头。

突然有一天，人们看到山间的小道上，一个剪着短发、精神清爽的小女孩推着轮椅里的年轻母亲走在山间小路上看风景。母亲好看的脸上挂着慈祥、幸福的微笑，女孩也笑靥如花，短发被微风吹拂起，美丽如门前那一片片顽强盛开的草籽花……

# 塘角鱼历险记

## 一

“我们一定得想法子逃！”我对吓得瑟瑟发抖的丁丁说。

夜黑漆漆的，死一般地沉寂。空荡荡的盆子里就剩下我与丁丁没遭主人杀戮。压在我们头上的盖子隔绝了我们与外界的联系，我们几乎要窒息了。

“逃、逃！”这是我唯一的念头。

“丁丁，逃出这盆子，逃出这黑漆漆的屋子，我们才有活路。”

“我们能逃到哪儿去呢。这厨房的四面高墙又黑咕隆咚的。”丁丁用尖细的声音回答。我听得出丁丁的声音在黑暗中显得有些绝望。

“黑咕隆咚可以掩护我们不被主人发现，这正是逃跑的好时机啊。”我鼓励着丁丁。

“可是我害怕啊。”丁丁带着哭腔说，“万一逃不出去呢？”

“你只要想想白天血腥的一幕，你还不想逃吗？”

果然，丁丁瞪着一双圆眼睛叫起来：“陶陶，我怕。我看到一把刀正朝我砍来！快逃！”说着，丁丁猛地朝旁边跑去。

“咚”的一声，丁丁的头重重地撞了一下盆壁，头上很快起了一个大包。

“靠你一个人的力量不行。我们要齐心协力才能撞开盆上面的盖子。今天我看到房间里有个水斗，那里肯定有出口。我们试着往那里跳。”

“一、二、三，跳！”我和丁丁互相鼓励，用尽全身力气往上跳。

“砰”的一声，盖子被重重地掀在了地上。我和丁丁一齐跳出来，我们刚好落到了水斗里。嘿，我们塘角鱼在鱼类中可是跳高能手。

我们顺着水斗下面的一个管道直往下滑。里面虽然狭窄，但很光滑，我与丁丁像坐滑梯一样快速地往下溜。我们虽然是鱼类，但我们的背部是没有鱼鳞的。光溜溜的外表减少了我们与管道的摩擦。

只听到风“嗖嗖”地在我们耳边“呜呜”地叫。借着外力与惯性，我和丁丁一直飞速地滑呀滑呀，巨大的下行速度滑得我们头都晕了。我与丁丁滑到了管道旁边一个黑漆漆的水槽里。

水槽不是很大，但水很深。我们听到有水“哗哗”流动的声音。一股细细的水流源源不断地流进来，看来这里有地下水。这个发现让我与丁丁惊喜不已。

“这真是一个绝佳的地方。藏到这里，谁会发现我们呀？水槽里还漂浮着腐菜叶子，还有小鱼、小虾和小虫子游动呢。丁丁，我们的吃住算是解决了。”

“总算逃出来了！”丁丁高兴地在水槽里表演了一个漂亮的空翻。

我也长长地吸了口气。“是啊，天无绝人之路嘛，办法总比困难多。”

“陶陶，这里四面封闭与外界隔绝，我们不会窒息吧？”丁丁总是担忧这，担忧那。

“你真傻。就算管道没有连接外面，你不记得我们塘角鱼还有另外一种功能吗？”

“另外一种功能？”看来丁丁真是滑昏头了。

“我们除了用鼻子、嘴巴呼吸外，鳃和皮肤也是我们的呼吸器官呀。现在，我们都可以把它们派上用场啦。气闷时，我们把皮肤的小孔张开就可以啦。”

“对啊，我怎么就忘记了呢。瞧，我一急真的什么都忘记了。”丁丁用手拍打着自己的脑袋。

“遇到困难时要积极主动地想办法，别老想着哭。”黑暗中，我拉着丁丁的手不停地安慰与鼓励他。

## 二

从此我和丁丁在这个小小的水槽里安了家。每天晚上，我与丁丁唱歌、跳舞、追赶、嬉戏，我们无忧无虑地生活着，再不用担心人类的杀戮。

一天晚上，我们听到楼上有脚步声和说话声。

一个女中音说：“老公，你听到什么声音了吗？好像有人在屋子里翻腾什么呢。我好怕！”

“你不用怕，我去看看。”

我与丁丁赶紧停止了嬉戏，侧耳倾听起来。

“没有什么啊。一定是你听错了，也许是老鼠在找东西吃呢。”男主人公安慰女中音说。

然后一切又归于平静，我与丁丁抿着嘴偷偷地笑起来。

“老公，那个声音又出现了。我怕，我怕！”

“这房间一定有鬼，不然哪来的声音？”我听到女中音在发抖。

“你、你胡说，哪儿、哪儿来的鬼？”我听到男主人公说话也没有底气。

“没有鬼，哪儿来的声音？我已经听到过好几次了。”

“你别、别、别吓我啊。”男主人结结巴巴地骂着女中音。

从此，男女主人公就像一只受惊的猫，一到晚上就惊慌失措。他们东瞄瞄、西瞧瞧，竖起耳朵仔细听也没有查出声音是从哪儿发出来的。

女中音终于受不了了。她的脾气变得越来越暴躁，动不动就与她男人吵架。那男的也被吵得心烦意乱而变得狂躁不已。一到晚上，他们变得惶惶不可终日，精神彻底崩溃了。

我和丁丁暗暗发笑。我们一直认为人类多么强大呢。原来你们的内心是这么愚昧与迷信，那么脆弱与不堪一击。

从此以后，我们越发不怕了。每个晚上，我与丁丁越发地肆无忌惮，把水槽弄得“哗啦哗啦”作响。

终于，这对夫妻决定卖出这屋子。他们在外面张贴了卖房广告。

## 三

房子终于被卖出去了，我与丁丁乐坏了。这个小小的水槽成了我们的家园与乐园。

这个漆黑、封闭的小水槽把我们耐低氧的能力练得更强了。我们可以在小小水槽的底部一气潜伏几个钟头。晚上一团漆黑、看不清东西，我们的嗅觉和嘴巴上四根长长的触须就会派上大用场。

不要小看我们的嗅觉和那四根长长的触须，只要有什么东西游到我们跟前，我们的触须会在第一时间舒展开来，伸出去卷成一个钩，把东西牢牢地卷住往嘴里送。哼，被卷住的物体没有一个能逃得了的。我与丁丁过着神仙一般的幸福日子。

一年以后，第二任房主进来了。

我们以同样的方式，不费吹灰之力把第二任房主也赶走了。一时间，这房子闹鬼的事情成了街头巷尾人们谈论的话题。

每当晚上有小孩子哭闹，大人们就吓唬孩子说：“再哭闹，我就把你扔到鬼屋去！”孩子被这么一吓，果然停止哭闹。

看着人们那害怕滑稽的熊样，我和丁丁不由得哈哈大笑。

## 四

又过了很久，房子迎来了第三任主人。不同的是，这主人带着一个整天蹦蹦跳跳的十五六岁男孩。

“看我们不把你们赶跑才怪呢。”我信心满满地想。

待他们刚刚睡着，我和我的儿女们就粉墨登场了。我们把小水槽弄得浪花四溅。

尽管很累，但男主人还是听到了。他起床了，竖起耳朵左听听，右听听，就是不知道声音是从哪里发出来的。

我们马上停止了尖叫。结果他们四处转了一圈，察看了一阵，摇摇头，失望地回去睡觉了。

等他们睡下，我们又开始了疯狂。我猜测着第三任主人也会像前两位主人那样害怕而搬走的。

果然，男主人在寻找几次一无所获后也害怕了。

“莫非这房子真闹鬼？”

讨厌的是那个男孩一点也不怕。他说：“爸爸，我们老师说了这世界上根本没鬼。说有鬼都是吓人的。也许这幢房子周围有溶洞，我们请个地质学家来勘察一下吧。”

男主人觉得孩子说的话很有道理。于是请来了地质专家。专家拿仪器到房屋的各个地方进行了仔细、认真的测量，又用工具到处敲敲打打。

“我们会不会被发现呀？”我与丁丁心中没底了。我们凝神屏气地听着他们的动静。

地质专家说：“奇怪呀，这幢房子无论选址还是建筑设计都是没问题的。你们还是找找别的原因吧。”

这时一位一直站在旁边观看的当地老人说话了：“你买房子时我就好心提醒过你这是鬼屋，你不信。你想想，如果这幢屋子没有问题，你怎么可能只花 5 万元钱买得到一幢三层的楼房呢。”

另一位村民也说：“这里原是一个大水库。每年夏季都要淹死好几个人。你建房子的地方就是停放尸体的地方。”

“原来是这样，只怪我贪图便宜。现在我该怎么办呀？”

“没有鬼的，爸爸。你想想，人死了，灵魂也就没有了，哪里还存在鬼？我不信。”那个讨厌的小男孩又在安慰他爸爸。

“那这屋子天天晚上弄出的声音是从哪儿发出来的，不是鬼是什么？不行，得把这房子卖出去。不然我会疯掉的。”男主人说。

“除非你把房子不要钱送给别人。”小男孩噘着嘴巴不高兴地说。

“不行，亏本也得把房子卖出去！”男主人说得很坚决。

男主人又贴出卖房广告。我与丁丁狡黠地笑了。

房子终究没卖出去。我和丁丁带着孩子们恢复了往日一样一起疯狂玩耍、一起打打闹闹的生活。

## 五

一个星期天，男孩的父亲外出了。男孩邀来几个小伙伴，小伙伴们拿着锄头、铁锹、鱼网来到了一楼的厨房。

“他们这是要干什么呀？”我挺纳闷儿，“难道他们发现我们了？我们藏得那么隐秘，怎么可能……”

“大伟，小志，我们来抓鬼吧。”男孩说。

“抓鬼，鬼在哪儿？阳阳。”听说抓鬼，几个小伙伴立刻来了精神。

“就在这下面。”阳阳指着厨房水斗的下水道说。

“这不是水斗吗？鬼会躲藏在这下面？”那个叫大伟的男孩很不相信地问道。

“是的，我们得先把水斗的下水道挖开。”

听说抓鬼，小伙伴们来了劲，他们叽叽喳喳、摩拳擦掌。

他们使劲地撬呀，挖呀，水斗的周围很快被他们挖开。

“没有什么呀，阳阳？”一个男孩问道。

“继续沿下水管道挖，到时你就知道了。”阳阳鼓励着同伴。

“那我去多拿几根棍来。如果鬼出来了，我们一阵乱棍把它打死！”小志说着跑去拿棍了。

听着“咚咚”的挖击下水道的声音，我们知道大祸临头了。

我真有些不甘心：为什么大人们那样害怕的事情，小孩子却不怕？人类的举动再一次让我们迷惑。

“这可怎么办，陶陶？是不是我们快死了？”丁丁担心地问我。

“现在我也没有什么办法，只能静观其变啦。”面对这样一群天不怕、地不怕的小孩，我们能做的只有束手就擒。

男孩们终于挖到水槽了。我们贴着水槽底，屏住呼吸，一动也不敢动。

“鬼就藏在这里吗？”大伟边说边要用棍子去水槽里面戳。

“慢，鬼会被你戳死的。小志，拿网来。”阳阳阻挡着大伟。

其他三个男孩睁大眼睛，好奇地看着阳阳拿着网在水槽里捞。我与我的孩子全被男孩捞了上来。

“是六条塘角鱼耶，阳阳。”

“对，就是这几个‘鬼’天天晚上吵得我们不能安睡。”

“这是怎么回事？阳阳，你刚才不是说这下面是鬼吗？”小志问道。

“是的。就是这些鬼在作怪。”

“阳阳，这究竟是怎么回事？我们怎么越听越糊涂啦？”男孩子们一齐把目光投向阳阳。

“这些‘鬼’是第一任房主买鱼回家时不小心让这些淘气鬼从水斗的下水道跑掉的……”阳阳对小伙伴兴致勃勃地讲起了我们塘角鱼的故事。

“是这样。原来是这些可恶的塘角鱼在作怪啊。”

“打死算了，然后煎着吃，算是为你们报仇了。”小志拿着棍子就要往我们身上戳去。

“想不到我们塘角鱼竟败在了一伙儿小毛孩手里！真是不可思议！”我泪流满面，仰天长叹。

“不能打死。它们从哪儿来就把它们放回到哪儿去吧。要不是这些塘角鱼作怪，我爸爸能用5万元钱买到这么好的三层楼房吗？我还要让我的父亲和邻居们看看，这世上根本没有鬼。”

好在阳阳制止了小志的行动。不然，我、丁丁和孩子们就要横尸这小小的水槽了。在众人的惊讶与注视中，我们又回到了宽阔的湖里。

# 老鹰和鸡的对话

一只老鹰在蓝天白云里翱翔。它时而像支利箭直冲云宵，时而像架表演的飞机一样俯瞰大地，又时而像孙悟空一样翻着跟头……它娴熟而精湛的表演把地面上的小孩子都看得惊呆了。

“瞧，那只漂亮的老鹰飞得多高啊。”

为此，老鹰十分得意，觉得这片蓝天里除了它外，再没有什么动物的飞翔本领能比得过它。因此，老鹰一边飞翔，一边唱歌，一边用眼睛斜视着地面，它想找个动物炫耀炫耀。

此时一只母鸡带着一群小鸡在田埂上觅食，草丛中突然冲出一只高大、雄壮的公鸡，翅膀“扑”的一声就朝一只小鸡啄去，这只可怜的小鸡立刻被啄得遍体鳞伤。

老鹰看见了，很是生气。于是，它一个俯冲下去，一边大声地斥责着公鸡：“你这算什么本事？别看你长得高大，但你只知道欺负弱小者！有本事也像我一样到蓝天里飞翔呀！”

公鸡瞥了一眼那只飞得很低、洋洋得意的老鹰，鼻孔里不屑地哼了一声，大声地对老鹰说：“你神气个啥！你以为你是老鹰就了不起啦！如果不给你一片蓝天，你纵使有冲天的本事也是枉然，你不也和我们一样变成一只鸡！”老鹰听了十分愕然。

老鹰哪里受得了这样的气，它思索了一会儿，回应公鸡说：“不错，不给予我一片蓝天，我的确飞翔不起来，但是别人还是称呼我为老鹰，因为老鹰的本领是磨炼出来的。是鹰就应该飞翔在蓝天！而你呢，即使给你一片蓝天，你能飞得起来吗？鸡就是鸡，永远不可能变成老鹰！”

说着，老鹰抖了抖翅膀，一个海底捞月后直冲云霄。

公鸡听了呵呵一笑，它扯着嗓子对老鹰喊着说：“不错，我只是一只鸡，我从来没有想过要翱翔蓝天，我仅仅是想过着平淡而知足的生活，这难道也有错吗？你为什么要干涉呢？”

老鹰听了哈哈大笑，它再次俯冲下来说：“真是一只不思进取的鸡！”它蔑视地看了一眼公鸡，然后准备起飞。这时，下面一支黑洞洞的枪口早已瞄准了它……

# 狐狸与小鸡

一只母鸡带着一群小鸡在野地里觅食。

第一次跟着妈妈出来玩耍，小鸡们好不快活，它们“叽叽喳喳”欢快地叫着。

“跟着妈妈，不要掉队了。”母鸡一边走，一边招呼孩子们紧紧跟上。

一只小鸡很贪玩，它看见一只蝴蝶在头顶上飞来飞去，便“啾啾”地叫着去追赶。结果，小鸡落在妈妈的后面越来越远。

草丛中一只狐狸窥视这只小鸡很久了。见小鸡独自在追赶蝴蝶，狐狸很高兴，觉得机会来了。

狐狸径直朝小鸡走过去。它笑眯眯地对小鸡说：“亲爱的小鸡，你知道你有多可爱吗？你那金黄金黄的绒毛像绸缎子一样漂亮，唱出来的歌像画眉一样好听。我能邀请你一起玩吗？”

“你是谁呀？”小鸡睁着好奇的大眼睛看着眼前这位陌生来客。“我曾经是你妈妈的邻居狐狸大婶，也是你妈妈最好的朋友。后来我搬走了。你当然不会认识我啦。”

“是这样。”小鸡放心了，“那你准备带我去哪儿玩呀？”小鸡歪着小脑袋问。

“我带了好多好吃的糖果呢，我们先吃一粒糖果，再去玩好吗？”狐狸半眯着眼睛，笑着递给小鸡一颗用好看的花纸包裹的糖果。

“谢谢狐狸大婶。”小鸡不假思索地从狐狸手中接过糖果，一把撕开糖果上面的花纸就往口里放。

一会儿，小鸡感到头晕晕的。它站立不稳，倒在了地上。

看着倒在地上的小鸡，狐狸得意洋洋地大笑起来：“今天一餐美味到手啦！”说完，狐狸准备叼着小鸡离开。

“放下小鸡！”千钧一发之际，一只大黄狗猛的一下扑了上来。原来大黄狗一直在不远处悄悄地关注着这一切，狐狸吓得赶快丢下小鸡逃跑了。

“你怎么那么单纯地就相信了一只狡猾的狐狸的话呢。”大黄狗看着地上的小鸡，心疼地说。大黄狗守护着小鸡，一直等待她苏醒过来。

小鸡终于苏醒过来，大黄狗带着它找到了鸡妈妈。

“谢谢你救了我的孩子。”鸡妈妈拉着大黄狗的手谢个不停。

大黄狗对鸡妈妈说：“不用客气。你要教会孩子们，不要相信陌生人的话，更不要吃陌生人递过来的东西。”

# 最美天使小白鹅

“咯、咯、咯”，绿茵茵的草地上，一群美丽的白天鹅跟着妈妈在幸福地游玩。他们一会儿张开翅膀，互相欢快地叫上几声，一会儿互相追逐着，一会儿用嘴巴亲吻一下彼此。

“你也快点跟上他们呀。”鹅妈妈招呼跑在最后面的一只小白鹅。

“妈妈，让她落在后面吧。她长得那么小、那么丑，还那么笨，别丢了我们鹅族家庭的面子！”

“妈妈，你一定是弄错了。我们白天鹅家族一向可是以美丽著称，怎么会有她那么丑陋的孩子呢？”

“是啊。她也许是一只鸭子的后代，只是不小心混到我们家族中来啦。”小白鹅的哥哥姐姐们纷纷嘲笑起小白鹅来。

小白鹅听着哥哥姐姐们的议论，难过得掉下眼泪。

“扑通”一声，小白鹅的哥哥姐姐纷纷跳入河中嬉戏、游玩去了，只有可怜的小白鹅孤零零地留在岸上。

小白鹅的眼睛里噙满了泪水。她不知道妈妈生了它们几姊妹，为什么她就那么丑陋，那么与众不同。别的姐妹们身材高挑，长着一张红扑扑的樱桃小嘴、一身洁白的羽毛，特别是头上那顶鲜红的蝴蝶结，格外漂亮与耀眼。

可她小白鹅呢，身材矮小，长着一张扁平嘴，身上的羽毛也是灰不溜秋的，白天鹅家族中最为自豪的红蝴蝶结她也没有。她应该就是一只鸭子嘛。

“瞧，那是谁家的小白鹅呀，长得真丑！”

“它本来就是一只鸭子，居然想混到天鹅队伍里来！”

听着小伙伴们的讥笑，小白鹅难受极了！老鹰、山鸡用尖利的嘴来啄它的羽毛，小白鹅的身上被啄得遍体鳞伤。

小白鹅只是暗暗地哭泣。谁叫她长得那么丑陋、那么矮小呢。

哥哥姐姐们因为长得漂亮，都被别人请去当模特、当形象大使啦。

看着哥哥姐姐们有出息，小白鹅的内心既高兴，又难过。

妈妈见她整天哭泣，便开导她、安抚她："与其哭泣，不如做点有意义的事情。丑陋又不是你的过错。该做什么就做什么吧。"

小白鹅觉得妈妈说的话对极了。整天哭哭啼啼有什么用呢。还是听妈妈的话，做点力所能及的事情吧。

于是，她不再哭泣。她每天做好饭菜等哥哥姐姐们回来，她还把哥哥姐姐们的房间打扫得干干净净。

她看到小鸭子的屋子很脏，就偷偷地帮小鸭子打扫房间，帮他们整理好被子。

鸡妈妈整天贪玩，不知道为冬天储存粮食，小白鹅就拿着袋子跑到田里捡拾农民伯伯收割掉下来的谷子、麦子和小朋友掉落的饭粒，然后偷偷地放在鸡妈妈的仓库里。

有时突然下雨，小白鹅就跑过去帮小松鼠收起晒在树枝上的衣服；小猫的孩子没人带，小白鹅就跑去帮猫妈妈看管孩子。

一次，一只调皮的小鸡追赶一只粉色的蝴蝶时不小心掉到了池塘里，眼看快要被淹死了，是小白鹅一个箭步跳入池塘，用头把小鸡顶起来……最后小白鹅悄悄地离开了。

总之，动物王国中的每一个成员都得到过小白鹅的帮助。

一天，动物王国决定评选出动物王国里最美的天使，小白鹅的哥哥姐姐们都跃跃欲试。他们精心地打扮着自己，决定以最美丽的形象参加评选。

"哼，这个最美丽的称号非我莫属！"

小松鼠整天把那硕大的尾巴转来转去，她想练个后空翻给动物王国一个惊喜。

青蛙整天扯着嗓子，"呱呱呱"地游说于动物之间。她不相信，她的辛勤游说打不动动物王国的评委。

蝉每天卖弄着清脆的喉咙从这棵树飞到那棵树，出尽风头，她要让动物王国的动物们看看，她的嗓音有多宏亮、有多婉转动听。

只有这只可怜、丑陋的小白鹅躲在家里伤心。她每天羡慕地看着她的哥哥姐姐和同伴们花枝招展地展示自己。

"最美天使"的评选终于在一个秋高气爽的下午开始了，动物们纷纷使出浑身解数地展示自己的才华。

“瞧，燕子的海底捞月好漂亮！”

“青蛙的架子鼓敲得多响亮！”

“蝉蜕的歌声多悠扬动听！”

“松鼠的后空翻真美！”

动物们纷纷拿出相机拍下燕子、青蛙、松鼠等最美的瞬间。

展示终于结束了。动物们都在凝神屏息地等待孔雀公主宣布评选结果。

“谁会是最美丽天使呢？”每一只动物都在猜测。

孔雀公主清了清嗓子，扫了一眼大家说：“经过动物王国评委的严格评审，最美天使是——”

燕子、蝉蜕、松鼠的心都在“砰砰”直跳：“这最美天使可能是我吧！”青蛙更是摆出一副势在必得的态势。

小天鹅的姐姐们和青蛙甚至准备好了晚上的庆祝活动。

“经过动物王国评委的严格评审，最美天使是小白鹅！”孔雀公主大声宣布。

“什么，最美天使是小白鹅？”动物王国里的动物们都不相信自己的耳朵。

“她那么丑陋，怎么能当选？”

“是啊，打死我也不相信，孔雀公主是不是弄错了呀？”

“是我？”动物们不相信自己的耳朵，就连小白鹅也不相信自己的耳朵。

“自己那么丑陋，怎么会是‘最美天使’呢？一定是哪个环节出错了。”

“一定是小白鹅贿赂了动物王国的评委！”动物王国中有动物愤愤不平了。

躲在动物群里的小白鹅听着人们的议论，头低得更低了。

“小白鹅，你别害羞。我们没有弄错，你就是动物王国里的‘最美天使’！”孔雀公主朝小白鹅喊道。

动物王国里所有的动物都齐刷刷地看着小白鹅。

“她真的很美耶！瞧，她的衣服五彩斑斓，她的小嘴像颗樱桃般红润呢。她的气质实在是太高雅了。”动物们纷纷称赞着小白鹅。

“这是怎么一回事？”小白鹅的哥哥、姐姐们也惊讶得不得了。他们不知道这只最丑陋的小白鹅妹妹什么时候突然变得这样美丽。

“这是怎么回事？这真的是我吗？”小白鹅站在池塘边，看着水中自己的影子，她简直不敢相信自己的眼睛。

“小白鹅，你要相信自己。你真的很美。”

于是，孔雀公主列举着平日里小白鹅为动物们做的点点滴滴，并把它用时间大屏幕放了出来……

“小白鹅，我们喜欢你、爱你！”静静的动物王国里突然爆发出一阵阵高呼声。

“小白鹅，请你勇敢地站出来，让大家看看你！”孔雀公主招呼小白鹅道。

坐在动物王国里的小白鹅害羞得不敢站起来。她扭捏着身子。

“别那么自卑！你现在比谁都美丽！你现在是动物王国里最美丽的小天使啦。”孔雀公主大声地说，“你们都不知道吧？我们动物王国的森林有一种奇异的功能。谁的心地最善良、谁为动物王国做的好事最多，森林公主散发的奇异功能就会让她的外貌变得越来越美丽。没有爱心的人，这种功能对她是不发挥作用的。”

“原来如此。”动物们听了都后悔不已。当然最懊恼的当数青蛙了。

小白鹅感动得哭了。她没有想到平日里一次次不经意的付出使她成了“最美天使”。

从此，动物王国里做善事的人越来越多。动物们也一直团结和睦、相亲相爱地生活在一起。

# 苦竹塘

晓荷非常开心地走在回家的路上。

她被评为“三好学生”啦。她的脚板像踩了弹簧，走出六亲不认的步伐。她把手里滚成筒状的“三好学生”奖状打开，只拎着奖状的一边。她要让人看到，她江晓荷评上“三好学生”啦！微风吹着奖状，发出“唰唰”十分清脆好听的声音，奖状上特有的香味弥漫了整条小路，让晓荷陶醉不已。

“原来奖状的味道这样好闻！”江晓荷眯着眼睛，不时把奖状蒙在脸上，用鼻子贪婪地闻着，一副很享受的样子。

“看你高兴的，得了奖状有屁用！你爸妈会带你玩吗？哼！”同班同学方小瑜鼻子一擤，噘着嘴巴对着正在自我陶醉的江晓荷泼了一瓢冷水，“我不评‘三好生’，我爸爸妈妈也会带我去游乐场玩呢。”

“我妈妈答应过的，如果我评上‘三好生’，她就会回家，她也会带我去游乐场玩的。”

“哼，回家个屁！我敢打赌，你爸爸妈妈不会回来！”

“会回，会回！闭上你的乌鸦嘴！”江晓荷对方小瑜狠狠地翻了一个白眼。

然后她不再理会方小瑜，仰着头，张开手臂奔跑起来，她一边奔跑，一边高喊：“我评上‘三好生’啦！我评上‘三好生’啦！”手中的奖状像面旗帜迎风飘扬，乡间的小路上满是奖状飘散出来的特有香味。

她想：要是妈妈在身边该多好。说不定妈妈会抱着她在地上转几个圈。

跑了一会儿，江晓荷来到一条山埂上，她停了下来，调皮地将奖状滚成一个筒状对着嘴巴，开心地对着妈妈打工的方向大声地喊道：“喂，我——评上——‘三好生’啦！我——评上——‘三好生’啦！”高高的幕阜山谷里有一个清脆的长声也跟着喊：“喂，我——评上——‘三好生’啦——！”

她想，风一定会把她评上“三好生”的事传话给妈妈。妈妈一定很高兴。

太阳毒辣辣地、毫不留情地照在江晓荷的身上。她没有感到炎热。她蹦跳着，每走几步，就在原地欢乐地转几圈。风吹动着她的花裙子，像只起舞的花蝴蝶。

“对了，赶紧回去打电话告诉妈妈！”

晓荷哼着歌飞快地跑着，脚下像生了风。她觉得脚下踩的不是被太阳晒得热热的泥土，而是哪吒的风火轮。

“哎哟！”江晓荷疼得叫起来。她的前额突然被什么东西重重地撞了一下。她抬头一看，原来是同村的吴佳妮与她妈妈急匆匆地在赶路。

“晓荷啊，跑那么快做什么呀，有急事吗？”佳妮妈妈看着晓荷，关切地询问道。

“我评上‘三好生’”啦。我要回去打电话告诉妈妈。”

“晓荷真是好样的。”佳妮妈妈对晓荷竖起了大拇指。

“我妈妈说过的，只要我评上‘三好生’，她就会回来。”晓荷揉了揉额头，歪着头看着远方，一脸的憧憬，一脸的幸福与快乐，似乎妈妈正站在旁边笑眯眯对她说：“晓荷，你真是好样的。妈妈答应过你的一定会回来。”

“恭喜你啊。”佳妮妈妈称赞着晓荷，“你妈妈有你这样的孩子真是福气！佳妮，你要向晓荷姐姐学习。”

“扑通！”正准备往前走的佳妮突然打了一个趔趄，整个身子一歪坐在了地上，只见佳妮蹙着眉头，右手捂着脚踝，一副很痛苦的样子。

“孩子，你拐着哪儿啦？”佳妮的妈妈把袋子一丢，心疼地问道，连忙弯下腰察看佳妮的脚。妈妈一只手为佳妮撑着伞，自己完全暴晒在炽热的太阳光下，另一只手在佳妮的脚上又是揉又是搓的。佳妮侧着身子，很幸福地倚在妈妈身上……

不知是因激动还是被太阳晒的，江晓荷的脸红彤彤的，一滴晶莹似汗又似泪珠的东西顺着她的脸颊悄悄地滑落下来，滚落在鲜红的小嘴边，她用舌头舔了一下，咸咸的。她悄悄地背过身，默默地转身离开了。

“如果我的妈妈在家，她也一定会这样做的。”江晓荷的情绪虽然有些低落，但一想到她与妈妈的那个诺言，江晓荷的精神马上振作起来。

她再一次飞快地朝家中跑去。她一边跑，一边想象着：回到家推开门的那一刻，一个亲切而又熟悉的声音传来：“晓荷，听说你评上‘三好生’啦。妈妈回来啦！”

她大叫一声“妈妈”，跑过去想抱着妈妈。

“砰”的一声，由于跑得太快，她的头撞在门上，头上很快起了一个大包，疼痛让她很快回到现实。

推开门，家里冷冷清清的，什么人也没有。

父母还是大前年回家的。那时晓荷充满着希望问爸妈：“这次你们不走了好吗？”可爸爸妈妈摇摇头说：“我们也不想出去啊。可是没有办法。家里的房子破旧不堪，你读书也要钱。我们不去外面打工，哪儿能来钱？”

“不嘛，我不要你们走了。”晓荷摇着妈妈的膝盖撒着娇，“班上好多同学都有爸爸妈妈陪，就我没有。等我长大了，我赚钱给你们用，只要你们不再出去。”

妈妈轻轻地抚摸着晓荷的头，安抚着晓荷说：“孩子，只要你评上‘三好生’，我们就会回来。”

“真的吗？”晓荷反问妈妈道。

“当然是真的。”妈妈肯定地点点头。在妈妈眼里，晓荷是不可能评上“三好学生”的，她只是敷衍一下晓荷。妈妈知道，读书对晓荷而言简直就是读天书，要晓荷评上“三好生”简直是天方夜谭。

平时不怎么爱学习的晓荷这次偏偏把妈妈的话当了真。她虽然学得很吃力、很辛苦，但她一直在努力。晓荷几次想打退堂鼓，但一想起妈妈，她就觉得浑身有使不完的劲。晓荷变得不再迟到，不再旷课，听讲也变得认真多了，还学会了做笔记、问老师。

老师与同学惊奇地发现：晓荷的成绩由三年级时的“特码”分数慢慢地向及格分数靠拢。到四年级的第二个学期，晓荷的成绩竟然跃居到全班第四名，还被评为校“三好学生”。

“奶奶不在屋里，一定在屋后的竹棚里做事。”晓荷知道，奶奶和她一样，是没有地方去的。奶奶一天的工作不是做饭、洗衣、打猪草、收捡家里，就是挖地、种菜。

晓荷把书包往桌上一扔，拿着奖状朝屋后跑去，奶奶果真在屋后的一个竹棚里铡猪草。

“奶奶，我评上‘三好学生’啦”！晓荷大声地朝奶奶喊道。

奶奶看到晓荷回来，赶紧颤微微地站起身来，将手在裤子上擦了擦。上个星期奶奶到菜园子摘菜时扭伤了的脚到现在还没有痊愈。

“回来啦。”奶奶的耳朵不甚好，她根本没听清晓荷对她说了什么。

"我——评上——'三好生啦'！妈妈说只要我评上——'三好生'，她与爸爸——就会回——家！"晓荷靠近奶奶的耳朵一字一句地大声说。

"不错、不错！"奶奶抚摸着晓荷的头，"待会儿我煮两个荷包蛋作为奖赏。"

奶奶颤微微地走到屋里的茶桌旁，为晓荷端来一杯冷茶。晓荷接过茶三两口就喝了个底朝天。然后奶奶走到屋后继续铡她的猪草去了。

晓荷缓了一口气，来到电话机旁，拨了几个数字。"嘀、嘀……"电话那头先是传来一阵盲音。一会儿，一个女人略显疲惫的声音从听筒那边传来："晓荷啊，放暑假啦？"

"妈妈！"晓荷怯生生喊了一声妈妈。真的听到妈妈的声音，晓荷却变得胆怯起来。她握着听筒，不知道说什么好。

"有事吗，晓荷？"妈妈在听筒那头关切地问道。

"妈妈，我、我、我……"晓荷突然变得结巴起来。

"你怎么啦，孩子？是不是钱不够用呀？"妈妈继续关切地询问晓荷。

"妈妈，我、我评上'三好生'了！你、你说、说过的……"晓荷用低得只有自己能听到的声音对妈妈说道。

"没有什么事的话，我就挂啦。我会给你寄500块钱回去的。乖孩子，认真读书，争取将来有出息。等将来你不要用爸爸、妈妈的钱，我们就不会出来打工了。妈妈要去上班了。我挂断电话啦。"妈妈在电话那头安慰着晓荷，然后匆忙地挂断了电话。

晓荷拿着听筒，听着听筒那边传来"嘀嘀嘀"的忙音，她的眼泪不由得滚落下来。她懊悔刚才告诉妈妈得"三好生"的声音为什么不大一点，好让妈妈听到。

妈妈总是那么忙，忙得连说话的时间都没有。晓荷知道妈妈打工很辛苦。她恨自己为什么不快点长大，要是自己能像大力水手一样该多好。

"等你不用我们的钱了，我们就会回家！"妈妈说的其他话，江晓荷都没有记住，只有这句话，江晓荷记得清清楚楚。她把奖状丢在了一边，把头伏在桌子上哭泣了起来。

"怎样才能不用爸妈的钱呢？"眼角挂着泪珠的晓荷绞尽脑汁地想着，"只有不去上学了才能不用爸爸妈妈的钱。可是，爸妈是不允许我不去上学的。我要怎么办才好呢？"

今年也不知道是谁得罪了老天，天气一个劲儿地晴。老天使尽浑身解数地把它毒辣辣的烈焰喷向大地。太阳白晃晃的，刺得人们的眼睛根本睁不开；地板像烧透了的砖窑烫死人；树儿被晒得耷拉着脑袋，一副昏昏欲睡的样子；狗儿喘着粗气躲在人家的屋檐下不敢出来； 知了扯着嗓子使劲地叫喊着：“受不了！受不了！”似乎想乞求老天发点慈悲、赐点凉风、降点雨滴。人们躲在家里不敢出来，空调整日轰隆隆地工作着，也似乎变得很不耐烦。

一个八九岁、单瘦的、中等个儿的小女孩戴着一顶旧麦帽，提着一只竹篮，竹篮里放了几根烧过的骨头和一些饭团，竹篮上系着一根长长的管绳，来到了门前的一口水塘边囤鱼。

“嗤”的一声，小女孩提着管绳把竹篮往前面的水塘里一丢，竹篮慢慢地沉入水塘底。水塘上面立刻漂浮着一层油污，骨头的香味在水塘的周围四溢开来。水面上几只贪吃的“稚鸡佬”闻着香味拼命地往竹篮方向游来。

肉骨头经过柴火的焚烧，真是要多香就有多香啊。小女孩拼命地擤着鼻子，她咽了咽口水。她好久没闻过这香味了。这几根肉骨头是中午曾屠夫丢骨头给狗吃时她偷偷捡来的。曾屠夫每天总要丢很多骨头给狗吃。

小女孩把竹篮上长长的绳子系在旁边一棵瘦长的苦竹上，然后往水塘边的苦竹丛里一坐，静等鱼虾上钩了。

囤鱼是农村孩子独有的抓鱼方式：先把肉骨头放在火里焚烧，一直烧到骨头汩汩地向外冒油，香气四溢，然后用铁夹钳出，往盛有饭团的竹篮里一丢，把系有绳子的竹篮沉入塘里。这样鱼虾就会闻着香味进入篮子觅食。囤鱼最好的时机是在夏天的中午。

水塘边长着一簇簇苦竹。你挨着我，我挨着你，密密地把整个水塘包围起来。新的、老的、浅绿的、深绿的竹叶如一幅水彩画铺在水塘的周围；中午的阳光照着苦竹上的片片尖叶，泛着翠绿的光芒，格外耀人的眼睛。炽热的阳光透过这一簇簇苦竹，将点点斑驳射在一个小女孩的身上，小女孩的脸上变得白一块、黑一块。小女孩仿佛也变成了一棵苦竹。小女孩一屁股坐在这苦竹下面有点荫凉的地方，眼睛一眨也不眨地望着漂满油污的水塘。

静等的时间是很难熬的，小女孩无聊得很。她想唱唱歌，但嘴巴刚张了张，便马上打住。她怕自己的歌声惊扰了鱼儿而不肯进竹篮。

一片苦竹叶子悄悄地落下来，掉在了小女孩的头上，小女孩却浑然不知。小女孩在猜想：水下面的篮子里有多少鱼、虾游进去了，什么时候把篮子提上来最合适。她在心里计算着提竹篮上来的最佳时间。

尽管躲在苦竹丛里，但小女孩的脸仍被热浪熏得红红的，她感觉脸在一阵阵发烧。中午正是昏昏欲睡的好时机。为了不让自己打瞌睡，小女孩摘下一片青青的竹叶做成一个竹哨，然后放在嘴边用力一吹。

“嘘”，一声长长的、清脆的、尖细得像鸟的声音划破苦竹丛，响彻在半天空。这声音听起来洪亮但又有些凄清、寂寞，像一只在天空中飞翔找不到家的小鸟的尖叫。

这一声悠远尖细的竹笛声竟然呼起了一阵风，旁边的竹叶微微晃了几下。小女孩又一阵猛吹。嘿，竹子又动了几下，小女孩感受到了一丝丝清凉。苦竹丛里几只小鸟吓得扑腾着翅膀，“砰”的一声飞向远方。

半小时后，小女孩解开系在苦竹丛上的绳子，迅速往上一提，数股大小不一的水流从篮底的两旁喷涌而出，像数条从高空飞流而下的瀑布。水流将小女孩的衣服、裤子淋湿了一大块。被湿衣服包裹的小女孩显得更加消瘦，看起来越发像水塘边的一棵苦竹。

透过竹篮的网眼，小女孩看见了竹篮里许多活蹦乱跳的小鱼和小虾。其中有几条不老实的小鱼翻着白肚皮跳得老高，挣扎着、撞击着想从竹篮里的网眼跑出去，水珠甩了瘦骨伶仃的小女孩一脸。

小女孩把竹篮放在苦竹丛里，伸出手拼命地想把那几条活蹦乱跳的小鱼抓起来：“叫你乱跳、叫你乱跳！”脚下的苦竹叶被小女孩踩得“喳喳”直响。

“一条、二条、十五条……”不一会儿，一只不大的木桶里有了许多的小鱼小虾在游动。

“嘿，照现在这个样子，今天可以囤三四斤小鱼啦。要奶奶把它做成火焙鱼。火焙鱼比新鲜鱼的价格高很多，可以卖到九十块钱一斤呢。如果运气好的话，一个暑假可以赚上两三千啦。”想到这儿，一丝得意的微笑浮在了小女孩的脸上。

“以后我就不用妈妈寄钱给我读书了，妈妈也就会回来啦。”小女孩开心地笑了。红红的小脸上，汗珠不停地往下流。她的衣服、裤子紧紧地贴在后背上、双脚上，像是被从水里捞出来的一样。

把竹篮重新放回水塘后，小女孩又坐在了地上。她用手拨弄着桶里的鱼虾，开心地数了一遍又一遍。

“荷妹子，囤鱼哪。”一位头戴麦帽、肩扛锄头的中年男子经过时对着水塘那边的小女孩喊了一句。

小女孩抬头看了一看，没有作声。

“回家去吧，天太热了。”见小女孩没回答，中年男人又喊了一句。

“再囤一会儿就回去。”小女孩终于说话了，“建叔叔，今天的鱼真多呢。”

“唉，真是造孽呀。”中年男人看着小女孩，连连摇着头，自言自语地说。

太阳仍旧炽热、毒辣。小女孩把竹篮提起放入水中，然后又提起，又放入水中……今天的鱼也似乎特别照顾小女孩，它们都很积极、主动地往小女孩的竹篮子里钻。

苦竹丛里像个蒸锅，除了热以外，还有一种让人窒息的闷。平时在水塘里喜欢荡来荡去的、爱出风头的“稚鸡佬”此时也不见了。空气仿佛凝固了。豆大的汗珠沁满了小女孩的额头。她感觉耳朵里有上百条虫子“嗡嗡嗡”地在鼓噪。她口渴得不行，嗓子似乎在冒烟。

小女孩很想回家休息一下，喝上一杯水。但她马上摇摇头：“不，再坚持一下，能多囤一点就多囤一点。多赚点钱，不用妈妈给钱就好了。”

“怎么回事？”数着鱼儿的小女孩突然感觉眼前一片模糊，她怎么也数不清桶里的小鱼了。她用力地睁了睁眼睛，她看到水塘成了一面闪着白光的镜子，一道道白光像一把把明晃晃的刀刺向她，让她睁不开眼睛，她的心口感到钻心般地疼痛。她感觉身上有成千上万条虫子在爬、在嘶咬。她难受极了。她看见爸爸妈妈回家了，微笑地站在水塘边看她囤鱼。

妈妈看到她被晒得通红的小脸，爱怜地用扇子为她扇风：“晓荷，回家去吧，太阳太大了，对身体不好。走，跟妈妈回家去！”

小女孩摇晃着身子站起来想拥抱妈妈：“妈妈，我好想你啊。你终于回来了。”可是，小女孩发现她怎么也抱不到妈妈，系在苦竹上的绳子绊了她一下。“咚”的一声，水塘里溅起几圈大大的水波，惊起栖息在苦竹丛里的一只无名孤鸟，孤鸟惊恐地叫着，在水塘上空急速地盘旋……

“孩子，你终于醒过来啦！你已经昏迷两天了。真是吓死我们了！”小女孩缓缓睁开眼睛，她发现床边挤满了人。

“我、我、这、这是、是、是在哪儿？我、怎么、怎、怎、么、躺、躺、躺、在这里？我桶里、桶里、的、的鱼、鱼呢？放、放、放、哪儿、哪儿、哪儿去了？我、我、我、要、要、要、卖、卖钱的，要赚、赚、好多的钱、钱，妈妈、妈妈、妈妈、就、就、会、会、会回来、回来了！”

小女孩挣扎着想坐起来，两只手不停地在床边摸来摸去。可是无论她怎么用力，她就是起不来。“我、我、囤的、囤的、鱼、鱼呢？我、我、囤的、囤的、鱼、鱼呢？”

“晓荷，我是妈妈。妈妈回来啦！”见状，一个穿格子衣服的短发年轻女人突然大哭起来。她哭泣着来到床边，弯着腰，把脸贴在小女孩的头上，一把抱住小女孩。

床上的小女孩苍白的脸上，一双无神的眼睛难以置信地盯着眼前的年轻女人。好一会儿，她才怯生生地，用细细的声音有气无力地、结结巴巴地问了一句：“妈妈！真的、真、真、真的，是、是、是你吗？你、你、真、真的、回来、回来啦？你、你、还会、还会、走、走吗？”

“孩子呀，是妈妈该死。要是你有个三长两短，妈妈也不会活了。以后就算再苦，妈妈也不会离开你了，再也不会离开你了！”

一滴滴晶莹的泪珠从小女孩的脸上滚落到了短发年轻女人的嘴唇上……

# 种菠菜的孩子

比比今天怎么了？老是一个人坐着发呆，双眉紧锁，心事重重，平日里特有主见的“孩子王”失去了往日活泼机灵的神采。

“嘿——”好朋友波波悄悄地溜到比比的背后，在他肩头轻拍一掌，没想到比比竟然两眼一瞪：“干什么？烦死了，一边去！”波波一脸不解，只好讪讪地离去。

穷人的孩子早当家。比比十二岁，在家附近的山村小学读六年级，已经可以熟练地做饭洗衣，干家务活了。这天，他放学回到家，刚放下书包，就习惯地淘米、洗菜、煮晚饭。妈妈还没有回来。

比比一边往炉灶里添着柴火，一边用手撑着脸颊望着红红的火苗发着呆。比比明白，父亲患上风湿性关节炎以后，行走艰难，有时连生活也不能自理，家务活和农活就全落在了妈妈身上。

比比心疼妈妈：我做些什么好呢？可是我什么也做不成。谁让我那么小、那么矮！要是我长得高一些、强壮一些就好啦，就可以为妈妈分担更多的事了。

饭锅开了，滚烫的米汤将锅盖掀开，“扑哧扑哧”地往外喷着沫。比比还在想心事，没看见饭锅开了。坐在门槛边的父亲生气了：“比比，你在想什么！饭锅开了，你没看见啊！”

“啊，啊……”比比从沉思中清醒过来，连忙站起身，使出吃奶的力气把锅端下来，拿出一个木盆，把锅放在木盆下面预备盛着米汤。锅里冒出的热气包围着比比的脸，比比感到一阵阵熏烫。

过滤完米汤，比比开始一边熟饭，一边择菜、洗菜。这时，妈妈也回来了。望着一脸疲惫的妈妈，比比的心里有着说不出的难受。这些日子以来，妈妈把自己当作一头牛来使唤，恨不得一个人掰开成两个人来用。妈妈披星戴月，昼夜在地里、田头劳作，只想多点收成，多换点钱，让父亲得到更好的治疗，早日重新站起来，挣钱让比比能继续读书。

妈妈的后背全被汗水浸湿了，额前的刘海儿也像被浸湿过一样，一绺一绺地贴在额头上。比比停下手中的活，为妈妈端来一杯冷茶，又找来一把大蒲扇，为妈妈使劲地扇着。比比的额头冒出了一串串细小的汗珠。妈妈也心疼比比：“孩子，你也累了，去休息一会儿吧。炒菜就等妈妈来吧。”

比比往嘴巴里塞进最后一口饭，就匆匆起身，往波波家跑去。比比涉过一条小河，就隐隐地看到波波家门口的那棵大榆树。波波此时正四面朝天地躺在门前的凉席上纳凉呢。

波波的父母外出打工去了，波波就由爷爷奶奶带着。爷爷奶奶对这个唯一的孙儿总是顺着、惯着，不让他受一丁点委屈。在他们眼里，波波的调皮、任性也很可爱！波波学习怕苦，成绩很一般，常会挂红灯。这让溺爱他的爷爷奶奶很无奈。

波波一见比比，立即像弹簧一样从凉席上跳起来，一把抓住比比的肩膀，连忙问：“比比，有事吗？”比比点点头。波波用手指着前面。于是，两个小男孩来到了波波家门前不远处的一处晒谷场上。

波波急忙问比比：“你这几天到底怎么啦？老见你唉声叹气的，是不是家里发生什么事啦？”只听到比比重重地叹了一口气。波波急得不行，连连摇着比比的肩膀说：“你说嘛，你说嘛！叹气有个屁用！”

比比把自己家里的情况和自己的想法告诉了波波。比比连连摇着波波的肩膀急切地问：“有什么办法吗？有什么办法吗？”

“让我想想，让我想想。”波波撑着头，眼睛忽闪忽闪地望着前方，乌黑的眸子在暗夜里闪着晶莹的光芒。

忽然，波波一拍大腿，说：“有了！有了！我有办法了！”

“什么办法？快说来听听。”波波诡秘地眨着眼睛，把手靠在身后，故意拖着长长的声调问比比：“你看过《大力水手》没有？”

“看过，看过。还是我八岁时在县城的一个远房姑姑家看的。”“那与我的家里有什么关系？”比比一头雾水，他怔怔地看着波波。“那你还记得里面那个大力水手在遇到困难时最喜欢吃什么吗？”

“菠菜！”比比不假思索地回答。其他的细节比比已经模糊了，但大力水手吃菠菜的细节波波可是记得很清楚的。当时比比羡慕得不得了。他幻想有一天也能像大力水手一样吃着菠菜，发挥自己力大无比的力量，帮妈妈和同学解决困难。但是比比的妈妈不知为什么不太喜欢种菠菜，这让比比失望极了。现在波波一提起大力水手吃菠菜的事，就又勾起比比对往事的回忆。

波波见状，摇着比比的手大声地问比比："你明白我的意思啦？"比比一拍自己的小脑瓜，说："瞧我真笨，怎么就没有想到这个呢？"可是比比一下子又犯愁了，这菠菜从哪里来呢？也真是的，在这个偏僻的小山村，山寒水瘦，气候、水土不适宜种蔬菜，更没有人种植菠菜，要吃菠菜得从很远的县城去买。

怎么办呢？现在比比为了让自己长得快，让自己变得力大无穷，必须得像大力水手一样吃菠菜呀。可是现在连菠菜的种子也没有啊。还是波波点子多，他对闷在一边的比比说："这一点难不倒我们，你不是每个秋季都要到县城去参加奥赛吗？到时，准备几块钱买些种子回来不就行了？"比比立刻点点头，拍着自己的小脑瓜说："我怎么就没有想到呀？"

于是，两个小男孩就种菠菜的事又仔细地商量了一番。他们决定不让自己的父母知道这件事，到时候要给父母一个惊喜。然后，两人就菠菜种植的地点及怎样种植又商量了一番。为了不让父母知道，他们决定，在波波家屋后面的那块被大人遗弃了的荒地上种菠菜。

商量完毕，两个小男孩特别兴奋。他们走起路来像踩了弹簧，特别有劲，嘴里还哼着走了调的歌曲，蹦蹦跳跳回家了。

说干就干。一天，趁波波的爷爷奶奶都去走亲戚时，波波通知了比比。两个小男孩从波波的家里拿出了两把锄头开始挖草、整土。他们要在菠菜的种子买回来之前把土整好，然后播种子就容易多了。

毕竟年龄小，平时没有做过这类农活，两个小男孩干了一会儿就感觉腰酸背疼，小手上很快布满了血泡，小脸上的一滴滴汗珠和着溅上来的点点泥土，用手一抹，立刻像个大花脸。他们互相对视了一会儿，忍不住指着对方的脸大笑："哈哈，我们成'黑人'啦！"虽然累得腰酸背疼，但因为心中的那个梦，两个小男孩一点也不后悔，依然兴致盎然。整整三个多钟头，他俩才把土整好。

为了能积攒几块钱买回菠菜种子，比比决定不找妈妈要钱。他不想给妈妈增添经济负担。于是，他瞒着妈妈，利用星期天休息的机会到外面去捡拾破烂。终于，他们积攒到了 5 块钱。

总算盼到了下半年比比参加奥赛的时间。也许是因为心中的那个秘密，比比显得特别兴奋。坐在车上，比比一路很悠闲地哼着《学习雷锋好榜样》这首歌曲，眉飞色舞。这次奥赛他考得特别顺利，题目做起来很得心应手。

走出考场，比比向老师请了假，找到种子公司买了一包菠菜种子。在回家的路上，他小心地揣着这包种子，像怀揣着一个宝贝似的。车到半路，比比又偷偷地打开种子包看了又看，摸了又摸，然后开心地笑了。比比的全部希望就在这包种子上了。他紧紧攥着这包种子，似乎怕它一不小心就会飞了一样。

比比的目光渐渐迷离起来，他仿佛看见他的菠菜地开始冒出“小豆豆”，像两只白嫩的小手掌在为比比加油鼓劲。“小豆豆”慢慢地舒展、张开，伸展成一片片绿油油的叶子。他和波波静静地看着这些小生命在风中“绿色舞蹈”。舞蹈中，菠菜越长越大，比比吃下了自己播种、收获的菠菜，他发现自己的小手臂很快变长变粗成巨臂，身强体壮，变成了通天巨人：他有着无人能比的力量，他正帮助妈妈锄草、整土；帮助妈妈挑水、灌田。笨重的水桶在比比肩上轻如禾草，他健步如飞；他还看见他一下子就把爸爸背起来啦，背着爸爸到处散步、观光，比比看见爸爸的脸上露出了欣慰的笑容；他还看见自己在学校帮助有困难的同学，为他们做家务、帮他们砍柴……

比比就这样痴痴地想着，一个人傻傻地笑着，以致同车的人都用诧异的目光看着他，他也浑然不觉。

在经历三个多小时的颠簸后，比比终于到家了。虽然有点累，但比比兴奋依然。刚吃过晚饭，洗刷好碗筷，比比就找了个借口，趁着夜色，飞快地向波波家跑去。

波波早就在门口等着他了。两个男孩蹑手蹑脚地来到了屋后的、他们早已整好的那块土上。比比小心翼翼地打开纸包，用手指头轻轻地撮着一小把菠菜种子，然后又轻轻地均匀地撒在地里，波波则在后面用薄薄的土将其盖上。做完这一切，两个男孩子如释重负。他们拍了拍手上的泥土，嘘了一口长气，击掌相庆，开心地笑了。

比比回到家，天已经有些晚了。妈妈看到晚归的比比很生气，追问比比干什么去了。然而，无论妈妈怎样追问，比比就是不吭声。

以后的日子里，比比总要隔段时间就跑出去。为了让种子早日发芽，他经常趁着夜色对着地里撒上几泡尿。同时，他在心里默默地祈祷：“种子种子快发芽！”

不知老天是被比比的孝心感动了，还是这个地方本来就适宜种菠菜，种子终于在比比的精心“浇灌”下发芽了。那冒出的绿色小点点像满天的星星，镶嵌在土地上，煞是好看。比比似乎看到了希望。于是，比比跑得更勤了。

比比的一系列反常举动终于引起妈妈的怀疑。妈妈很纳闷儿，这个孩子怎么啦，老是躲着她偷偷摸摸地干什么呢?

有一天，在比比又往外跑的时候，妈妈忍不住悄悄地跟了出去。当她看到比比对着一块地撒尿时，她冲过去一把抓住了比比，质问道：“比比，你做什么？”

看到一脸怒色的妈妈，比比羞红了脸。他手足无措地站在那里，任凭妈妈责骂，就是不出声。妈妈又气又急，憋红了脸，差一点儿哭出声来。比比心疼妈妈，只好把种菠菜的事前前后后地和盘托出。妈妈听着听着，忍不住突然一把抱住比比，久久地亲着比比，眼泪糊了比比一脸。妈妈拼命地摇着比比的身子，爱怜地责怪比比：“傻孩子，你真是个傻孩子啊！你为什么不告诉妈妈呢？我可以帮你一块儿种菠菜啊！”

提前暴露了自己的秘密，比比有些不高兴，因为他原本要给妈妈一个惊喜的呀。但是，当看到妈妈很开心快乐的样子，比比笑了，笑得很甜很甜。他仿佛看到菠菜长大长高，连成了一片，绿油油地在风中起舞。他与妈妈站在菜地边互相望着、笑着。

比比仿佛看到他们一家吃了菠菜以后，爸爸的病好了，妈妈也变得更加年轻、有精神，不再那么憔悴了。比比幸福地偎依在爸爸妈妈的胸前，心里暖暖的、甜甜的，脸上一片灿烂……